프랑켄슈타인
또는, 현대의 프로메테우스

Frankenstein
or, The Modern Prometheus

1831

QR코드로 접속하시면 출판사 블로그(blog.naver.com/fabrice)를 통해
[프랑켄슈타인 독서토론 활동지]를 다운로드 받으실 수 있습니다.

번역 박선민

고려대학교 영어영문과를 졸업하고 현재 출판과 번역 일을 병행하고 있습니다. 문학과 글쓰기를 좋아합니다. 19세기 여류작가 메리 셸리의 섬세한 문장을 현대 독자들에게 어떻게 잘 전달할 수 있을지 고민하며 번역했습니다. 아름답고도 비극적인 문장들에 실린 주인공들의 감정을 따라가며 독자들이 작품을 마음으로 이해할 수 있으면 좋겠습니다.

청소년 모던클래식 6

프랑켄슈타인

1판1쇄 발행 2024년 9월 15일

지은이 메리 셸리
옮긴이 박선민
디자인 신미연
펴낸이 박찬규

펴낸곳 구름서재
등록 제396-2009-000058호
주소 고양시 일산동구 산두로 88 정발마을 107-103
이메일 fabrice@naver.com
블로그 http://blog.naver.com/fabrice
ISBN 979-11-89213-43-5 (43840)

Frankenstein

프랑켄슈타인

메리 셸리 지음
박선민 옮김

구름서재

◡ 차례 ◡

소설 프랑켄슈타인 깊이 읽기

『정치적 정의』,『칼렙 윌리엄스』의 저자인 윌리엄 고드윈에게
존경하는 마음으로 이 책을 바칩니다.

* 윌리엄 고드윈은 작가 메리 셸리의 아버지이다.

조물주여, 제가 진흙으로 나를 빚어달라고 당신께 요청했습니까?

제가 어둠으로부터 끌어내 달라고 당신께 간청했습니까?

— 존 밀턴, 『실낙원』 중에서

* 소설 본문에 등장하는 주석은 모두 옮긴이가 달았습니다.

서문
1831년 개정판

〈프랑켄슈타인〉을 '스탠다드 노블 시리즈'의 소설 중 하나로 선정하면서 출판사 측은 나에게 이 작품의 기원에 대해 설명해 주기를 바랐다. 나는 이 요청에 기꺼이 응함으로써 내가 가장 자주 받았던 질문, 즉 "젊은 나이의 여자가 어떻게 그토록 끔찍한 아이디어를 떠올리고 확장할 수 있었는가?"에 대해 대략적으로나마 답변하려고 한다. 사실 나는 인쇄 매체에 자신을 드러내는 걸 매우 꺼리는 편이다. 하지만 이전 작품과 관련한 에피소드에만 한정될 것이니 나의 사생활 노출에 대해서는 걱정할 필요가 없을 것 같다.

저명한 두 문인을 부모로 둔 딸로서 나는 일찍이 작가의 길을 가기 원했다. 어릴 적에는 낙서를 즐겼으며, 가장 좋아하는 여가 활동도 "이야기 지어내기"였다. 그러나 이보다 큰 즐거움이 있었는데, 그것은 일련의 사건으로 허공에 성을 쌓는 일, 즉 몽상에 빠지는 것이었다. 꿈꾸는 것은 글 쓰는 것보다 특별한 기쁨을 주었다. 몽상 속에서 나는 다른 이들을 따라하기보다 마음에 떠오른 것을 받아 적는 충실한 모방자로 남을 수 있었다. 어린 시절 내가 썼던 글은 친지나 친구 중 누군가에게 읽히기 위한 것이었지만, 내가 꾸는 몽상은 오롯이 나의 것이었다. 그것은 설명할 필요가 없었고, 괴로울 때 피난처였으며, 자유로울 때 최고의 기쁨이었다.

나는 어린 시절을 대부분 시골에서 보냈고, 그중 많은 기간은 스코틀랜드에서 살았다. 가끔 그림처럼 아름다운 곳에서 머물렀지만, 내 주요 거처는 던디 근처 테이 강 북쪽의 쓸쓸하고 황량한 해안이었다. 하지만 지금의 기억 속에서나 그렇지 그때는 쓸쓸하거나 황량하다는 느낌 같은 것은 전혀 없었다. 그곳은 내게 자유의 안식처였고, 홀로 남겨져 상상 속 존재들과 교감할 수 있는 즐거운 놀이터였다. 그때도 글을 썼지만, 모두 매우 평범한 스타일의 글들이었다. 우리 집 나무 아래나 근처 민둥산의 삭막한 언덕에서 내 진정한 작품인 상상력은 탄생하고 자라났다. 나는 나를 이야기의 주인공으로 삼지 않았다. 그러기에는 내 삶이 너무 평범해 보였다. 하지만 이런 몽상 덕분에 자신의 한계에 갇히지 않고 나이보다 훨씬 흥미롭고 창의적인 생각으로 시간을 보낼 수 있었다.

이후로 내 삶이 더 분주해지면서 현실이 허구를 대신하게 되었다. 그러나 남편은 처음부터 내가 부모님의 명성에 걸맞는 명부의 한 페이지에 이름을 올리기를 원했다. 그는 나에게 문학적 명성을 얻으라고 격려했다. 당시에는 나도 관심을 가졌지만 이후로는 점차 관심 밖의 일이 되었다. 이 시기에 남편은[1] 주목할 만한 작품을 만들려 하기보다는 앞으로 더 나은 작품을 선보일 가능성을 모색해 보라고 나에게 주문했다. 그럼에도 불구하고 나는 아무것도 하지 않았다. 여행과 가족을 돌보는 데에 대부분의 시간을 할애했고, 독서를 통한 공부나 나보다 세련된 정신을 가진 인물과 교류하면서 생각을 발전시키는 것이 문학 활동의 전부였다.

1816년 여름, 스위스를 방문한 우리는 바이런 경[2]과 가깝게 지내게 되었다. 처음에는 호숫가를 거닐면서 즐거운 시간을 보냈다. 〈차일드 해럴드의 편력〉의 제3부를 쓰고 있던 바이런은 우리 중 자기 생각을 종이에 끼적이는 유일한 사람이었다. 그가 우리에게 하나씩 보여준 작품들은 시가 줄 수 있는 모든 빛과 조화로 우리가 함께하고 있는 하늘과 땅의 영광을 각인시키는 것 같았다.

그러나 그해 여름은 날씨가 좋지 않았고, 우리는 끊임없이 내리는 비 때문에 며칠씩이나 집안에 갇혀 있곤 했다. 그때 프랑스어로 번역된 독일의 유령 이야기 몇 권이 우리 손에 들어왔다. 그중에는 〈변덕스러운 연인 이야기〉도 있었는데, 영원을 약속한 신부를 껴안으려고 한 순간 자신이 버린 창백한 여인의 유령의 품에 안겨 있더라는 내용을 가지고 있었다. 어느 죄 많은 가족의 선조 이야기도 있

---

1 여기서 말하는 작가의 남편은 영국의 낭만주의 시인 퍼시 비시 셸리(Percy Bysshe Shelley : 1792 ~ 1822)이다.

2 조지 고든 바이런(George Gordon Byron : 1788-1824)은 영국의 시인으로, 존 키츠, 퍼시 비시 셸리와 함께 낭만주의 문학을 선도했다. 그의 주요 작품으로는 〈차일드 해럴드의 순례〉, 〈돈 주앙〉 등이 있다.

었다. 자기 집안의 젊은 남자들에게 때가 되면 죽음의 키스를 보내야 하는 비참한 운명의 사내 이야기였다. 드문드문 달빛이 비치는 자정 무렵, 커다란 그림자가 햄릿의 유령처럼 갑옷으로 무장하고 챙 부분만 올린 채로 음침한 나무숲 길을 따라 천천히 걸어간다. 형체는 성벽의 그림자 속으로 사라졌지만, 곧 문이 열리면서 그가 발걸음 소리와 함께 방문을 열고 곤히 잠든 빠진 꽃다운 젊은이의 침대 쪽으로 다가간다. 한없는 슬픔을 얼굴에 드리운 채로 그가 몸을 굽히고 이마에 입을 맞추는 순간, 아이들은 줄기에서 떨어진 꽃처럼 시들어 간다. 이후로는 그 이 이야기를 접한 적이 없지만, 그 장면만은 어제 읽은 것처럼 눈앞에 생생하다.

"우리 각자 유령 이야기를 써보는 게 어떨까?" 바이런 경이 말했고, 우리는 그의 제안에 동의했다. 우리는 모두 네 명이었다. 고결한 시인이 먼저 이야기를 시작했는데, 그는 이 이야기를 자신의 시 〈마제파〉의 끝부분에 실었다. 이야기를 지어내기보다는 생각과 감정을 빛나는 이미지와 아름다운 운율에 담는 것에 익숙했던 셸리는 어린 시절의 경험을 이야기의 도입부로 삼았다. 가엾은 폴리도리는 열쇠 구멍으로 엿보다가 끔찍한 벌을 받은 해골 여인에 관한 무서운 이야기를 생각해냈다. 그녀가 무엇을 보려고 했었는지 지금은 잊었지만 매우 충격적이고 부적절한 무엇이었던 것만은 틀림없다. 그러나 그녀가 유명한 코벤트리의 톰[3]보다도 곤란 상태에 빠지자 폴리

---

3 11세기 영국 코벤트리의 고다바 부인은 남편의 과도한 세금에 반대하여 나체로 말을 타고 마을을 통과했다. 그녀는 사람들에게 집 안에 머물며 바라보지 말라고 명

도리는 어쩔 줄 몰라 하며 "캐퓰릿의 무덤에 그녀를 갖다 버리고 말았다."[4] 저명한 두 시인[5] 또한 상투적인 산문은 자신들과 맞지 않는다며 이 과제를 재빨리 포기해 버렸다.

나는 이 제안을 촉발한 이야기에 필적할 만한 스토리를 짜내느라고 골머리를 앓았다. 우리 본능 속에 들어 있는 두려움을 자극해 독자들의 피가 얼어붙고 심장 박동이 빨라져 주위를 둘러볼 수조차 없게 하는 그런 이야기 말이다. 만약 그런 결과를 얻어내지 못한다면 괴담이라는 이름을 붙일 수도 없으리라. 나는 머리를 쥐어짜 보았지만, 창작의 간절한 부름에 답하지 못하는 작가로서의 무력감에 빠질 뿐이었다. "스토리를 생각해 보셨나요?" 매일 아침 이런 질문을 받으며 수치심에 고개를 떨굴 수밖에 없었다.

산체스의 말을 빌리자면,[6] 모든 것엔 시작이 있어야 하며 그 시작은 이전에 있던 무언가와 연결되어야 한다. 힌두교도들은 세계를 지탱하는 코끼리를 상상하면서 그 코끼리를 거북이 위에 세웠다. 발명은 무로부터 창조되는 것이 아니라 혼돈 속에서 창조되고, 어둠 속 형체 없는 물질에 형태를 부여할 수는 있어도 물질 자체를 창조

령했지만, 톰이라는 이름의 남자는 유혹을 이기지 못하고 창문을 열어 그녀를 엿보았고, 그 결과 눈이 멀고 만다. 고다바의 시위가 끝난 뒤, 남편은 약속대로 세금을 줄여 준다.
4   셰익스피어의 〈로미오와 줄리엣〉에서 줄리엣은 캐퓰릿 무덤에서 가짜로 죽는 척하지만 깨어났을 때 로미오가 그녀를 잃은 슬픔에 자살했다는 사실을 알고 역시 따라서 자살한다. 이 문구는 속담으로, 무언가를 영원히 잊어버리거나 버린다는 뜻이다.
5   시인인 셸리와 바이런을 말한다.
6   세르반테스의 『돈키호테』(1605)에서 산초 판자가 말한 현명하고 재치 있는 속담을 인용한 것이다.

할 수는 없다는 사실을 인정해야 한다. 모든 발견과 발명, 심지어 상상력의 문제에서 우리는 자주 콜럼버스의 달걀 이야기를 떠올린다. 발명은 대상의 가능성을 포착하는 능력과 대상이 드러낸 아이디어를 조형하고 가공하는 능력에서 나온다.

바이런 경과 셸리 사이에 이어지는 끝없는 대화를 나는 말 없이 경청했다. 그들은 다양한 철학적 교리에 관해, 또한 생명의 근본 원리가 발견되고 그것이 전달될 가능성에 대해 논의했다. 그들은 스파게티 조각이 유리 상자 안에서 살아 움직이는 것을 관찰하기 위해 특별한 방법으로 보관했다는 다윈 박사의 실험에 대해서도(다윈 박사가 실제로 했다는 것이 아니라 그가 했을 것이라고 떠도는 이야기를 말하는 것이다) 이야기했다. 물론, 생명이 그렇게 탄생하지는 않을 것이다. 어쩌면 시체에서 생명이 되살아날 수도 있으며 갈바니즘[7]은 그런 조짐을 보여주기도 했다. 생물의 구성 요소를 만들어 거기에 생명의 온기를 부어 넣는 방법도 있을 것이다.

이야기를 나누다 보면 어느새 밤이 깊었고, 마법 같은 시간이 지난 뒤에야 우리는 잠자리에 들 수 있었다. 베개에 머리를 얹으면 잠든 것도 생각에 잠긴 것도 아닌 상태가 되었다. 상상력은 의지와 상관없이 나를 사로잡고 이끌며, 평소 몽상의 경계를 훨씬 뛰어넘은 생생한 연속 이미지를 선사해 주었다. 눈을 감았지만, 나의 날카로

---

7 18세기 이탈리아의 자연과학자 루이지 갈바니는 개구리 다리의 근육 신경조직에 전류를 통하면 개구리의 다리에 경련이 일어난다는 사실을 발견했다. 이 사실을 통해 그는 "동물의 근육은 동물 전기라 부르는 생명의 기를 가지고 있다"고 주장하였으며, 이후 이를 갈바니즘(Galvanism)이라고 부르게 되었다.

운 정신의 눈은 부정한 예술을 연구하는 창백한 얼굴의 학생이 자신이 조립한 물건 옆에 무릎을 꿇고 있는 모습을 보고 있었다. 나는 늘어져 있는 한 끔찍한 남자의 환영을 보았고, 곧이어 강력한 엔진이 작동하면서 생명의 기척과 함께 그것이 반쯤 살아 움직이는 것을 보았다.

끔찍한 일이었다. 왜냐면 조물주의 거대한 메커니즘을 조롱하려는 인간의 노력은 더없이 끔찍한 결과를 보여줄 것이기 때문이다. 성공은 창조자를 두려움 속에 몰아넣을 것이다. 공포에 질린 그는 자신의 혐오스러운 작품에서 도망칠 것이다. 그는 자신이 전달한 작은 생명의 불꽃이 남김없이 사라지기를, 불완전한 생명을 부여받은 이 물체가 죽은 물질로 가라앉기를 바랄 것이다. 그리고 자신이 생명의 요람으로 여겼던 끔찍한 시체의 일시적인 생존을 무덤의 침묵이 영원히 덮어 주리라고 믿으며 잠을 청할 것이다. 잠들어 있던 그가 깨어난다. 그가 눈을 뜬다. 보라, 끔찍한 것이 침대 곁에서 커튼을 열고, 노랗고 물렁물렁하지만 골똘한 눈으로 그를 바라보고 있다.

나는 두려움에 몸서리치며 눈을 떴다. 그 생각이 가슴 속에 너무 강렬해서 나는 공포에 떨었다. 나는 상상 속의 끔찍한 이미지를 주변의 현실과 바꾸고 싶었다. 아직도 그때의 정경이 눈에 선하다. 그 방, 어두운 마루, 닫힌 덧문 사이로 스며드는 달빛, 유리 같은 호수와 하얀 알프스가 그 너머에 있었다는 자각까지. 나는 머릿속 끔찍한 유령을 쉽게 떨쳐버릴 수 없었다. 유령은 여전히 나를 괴롭히고 있었다. 다른 생각을 해야 했다. 그때 내 머릿속에 지긋지긋하게 안

풀리던 괴담 이야기가 떠올랐다. 오! 그날 밤 내가 경험했던 것처럼 독자를 놀라게 할 이야기를 꾸며낼 수 있다면!

그때, 빛처럼, 환호성처럼 한 생각이 떠올랐다. "드디어 찾아냈다! 나를 공포에 떨게 했다면 다른 사람들도 공포에 떨게 할 수 있어. 이제 한밤중 내 베갯머리를 괴롭히던 유령을 묘사하기만 하면 돼." 다음날 나는 이야기를 생각해냈다고 공표했다. 그리고 그날 다음과 같은 문장으로 이야기를 시작했다. "11월의 음산한 밤이었다." 그 다음엔 내 백일몽의 끔찍한 공포를 그대로 옮겨 적기만 하면 됐다.

처음에는 몇 페이지짜리의 짧은 이야기를 생각했다. 하지만 남편 셸리가 아이디어를 더 발전시켜보라고 권유했다. 사건이나 감정의 흐름에서는 남편에게 빚진 것이 없지만, 그의 격려가 없었다면 작품은 지금의 모습으로 세상에 나오지 못했을 것이다. 그러나 이 고백에서 서문 부분만은 예외로 해야겠다. 내 기억이 맞다면 서문은 전적으로 남편에 의해 쓰여졌기 때문이다.

다시 한번 나는 끔찍한 내 자식들이 세상에 나아가 번성하기를 기원한다. 내게 이 작품은 소중하다. 왜냐면 이것은 죽음과 슬픔이 진정으로 마음을 울리지 못하고 단어로만 존재하던 행복한 시절의 산물이기 때문이다. 이 책의 많은 페이지에 누군가와 함께했던 산책과 여행과 대화의 추억이 담겨 있다. 그때 나와 함께했던 동반자는 세상에서 다시 볼 수 없는 사람이 되었다. 하지만 이는 개인적인 사건일 뿐, 이 소설을 읽는 독자들과는 아무 상관이 없다.

이 소설에 가한 수정에 대해서도 몇 마디 덧붙여야겠다. 수정은 주로 문체에만 한정했다. 줄거리는 조금도 손대지 않았고 새로운 아이디어나 상황도 도입하지 않았다. 이야기의 흥미를 방해하는 밋밋한 어휘만 수정했고, 이런 수정은 거의 첫째 권의 초반부에 집중되어 있다. 전체적으로 수정은 이야기의 핵심과 본질을 건드리지 않고 이야기의 곁가지 부분에만 국한했다.

메리 울스턴크래프트 셸리

Mary W. Shelley

서문
1818년 초판

　다윈 박사와 독일의 몇몇 생리학자들의 탐구를 통해 이 소설의 기반이 된 사건이 불가능한 일만은 아니라고 여겨지게 되었다. 나는 이런 종류의 상상을 진지하게 믿는 편이 아니지만, 초자연적인 공포를 엮어내는 데 단지 상상력에만 의존하지는 않았다. 따라서 유령이나 마법 같은 단순한 이야기에서 벗어나 있다는 점이 이 소설의 흥미로운 점이라 하겠다. 이 소설은 이야기가 전개되는 상황의 참신성에서 주목받을 만하며, 현실에서 일어날 법한 사건에 대한 일반적인 서술보다 인간의 욕망에 대한 더 포괄적이고 강력한 상상력을 제공한다.

　나는 인간 본성의 기본적인 진실을 보존하면서도, 그 조합이 빚어내는 혁신을 이야기에 과감히 담으려고 했다. 그리스의 비극 서사시 『일리아스』, 셰익스피어의 『템페스트』와 『한여름 밤의 꿈』, 무엇보다 밀턴의 『실낙원』이 이런 원칙을 따르고 있다. 자신의 작품을 통해 즐거움을 나누기 원하는 겸손한 소설가라면, 인간 감정의 절묘한 조합으로 이루어진 최고의 시에 적용되는 이런 규칙을 산문 소설에도 적용해 볼 만하다고 본다.

　내 이야기의 배경이 된 상황은 어느 우연한 대화에서 시작되었다. 한편으로는 재미 삼아, 한편으로는 진지하게, 시도된 적 없는 마음의 작용을 시험해 보자는 제안이었다. 하지만 일이 진행되면서 다른 동기가 끼어들었다. 소설 속 인물이 어떤 도덕적 성향을 지녔는지, 그것이 독자에게 어떤 효과를 주는지에 무관심하지는 않지만, 나의 주된 관심은 오늘날 소설의 무미건조함을 피하고 가족의 따뜻한 정이나 보편적 미덕의 가치를 표현된 데에 있었다. 주인공의 성격이나 소설의 배경 속에 자연스레 나타나는 견해가 나의 신념과 일치할 것이라고는 오해하지 말기 바란다. 이 책에는 어떤 류의 철학적 교의나 편견도 담겨 있지 않다.

　이 소설이 어느 수려한 풍광 속에서 이루어진 아쉬운 만남에서 시작되었다는 점은 작가에게 또 하나의 흥미로운 기억이다. 1816년, 나는 제네바의 한 근교에서 여름을 보냈다. 그해에는 날이 춥고 비가 많이 와서 저녁때면 우린 타오르는 난롯가에 모여 우연히 손에 넣은 독일 유령 이야기에 빠져들곤 했다. 이 이야기는 장난기 어린 모방 욕구를 자극했다. 나와 두 명의 친구(그중 한 친구가 지어낸 이야기는 내가 지어낸 어떤 이야기보다도 대중을 사로잡을 만하다.)는 각자 초자연적인 사건에 바탕을 둔 이야기를 써 보기로 약속했다.

그러나 갑자기 날이 화창해지면서 두 친구는 알프스로 여행을 떠났고, 눈앞의 장엄한 풍경에 취해 유령 이야기 따위는 까맣게 잊어버리고 말았다. 이 소설은 세 사람의 이런 약속 가운데 완성된 유일한 이야기이다.

편지 1

잉글랜드의 셰빌 부인에게.

17xx년 12월 11일, 상트페테스부르크에서.

많이 걱정하셨을 테지만, 저의 계획이 별 탈 없이 잘 진행되고 있다는 기쁜 소식을 누님께 전합니다. 저는 어제 이곳에 도착했고, 가장 먼저 할 일이 사랑하는 누님께 무사하다는 소식과 함께 제 일이 성공할 것이라는 확신을 심어주는 것이라고 생각해 이렇게 펜을 들었습니다.

저는 이미 런던에서 북쪽으로 한참 떨어진 상트페테르부르크에 와 있습니다. 이곳 거리를 걷노라면, 뺨을 스치는 차가운 바람에 신경이 팽팽해지고 마음은 기쁨으로 가득 차는 듯합니다. 누님은 이런 기분을 알까요? 제가 갈 지역에서 불어오는 바람이 그곳의 매서운 추위를 실감하게 해 줍니다. 이 약속의 바람에 들떠 나의 몽상은 더욱 강렬하고 선명해집니다. 극지방이란 그저 서리 덮인 황무지일 뿐이라고 되뇌어 보지만, 나의 상상 속에서 그곳은 언제나 아름답고 기쁨 가득한 장소로 다가옵니다. 마거릿 누님, 그곳에서는 하루 종일 해를 볼 수 있습니다. 거대한 원반 같은 태양이 지평선에 걸려 늘 찬란한 빛을 흩뿌리죠. 그래서 저는 감히 눈과 얼음이라곤 찾아볼 수 없고 잔잔한 바다를 지나면 이제껏 지구상에서 발견된 적이 없는 경이롭고 아름다운 땅이 있다는 앞선 탐험가들의 말을 믿어 보려고 합니다. 그곳 미지의 땅에서 천체 현상은 틀림없이 지금껏 보지 못한 장관을 보여줄 것입니다. 영원한 빛의 나라에서 무엇인들 기대하지 못할까요? 한 번도 가 보지 못한 세계의 한쪽을 답사하며, 맹렬한 호기심도 채우고 인간의 발길이 닿지 않은 땅을 밟아보기도 할 생각입니다. 제겐 너무나 멋진 일이어서 모든 위험과 죽음의 공포를 무릅쓰고라도, 아이가 휴일에 친구들과 작은 배를 타고 마을의 강을 탐험하듯, 힘든 항해를 설렘으로 시작할 수 있을 것 같아요. 설사 내 추측이 다 틀렸다고 해도, 나 같은 사람의 노력이 항해를 몇 개월 단축할 항로를 발견하거나 자력(磁力)의 비밀을 발견해 다음 세대에 커다란 혜택을 줄 수도 있다는 사실은 누님도 부정하지 못하실 겁니다.

이런 생각을 하니 편지를 시작할 때의 불안감은 사라지고 가슴이 열의로 차올라 몸이 하늘로 날아오를 것 같습니다. 마음을 다잡는 데에 확고한 목표만 한 것도 없습니다. 뚜렷한 목표는 정신적 시야를 한곳에 집중시켜 주는 기준점이 되니까요. 어린 시절부터 탐험은 내 가장 큰 꿈이었습니다. 북극 바다를 지나 북태평양에 이르려 했던 수많은 항해의 기록을 얼마나 열심히 찾아 보았는지요. 기억하실지 모르지만, 훌륭하신 토마스 삼촌의 서가는 발견을 위해 떠난 항해의 모든 역사를 기록한 책들로 가득했었어요. 저는 학업은 소홀히 했어도 독서에는 열심이었지요. 그 책들을 가지고 밤낮으로 공부했는데, 아버지의 유언 때문에 삼촌이 내가 배를 타는 걸 허락하지 않았다는 걸 알고 얼마나 실망했었는지 몰라요.

그런 꿈이 식은 것은 내 영혼을 천국으로 끌어올린 시인들의 시를 만나면서부터였습니다. 저도 그들처럼 시인이 되었고, 일 년 동안은 스스로 만든 낙원 속에서 살기도 했죠. 내가 호메로스와 셰익스피어의 이름이 봉헌된 사원의 한자리를 차지하게 될지도 모른다는 상상도 했습니다. 그때의 실패로 내가 얼마나 실망하고 낙담했었는지는 누님도 잘 아시잖아요. 바로 그때 친척의 재산을 상속받았고, 다시 예전의 꿈으로 돌아갈 수 있었죠.

이 모험을 결심하고 6년의 세월이 흘렀습니다. 이 위대한 계획을 위해 바쳤던 지난 기억들이 아직도 생생합니다. 고된 일을 해야 하기에 몸부터 단련시켜야 했지요. 고래잡이 어선을 타고 여러 번 북해 원정에 나섰고, 추위와 배고픔, 갈증, 수면 부족을 견뎌냈습니다. 그런 가운데 낮에는 다른 선원들보다 열심히 일했고, 밤에는 수학이나 의학 이론, 그리고 해양 탐험에 실제로 도움이 될 수 있는 물리학을 열심히 공부했습니다. 실제로 그린란드 고래잡이배에서 두 번이나 차석 항해사로 고용되어 실력을 인정받기도 했습니다. 선장이 배에서 부선장 직급을 줄 테니 남아 달라고 간청했을 때엔 능력을 인정받는 것 같아 무척 뿌듯했죠.

사랑하는 마거릿 누님, 이 정도면 원대한 목표를 이뤄낼 자격이 충분하지 않나요? 안락하고 화려한 삶을 누릴 수도 있지만, 난 눈앞의 부보다 명예를 선택했습니다. 아, 누군가 나의 선택이 맞다고 동의해 준다면 얼마나 좋을까요! 자신감도 결심도 변함없지만, 마음이 흔들리거나 기분이 가라앉을 때도 많답니다. 이제 곧 길고 힘든 항해가 시작되면 위기가 닥칠 때마다 큰 인내심이 필요할 거예요. 다른 선원들의 사기도 북돋워야 하지만, 무엇보다 자신을 지탱하는 힘이 더 필요합니다.

지금은 러시아를 여행하기에 딱 좋은 시기입니다. 사람들이 썰매를 타고 눈 위를 빠르게 지나가는군요. 그 경쾌한 움직임이 잉글랜드의 승합 마차보다 훨씬 멋져 보입니다. 모피만 두르면 추위는 견딜 만해요. 저도 벌써 하나 장만했습니다. 운동을 하지 않으면 혈관의 피가 얼어붙을 만큼 추운 곳이고, 갑판 위를 걷는 것과 몇 시간 동안 꼼짝없이 앉아 있는 것은 아무래도 큰 차이가 있으니까요. 적어도 상트페테르부르크에서 아르한겔스크로 가는 길 위에서 생을 마감하고 싶지는 않습니다.

이삼 주 후면 아르한겔스크로 떠나게 돼요. 일단 그곳에서 배를 하나 빌릴 생각입니다. 선주에게 보험금만 지불하면 어렵지 않게 배를 빌릴 수 있고, 고래잡이에 경험이 많은 선원들도 필요한 만큼 고용할 생각이에요. 6월까지는 출항을 미룰 예정입니다. 언제쯤 돌아오냐고 물으신다면, 글쎄요? 성공하면 몇 달 뒤, 아니면 몇 년 뒤에나 만날 수 있을지 모르겠네요. 만약 실패하면 곧 다시 만나거나 영영 만날 수 없게 되겠죠.

마거릿 누님, 안녕히 안녕히 게세요. 주님께서 누님을 축복하시고 나를 보살펴 누님의 사랑과 은혜에 보답할 수 있게 되길 바랍니다.

누님의 다정한 동생,
로버트 월튼으로부터.

편지 2
잉글랜드의 셰빌 부인에게.

17xx년 3월 28일, 아르한겔스크에서.

서리와 눈으로 둘러싸인 이곳에서 시간은 얼마나 느리게 흘러가는지요! 그럼에도 저는 계획의 두 번째 발걸음을 내디뎠습니다. 배는 이미 구했고 이젠 선원들을 모집하는 데 온 힘을 쏟고 있습니다. 이미 고용한 선원들도 모두 믿음직하고 용감한 사람들 같아요.

하지만 내겐 한 가지 아직 채워지지 못한 무엇이 남아 있답니다. 누님, 지금 내가 가장 아쉬운 점은 바로 친구가 없다는 거예요. 성취의 기쁨으로 충만할 때 함께 나눌 사람도, 실망으로 낙담했을 때 위로해 줄 사람도 곁에 없다는 거지요. 내 생각을 종이에 끼적거릴 수도 있지만, 감정을 나누기에 그리 좋은 방법이 아닌 것 같아요. 내게 공감하고 내 눈빛에 화답해줄 수 사람이 곁에 있으면 얼마나 좋을까요. 감상적이라고 하실지 모르겠지만, 내겐 정말로 친구가 필요하답니다. 내 곁에는 온화하며, 용감하고, 교양 있고, 넓은 마음을 지니고, 나와 취향이 같아 내 계획을 뒷받침하거나 수정해 줄 친구가

29

하나도 없으니 말이에요.

　그런 친구가 곁에 있어 이 가엾은 동생의 잘못을 고쳐 줄 수 있다면 얼마나 좋을까요? 일을 할 때 저는 열정만 앞서고 인내심 없어 어려움을 이겨내지 못하죠. 더 큰 문제는 모든 걸 독학으로 배웠다는 거예요. 열네 살이 될 때까지는 들판을 떠돌며 토마스 삼촌의 모험 서적들만 읽었죠. 비로소 고국의 유명 시인들에 대해 알게 되었지만, 더 많은 나라의 언어를 배워야 한다는 사실을 깨달았을 때엔 이미 너무 늦은 나이였지요. 이제 스물여덟 살이 되었지만 실제로 나는 열다섯 살의 학생들보다도 지식이 부족하답니다. 그들보다 생각이 깊고 원대한 이상을 가지고 있긴 하지만, 흔히 화가들이 말하는 '조형'의 능력은 부족하죠. 그래서 나의 낭만적 기질을 비웃지 않을 만큼 이해심 있고, 애정으로 마음을 다독여 줄 친구가 필요해요.

　그래요. 모두 쓸데없는 넋두리일 뿐이죠. 저 망망대해에 친구가 있을 리 만무하고, 이곳 아르한겔스크의 상인이나 뱃사람 가운데서도 친구는 없을 거예요. 하지만 뱃사람들의 거친 가슴 속엔 천박함에 물들지 않은 어떤 감성이 자리하고 있답니다. 예를 들면, 우리 배의 부선장은 놀랍도록 용기 있고 진취적인 인물이에요. 그는 명예를, 좀 더 정확히 말하면 출세를 미치도록 갈망합니다. 영국인이라는 국적과 직업에 대한 편견을 넘어서 그는 교양과는 무관한, 인간으로서의 고결함을 지닌 인물입니다. 포경선에서 처음 만났는데, 이 도시에서 아직 일자리를 구하지 못했다는 소식을 듣고 직접 찾아가서 부탁했습니다.

갑판장 역시 훌륭한 성품의 인물로, 온화함으로 배 위의 선원들을 통솔하는 것으로 유명합니다. 성실한 데다 용기도 있다고 알려져 있어 꼭 함께 일해보고 싶었습니다. 외로운 어린 시절을 누님의 따뜻한 보살핌 속에서 보낸 저로서는 선상에서 일상적으로 벌어지는 거친 풍경이 도무지 견디기 힘들었어요. 선원들의 거친 행동에 넌더리를 내던 차에 마음 따뜻하고 존경할 만한 뱃사람이 있다고 한목소리로 칭찬하기에 꼭 함께하고 싶었죠. 그에 관한 낭만적인 소문을 처음 접한 것은 그의 은혜로 행복을 찾은 한 여인에게서였습니다.

그 사연을 간략히 이야기해 보면 이렇습니다. 몇 년 전이었어요. 그는 평범한 집안의 한 젊은 러시아 여인을 사랑하게 되었습니다. 포상금으로 벌어 둔 돈도 꽤 있어서 여인의 아버지도 결혼에 흔쾌히 동의했죠. 그런데 혼인을 얼마 앞두고 여인이 눈물을 흘리며 그의 앞에 엎드려 도와달라고 간청하는 거예요. 그녀에게는 이미 사랑하는 다른 사람이 있는데, 남자가 너무 가난해서 아버지가 절대 결혼을 승낙해 주지 않는다는 것이었지요. 그러자 이 아량 넓은 친구는 여인을 안심시킨 뒤, 애인의 이름까지 물어보고 그대로 마음을 접어 버렸다는 겁니다. 결혼에 대비해 사 두었던 농장까지 그녀의 애인에게 넘겨주었고, 심지어 가축을 사려고 모아 두었던 포상금까지 다 주어 버렸다는군요. 거기서 그치지 않고 여자의 아버지에게 연인과의 결혼을 허락해 달라고 간청까지 했다는 겁니다. 그녀의 아버지는 약속은 약속이라며 그의 청을 단호히 거절했죠. 노인이 고집을 꺾지 않자 그는 고향을 떠나 연인의 결혼 소식을 들을 때까지 돌아오지 않았다고 합니다. "참으로 고결한 사람이구나!" 누님은 외치시겠죠. 하지만 그는 전혀 교육을 받지 못한 사람이에요. 터키인과 같은 과묵함과 무례할 정도의 무뚝뚝함이 그의 행동을 빛나게 하는 반면에 마땅히 받아야 할 칭찬과 호감까지 깎아 먹곤 하죠.

닥칠지도 모를 일들에 대한 불안이나 푸념을 늘어놓는다고 제 결심이 흔들리고 있다고 생각하지는 마세요. 이미 운명은 결정되었고, 다만 날씨가 허락할 때까지 출항을 미루고 있을 뿐이니까요. 겨울은 혹독했지만 그래도 곧 봄은 오겠죠. 특히 이번 봄은 더 일찍 시작될 거라고 하니 생각보다 빨리 출항할 수도 있겠네요. 서두르지 않을 겁니다. 다른 이들의 안전이 달린 문제이니 제가 더 신중하리라는 점은 누님이 누구보다도 잘 아실 테죠.

결행의 날이 하루하루 다가올 때의 이 심정을 어떻게 설명해야 할까요? 절반은 즐겁고 절반은 두려운, 떨리는 감정을 뭐라 표현할 길이 없네요. 저는 곧 사람의 발길이 닿지 않은 "안개와 눈의 땅"으로 떠납니다. 하지만 앨버트로스를 죽일 일은 없으니, '늙은 수부'[8] 처럼 지치고 비참한 모습으로 돌아오리라는 걱정은 하지 않으셔도 돼요. 이런 비유에 누님은 웃으시겠지만, 여기엔 저만의 감춰진 비밀이 들어 있어요. 제가 바다의 위험한 신비로움에 대해 이토록 큰 애

---

8 영국 낭만주의 운동의 창시자인 시인 새뮤얼 콜릿지(1772-1834)의 시 〈늙은 수부의 노래(The Rime of the Ancient Mariner)〉(1798)에서 인용했다. 시 속에서 앨버트로스를 죽인 늙은 선원은 긴 시련을 겪은 뒤 잘못을 뉘우치고 자신의 깨달음을 사람들에게 전해준다.

정을 가지게 된 것은 상상력 풍부한 현대 시인들의 작품에서 기인한다고 생각해 왔어요. 제 마음속에는 자신도 이해 못 하는 뭔가가 요동치고 있었어요. 저는 근면 성실하고 참을성과 노력으로 일하는 사람이지만, 그 이면에는 평범한 삶을 벗어나 거친 바다와 미지의 땅으로 발길을 돌리게 하는 경이로움에 대한 사랑과 믿음이 있습니다.

　이제 다시 현실로 돌아와야겠군요. 광활한 바다를 횡단하고 아프리카나 아메리카의 최남단을 돌아 누님을 다시 만날 수 있을까요? 감히 그런 성공은 기대하지 않지만, 그 반대의 경우도 상상하고 싶지 않아요. 기회 될 때마다 자주 편지하세요. 정말 마음의 위로가 절실할 때 누님의 편지를 받게 될지도 모르니까요. 진심을 모아 사랑을 전합니다. 다시 소식을 듣지 못하더라도 애정을 가지고 절 기억해 주시길.

　사랑하는 동생,
　로버트 월튼으로부터.

편지 3
잉글랜드의 셰빌 부인에게.

17XX년 7월 7일.

사랑하는 누님,

저는 별 탈 없고, 항해도 순조롭게 진행되고 있어요. 이런 사실을 전하고 싶어 급하게 몇 줄 적습니다. 이 편지는 아르한겔스크에서 귀국하는 상인을 통해 영국으로 가게 될 겁니다. 몇 년은 고향으로 돌아가지 못할 저보다 운이 좋은 사람이죠. 그래도 저는 기분이 들떠 있어요. 저희 선원들은 대담하고 의지도 확고해서 우리가 향하는 방향에서 얼음 조각들이 위험하게 떠내려와도 전혀 당황하는 기색이 없어요. 지금 우리는 위도상 최고도에 다다라 있습니다. 잉글랜드처럼 따뜻하지는 않아도, 한여름의 남풍이 배가 닿으려는 해안으로 우리를 빠르게 밀어주면서 예상 못한 온기까지 전해주네요.

아직 편지로 전할 만한 특별한 일은 일어나지 않았습니다. 한두번 강풍이 몰아치고 배에 물이 새들어온 건 숙련된 항해사라면 기억도 못할 사소한 사건에 불과하죠. 더 나쁜 일이 항해 중에 일어나지 않기를 바랄 뿐입니다.

그럼 이만 안녕, 사랑하는 마거릿 누님. 저 자신과 누님을 위해서라도 섣불리 위험한 일에 뛰어들지 않을 테니 안심하세요. 참을성을 가지고 침착하고 신중하게 행동할게요.

성공으로 저의 노력이 보상받으리라 믿어요. 왜 아니겠어요? 지금까지 길도 없는 바다를 무사히 지나왔고, 저 별들이 제 승리를 지켜주고 있으니 말이에요. 거친 자연마저 순순히 길을 내어주는데 더 나아가지 못할 이유가 있을까요? 무엇이 인간의 결연한 의지를 막을 수 있을까요?

부푼 마음에 저도 모르게 속마음을 다 털어놓고 말았네요. 이젠 그만 써야 할 것 같아요. 하늘이 누님을 지켜주시길.

R.W.

편지 4
잉글랜드의 세빌 부인에게.

17XX년 8월 5일

뜻밖의 사건이 벌어지는 바람에 글을 남기지 않을 수가 없게 되었습니다. 이 편지가 도착하기도 전에 누님을 만나게 될 가능성도 있지만 말이에요.

지난 월요일(7월 31일)에 우리는 사방이 빙하로 꽉 막힌 상태에서 꼼짝없이 갇히게 되었습니다. 안개까지 짙어져 상황은 더욱 심각했죠. 배를 멈추고 기상 상태가 변하길 기다릴 수밖에요.

새벽 2시쯤 되어 안개가 걷히니 우리 눈앞엔 울퉁불퉁한 얼음이 사방에 끝도 없이 펼쳐져 있었어요. 동료들 몇몇이 신음을 내뱉는 가운데, 갑자기 우리의 근심을 다른 곳으로 쏠리게 하는 이상한 광경이 벌어졌습니다. 반 마일 정도 떨어진 곳에서 썰매에 얹은 낮은 마차를 개들이 끌며 북쪽으로 향하고 있었던 거예요. 그 위에는 사람의 형상이라기엔 너무 거대한 무언가가 타고 있었습니다. 우리는 망원경을 통해 우리 앞을 지나 멀리 얼음 사이로 빠르게 사라지는 그것을 지켜보았습니다.

그 이상한 물체의 출현은 우리의 눈을 의심케 했습니다. 육지로부터 수백 마일은 떨어져 있다고 생각했는데, 괴물체 때문에 우리가 생각보다 육지에 가까이 있을지도 모른다는 생각이 들었던 겁니다. 그러나 빙하에 갇혀 있어서 눈길로만 바라볼 뿐 그것을 따라갈 수는 없었습니다.

그러고 나서 약 두 시간쯤 뒤에 발밑에서 바닷물 소리가 들리기 시작했고, 밤이 되어서는 드디어 얼음이 깨지며 배가 빙하에서 벗어날 수 있었습니다. 하지만 어둠 속에 떠다니는 거대한 얼음 덩어리를 다시 만날 수도 있어서 우리는 아침까지 대기해야 했죠. 이 틈을 타 저는 몇 시간 동안 휴식을 취할 수 있었습니다.

그런데, 날이 밝아 갑판으로 올라가니 선원들이 전부 한쪽에 모여 바다 위의 누군가와 이야기를 나누고 있는 거예요. 앞서 본 것과 같은 썰매였는데, 큰 얼음 조각을 타고 밤중에 우리 쪽으로 떠내려 온 것이었습니다. 선원들은 개가 한 마리밖에 살아남지 않은 썰매 안의 누군가를 배로 올라오라고 설득하고 있었습니다. 어제 보았던 미지의 섬에 사는 원주민 같은 사람이 아닌, 유럽인이었습니다. 제가 갑판에 나타나자 갑판장은 "이분이 우리 선장님인데, 당신을 망망대해에서 죽게 내버려 두지는 않을 거요."라고 말했습니다.

낯선 사람은 저를 보자마자 외국인 억양의 영어로 말했습니다. "배에 오르기 전에 어디로 가는 중인지 알 수 있을까요?"

죽다가 살아난 사내가 이런 질문을 하니 제가 얼마나 놀랐겠어요. 그에게는 이 배가 세상 무엇과도 바꿀 수 없는 생명줄이었을 텐데 말이에요. 어쨌든 저는 탐사를 위해 북극으로 가는 도중이라고 대답해 주었어요.

이 말을 듣더니 그는 만족한 표정을 지으며 배에 타겠다고 말하는 것이었습니다. 세상에! 자기 목숨을 거래하는 그 사내의 모습을 보았다면 누님도 아마 경악을 금치 못했을 거예요. 사지는 거의 얼어붙고 몸은 피로와 고통으로 쇠약해져 있었어요. 그렇게 비참한 몰골을 한 사람은 본 적이 없습니다. 우리는 힘을 합쳐 그를 선실로 옮겼는데, 밀폐된 공간으로 들어가자 그는 곧 기절해 버렸어요. 우리는 다시 그를 갑판으로 옮겨 브랜디를 몸에 문지른 뒤 조금씩 떠먹여 기력을 찾게 했습니다. 정신을 조금 차리는 것 같아 우리는 그를 담요로 감싸고 부엌 난로 굴뚝 근처로 옮겼습니다. 그는 서서히 살아났고, 수프를 조금 먹이자 놀랍도록 빠르게 기운을 차렸습니다.

말을 할 수 있기까지 이틀이 걸렸는데, 저는 그가 고통 때문에 정신이 어떻게 되지 않았을까 걱정했습니다. 어느 정도 회복되자 그를 제 선실로 옮겨 정성껏 돌보았습니다. 지금까지 그처럼 흥미로운 인물은 본 적이 없습니다. 평소에는 눈빛이 거칠고 광기마저 보였지만, 누군가 친절이나 사소한 호의라도 베풀면 얼굴 전체가 이제껏 본 적 없는 자비롭고 온화한 광채로 빛났습니다. 하지만 평소에는 우울과 절망에 차 있었고, 때로는 억누를 수 없는 고통의 무게로 어금니를 바득바득 갈기도 했습니다.

손님이 조금 회복되었을 때 나는 질문을 천 개쯤 퍼부으려 덤벼드는 사내들을 제지하느라고 애를 먹어야 했습니다. 회복하려면 몸과 마음의 안정이 꼭 필요한 터라 그가 주위의 쓸데없는 호기심에 고통받는 것을 두고 볼 수만은 없었습니다. 하지만 한 번은 부선장이 왜 그렇게 이상한 탈것을 끌고 얼음 위의 먼 길을 달려왔는지 물은 적이 있습니다.

순간, 그의 얼굴에 깊은 그늘이 드리웠습니다. 그리고 그가 대답했죠.

"내게서 도망친 놈을 찾으려고요."

"당신이 쫓던 사람도 같은 방법으로 왔나요?"

"네."

"그렇다면 우리가 그를 본 것 같군요. 당신이 구조되기 전날에 한 사내가 개 몇 마리가 끄는 썰매를 타고 얼음 위를 가로질러 가는 것을 보았습니다."

이 한마디에 이방인이 갑자기 관심을 보이며 자신이 쫓던 그 괴물(그는 그자를 괴물이라고 불렀습니다)이 어느 쪽으로 갔는지 등을 이것저것 캐물었습니다. 얼마 뒤, 나와 단둘이 있게 되자 그가 말했습니다.

"선장님도 저분들과 마찬가지로 궁금하셨을 텐데, 고맙게도 아무것도 묻지 않으시는군요."

"물론입니다, 궁금하다고 곤란한 걸 물어보는 건 무례한 짓이지요."

"하지만 선장님은 곤란하고 위험한 상황에서 절 구조해 주셨잖아요."

이어서 그는 얼음이 깨졌을 때 괴물의 썰매도 망가졌을지 궁금해하더군요. 저는 자정 무렵까지는 얼음이 깨지지 않았으니 그 전에 안전한 장소에 도착했을지도 모른다고, 하지만 단언하기는 어렵다고 대답했습니다.

이때부터 다 죽어가던 이방인에게 생기가 감돌았습니다. 그는 앞서 나타났던 썰매를 찾기 위해 갑판으로 올라가겠다고 고집을 부렸어요. 그러나 험한 날씨를 견디기에 그의 몸은 너무나 쇠약해져 있던 터라 저는 선실에 있으라고 만류했지요. 대신 사람들을 시켜 그자가 나타나는지 감시하고, 뭐라도 보이면 곧바로 알려주겠다고 약속했습니다.

이상이 오늘까지 일어난 기괴한 사건의 전말입니다. 이방인은 회복되고 있지만 언제나 말이 없고, 저를 뺀 다른 사람이 선실에 들어가면 불편해하는 기색입니다. 그러나 그의 태도가 워낙 온화하고 상냥해서 거의 대화가 없음에도 선원들은 모두 그에게 호의적이에요. 저는 그에게서 형제애 같은 것을 느끼고, 하염없는 그의 슬픔에 측은한 생각이 들기도 합니다. 비참한 상황 속에서도 매력적이고 다정함을 잃지 않는 걸 보면 평소에도 분명히 기품이 넘치는 인물이었을 겁니다.

사랑하는 마거릿 누님, 지난 편지에서 넓은 바다에서는 친구를 만날 수 없을 거라고 말했는데, 불행으로 영혼이 망가지지만 않았다면 형제처럼 의지했을 한 남자를 이제야 만나게 된 것 같네요.

이 낯선 인물에 대해 또 보고할 일이 생기면 편지할게요.

17XX년 8월 13일.

손님에 대한 나의 호감은 날로 커져 갑니다. 놀랍게도 그는 감탄과 연민을 동시에 불러일으킵니다. 그토록 고결한 인물이 불행으로 망가지는 것을 보고 어떻게 마음이 아프지 않을 수 있을까요? 그는 지혜롭고 다정합니다. 또 아는 게 많아서 일단 말을 하면 막힘이 없고 한마디 한마디가 마음을 움직입니다.

몸이 많이 좋아진 뒤에는 앞서 지나간 썰매를 찾는지 갑판에 오래 머물 때가 많습니다. 여전히 불행해 보이지만, 자신의 절망에 매몰되지 않고 다른 이들에게 깊은 관심을 보이기도 합니다. 그와 대화를 나누며 제 계획에 대해서도 많은 이야기를 했습니다. 성공하겠다는 포부와 이를 위한 세세한 계획까지, 그는 제 말 한마디 한마디에 열심히 귀를 기울여 주었습니다. 저는 그가 표현하는 공감에 이끌려 내 재산, 내 존재, 내 모든 희망을 바쳐 이 일을 이루어내겠다며 마음속 말들을 모두 쏟아냈죠. 원하는 지식을 얻거나 인류에게 닥칠 고난을 극복하기 위해 한 사람의 삶과 죽음 따위는 얼마든지 희생할 가치가 있다면서요! 그런데 내가 이런 말을 했을 때, 그의 얼굴에는 어두운 그림자가 드리웠습니다. 그가 눈가로 손을 가져갔을 때는 감정을 가라앉히려는 동작으로만 생각했죠. 하지만 그의 손가락 사이로 눈물이 주르륵 흘러내리는 걸 보자 목이 막혀 말을 이어 갈 수가 없더군요. 그는 가슴 속에서 깊은 신음을 토해냈습니다. 나는 말을 멈췄습니다. 그가 갈라진 목소리로 말했습니다. "불행한 친구! 당신도 나와 같은 광기를 앓고 있는 건가? 당신도 그 독배를 단숨에 들이켰단 말인가? 내 얘기를 들어 보시오. 이야기를 듣고 나면 그 잔을 입술에서 치워 버리게 될 테니!"

짐작하시겠지만, 이 말은 내 호기심을 자극했어요. 하지만 쇠약해질 대로 쇠약해진 이방인의 몸은 더 이상 슬픔의 발작을 감당할 수 없었기에 그가 평정심을 회복하기까지 긴 시간 일상적인 대화를 이어가야 했지요.

감정이 가라앉자 그는 잠시 격정에 휘둘린 자신을 자책하는 듯했습니다. 짓누르는 절망감을 이기기 위해 그는 저의 개인적인 이야기로 대화를 이끌었죠. 그는 제 어린 시절에 대해 이것저것 캐물었어요. 저는 짧게 대답했지만, 여러 생각이 꼬리를 물고 스치더군요. 친구를 만나고 싶다는 욕망, 지금까지 경험하지 못한 친밀한 교감에 대한 갈증 등을 털어놓았습니다. 그런 축복을 누려 보지 못한다면 소소한 행복은 논할 자격조차 없는 것 아니냐며 말이지요.

"저도 그렇게 생각합니다." 그가 대답했어요. "우리보다 더 현명하고, 훌륭하고, 고결한 친구를 본받지 않는다면 우리는 불완전한 존재에 머물고 말죠. 나도 한때 최고로 훌륭한 벗을 가졌으므로 우정에 대해 말할 자격이 있죠. 당신은 아직 희망이 있고, 살아갈 미래가 있으니 절망할 이유가 없어요. 나는 모든 것을 잃어 새로 시작할 수도 없게 되었지만 말이에요."

이 말을 하는 그의 얼굴에 고요하고 잔잔한 슬픔이 묻어 나와 가슴이 뭉클했습니다. 하지만 이렇게 말한 뒤에 그는 다시 입을 다물었고, 곧 선실로 물러났습니다.

저토록 마음이 망가져 있으면서도 자연의 아름다움을 깊이 느낄 수 있는 그는 누구일까요? 별이 반짝이는 하늘과 바다, 경이로운 이곳 풍경이 그의 정신을 지상으로부터 강력한 힘으로 끌어올려 주는 것 같았어요. 이런 인물은 두 개의 존재를 가진다고 하죠. 그래서 불행에 괴로워하고 절망에 휩싸이곤 하면서도 본연의 모습으로 돌아가면 천상의 영혼처럼 후광에 싸여 삶 속의 슬픔이나 어리석음 따위는 끼어들 틈이 없게 되죠.

누님은 이 비범한 방랑자에게 대한 저의 숭배를 비웃으시겠죠? 하지만 그를 직접 보면 누님도 달라질 겁니다. 세상과 격리된 채 책으로 교양을 쌓은 누님의 까다로운 성정이 오히려 이 놀라운 인물의 비범함을 더 잘 알아보실 수도 있을 거예요. 가끔 그가 다른 사람들에 비해 특별해 보이는 이유를 곰곰이 생각해 보곤 합니다. 그의 날카로운 직관과 빠르고 정확한 판단력, 이치를 꿰뚫는 통찰력 때문이라고 생각합니다. 덧붙이자면, 쉽게 알아들을 수 있도록 간결한 표현과 다양한 목소리 톤 때문에 그의 말을 듣고 있으면 마치 마음을 가라앉혀 주는 음악을 감상하는 것 같아요.

17XX년 8월 19일

어제 그 손님이 말하더군요. "월튼 선장, 내가 더할 수 없는 불행을 겪었다는 건 짐작하고 있을 겁니다. 끔찍한 기억을 죽을 때까지 묻어두려고 했지만, 선장이 내 마음을 바꾸게 하는군요. 선장도 내가 한때 그랬듯이 지식과 지혜를 추구하는 것 같은데, 부디 그 꿈이 내 경우처럼 독사가 되어 자신을 물지 않기를 바랄 뿐입니다. 내가 겪은 재앙이 도움이 될지 모르겠군요. 하지만 나와 같은 길을 가며 나와 같은 위험에 뛰어들려 하는 걸 보니 내 얘기가 좋은 교훈이 될 수 있을 것 같아요. 계획대로 성공한다면 길잡이가 되어 줄 것이고, 실패해도 위로가 되어 줄 수 있겠지요. 좀처럼 믿기 힘든 이야기니 마음의 준비를 해 두는 게 좋을 겁니다. 평상시였다면 비웃음을 살까 두려워 말도 못 꺼냈지만, 이렇게 변화무쌍한 자연 속에서라면 꽤 그럴듯하게 들릴 수도 있으니까요. 게다가 이야기를 찬찬히 듣다 보면 내 말이 사실임을 입증하는 일관성 있는 증거도 발견할 수 있을 겁니다."

이야기를 들려준다고 했을 때 제가 기뻐했을 거라 상상하시겠죠? 하지만, 저는 그가 자신의 불행을 되짚어 슬픔을 다시 겪어야 하는 것이 가슴 아팠습니다. 그래도 그의 이야기가 너무나 듣고 싶었어요. 궁금하기도 했고, 할 수만 있다면 그를 운명의 진흙탕에서 건져 내 주고 싶다는 바람도 있었어요. 저는 이런 마음을 그에게 그대로 표현했습니다.

"딱하게 여겨 주시니 고맙군요. 하지만 그럴 필요 없습니다. 이제 내 운은 다했으니까요. 내가 바라는 것은 단 하나뿐이고 그 뒤에는 평화로운 안식만이 있을 뿐입니다. 내가 끼어들려 했지만, 그가 제지하며 말을 계속했습니다. "선장 마음은 충분히 이해해요. 하지만 친구! 친구라고 불러도 된다면 그렇게 부르죠. 친구가 지금 오해하는 건, 무엇으로도 내 운명을 바꿀 수는 없다는 겁니다. 내 이야기를 들어 보면 결코 돌이킬 수 없다는 걸 알게 될 거예요."

그는 다음날 내가 한가할 때 이야기를 시작하겠다고 말했습니다. 저는 마음속으로 고마웠어요. 그리고 매일 밤 틈을 내서 그가 낮에 한 이야기를 단어 하나도 빠트리지 않고 기록하기로 마음먹었습니다. 바쁠 때는 최소한 메모라도 해 놓기로 말이에요. 이 기록은 누님에게 틀림없이 큰 즐거움을 줄 거예요. 하지만 그를 잘 알고, 직접 이야기를 들은 내가 훗날에 이걸 읽는다면 어떤 기분이 들까요? 지금도 글을 쓰려고 하면 그의 목소리가 귓가에 또렷이 들리고, 눈앞에 그의 슬프고도 다정한 눈빛과 살아 움직이는 가느다란 손과 마음을 그대로 드러내는 듯한 얼굴선이 어른거려요. 자, 이제 망망대해를 항해하던 배를 덮친 폭풍처럼 기이하고 소름 돋는 그의 이야기를 펼쳐 보겠습니다.

제1장

　나는 제네바에서 태어났고, 우리 집안은 제네바 공화국에서 가장 명망 있는 가문 중 하나였어요. 나의 조상들은 대대로 외교관이나 행정관료 등의 요직을 거쳤고, 내 아버지도 여러 명예로운 고위 공직에서 일하셨죠. 아버지는 청렴하였고 열정적으로 공무를 수행했기에 주변 사람들에게 존경을 받으셨습니다. 여러 가지 사정으로 결혼 시기를 놓쳤지만, 장년에 이르러서는 가정을 꾸리고 한 집안의 가장이 될 수 있었습니다.

　결혼에 이르기까지의 과정은 아버지의 성격을 잘 드러내는데, 먼저 그 이야기부터 들려주어야겠군요. 아버지의 친한 친구 중에 사업가 한 분이 계셨습니다. 처음엔 사업이 번창했지만 불운이 겹치면서 그만 비참한 지경에 이르고 말았죠. 보포르라는 이름의 그분은 자존심이 강하고 뻣뻣한 성격이라 한때 명성을 누리던 지역에서 가난하고 보잘것없는 존재로 사는 것을 견디지 못했어요. 떳떳하게 빚을 청산한 그는 딸과 함께 루체른의 조용한 시골 마을로 들어가 가 난한 삶을 이어 갔습니다. 보포르를 진정으로 아꼈던 아버지는 친 구의 불행을 무척 슬퍼하셨고 한낱 자존심 때문에 친구마저 버리 고 도피한 그를 안타까워하셨습니다. 아버지는 자신이 발 벗고 나 서서 도움을 주면 친구가 새롭게 일어날 수 있을 거라고 생각하고 백방으로 친구를 찾아다녔죠.

보포르가 워낙 감쪽같이 숨어 버린 탓에 아버지가 그의 거처를 알아내기까지 거의 열 달이 걸렸습니다. 마침내 친구가 있는 곳을 알아낸 아버지는 기쁜 마음에 로이스 강변의 빈민가로 달려갔습니 다. 집에 들어섰을 때는 가난과 불행이 아버지를 맞이했습니다. 재 산을 다 날린 보포르는 아주 적은 돈밖에 없었지만 몇 달은 버틸 만했고, 그 사이에 상점에서 일자리 정도는 얻을 수 있을 거라고 생 각했어요. 하지만 아무 일도 일어나지 않은 채 날짜만 지나갔습니 다. 과거를 돌이켜 볼수록 한탄만 늘어갔고, 결국 3개월 뒤에는 아 무 일도 못한 채 병상에 누워 있는 신세가 되었습니다.

딸이 극진히 돌보았지만 얼마 없던 재산은 빠르게 줄어들었고, 마땅히 도움을 받을 곳도 없어 좌절만 깊어졌습니다. 그러나 비범한 성격의 딸 카롤린 보포르는 역경 속에서도 꿋꿋이 버티며 짚을 엮 는 등의 일로 생계를 이어 갔습니다.

그렇게 몇 달이 흘렀습니다. 보포르의 병세는 점점 더 나빠졌고 카롤린은 아버지를 돌보는 데 모든 시간을 할애해야 했습니다. 생계 는 점점 어려워졌고, 그렇게 열 달 만에 아버지가 그녀의 품에서 숨을 거두자 카롤린은 무일푼의 고아가 되었습니다. 아버지가 그 집에 들어선 것은 마지막 희망마저 무너진 그녀가 보포르의 관 앞에 엎드려 오열하고 있을 때였습니다. 자기 아버지를 돌보려 헌신했던 불쌍한 소녀에게 우리 아버지는 수호천사처럼 다가왔습니다. 친구를 땅에 묻은 뒤에 아버지는 그녀를 제네바로 데려와 친척에게 맡겼습니다. 그로부터 2년 뒤에 카롤린은 그의 아내가 되었습니다.

부모님은 나이 차이가 꽤 많이 났지만, 그런 점이 오히려 두 분의 애정을 헌신적으로 엮어주었던 것 같습니다. 올곧은 성품의 아버지는 사랑하는 만큼 그것을 보여주어야 한다고 생각하셨습니다. 지난 세월 동안 사랑을 받기만 했다는 자책감에 사랑을 주는 것에 더 큰 가치를 두려고 하셨던 것 같습니다. 아버지의 사랑에는 단지 나이 어린 상대를 보살펴 주는 것 이상의 표현할 수 없는 감사와 존중의 마음이 담겨 있었는데, 여기엔 어머니가 견뎌온 슬픔을 보상해 주고 싶은 열망도 작용했던 것 같습니다. 아버지는 어머니가 원하는 모든 것을 들어주었고 모든 것을 양보했습니다. 정원사가 이국의 화초를 애지중지하듯 어머니를 세상 풍파로부터 보호하려 하셨고, 자상하고 인정 많은 어머니의 마음을 기쁘게 해 주는 일은 무엇이든 하려고 하셨습니다. 어머니는 그동안의 고생 때문에 건강이 나빠지고 단단했던 정신도 많이 쇠약해져 있었습니다. 결혼하기 2년 전부터 아버지는 맡고 있던 모든 공직을 내려놓으셨고, 결혼 뒤에는 약해진 어머니의 심신을 회복시키기 위해 좋은 기후와 멋진 풍경, 흥미로운 변화가 있는 이탈리아로 떠나셨습니다.

부모님은 이탈리아에 이어 독일과 프랑스도 여행하셨습니다. 장남인 나도 나폴리에서 태어나 아기 때부터 부모님과 함께 각지를 떠돌았습니다. 몇 년 동안 나는 외동이었습니다. 사이가 무척 좋았던 두 분은 사랑의 광산에서 무진장의 광물을 캐내듯 나에게 모든 애정을 퍼부으셨습니다. 어머니의 부드러운 손길과 아버지의 다정한 미소는 내 생애 첫 기억으로 남아 있습니다. 나는 부모님의 장난감이자 우상이었고 그 이상의 무엇이었습니다. 하늘이 그들에게 내려준 순진하고 연약한 피조물의 행복과 불행은 전적으로 두 분의 손에 달려 있었습니다. 이런 책임감에 헌신적인 애정까지 더해져, 나는 어린 시절부터 배운 인내와 자선과 절제의 교훈과 함께 눈앞에 놓인 비단길만 따라가면 되었습니다.

오랫동안 나는 부모님의 유일한 관심사였습니다. 어머니는 딸을 갖고 싶어 하셨지만 나는 한동안 외동으로 지냈습니다. 내가 다섯 살쯤 되었을 때, 우리 가족은 이탈리아 국경 밖을 여행하면서 코모 호수 근처에서 일주일을 머물렀습니다. 자비로웠던 부모님은 종종 가난한 사람들의 집을 방문하셨습니다. 어머니에게 가난한 사람들을 돌보는 것은 의무 이상이었습니다. 자신이 겪은 고통과 구원을 생각하면 어려운 이들의 보호자가 되어 주는 것을 소명이라고 생각하셨던 겁니다. 산책을 하던 중 두 분은 산골짜기 마을에서 유독 초라해 보이는 오두막 한 채를 보았습니다. 집 주변에서 놀고 있는 아이들의 헐벗고 초라한 몰골이 가난을 말해주고 있었습니다. 어느 날, 아버지가 밀라노로 일을 보러 가셨을 때 어머니는 저를 데리고 그 집을 다시 찾으셨습니다. 고된 노동과 육아에 지친 농부 부부가 배고픈 다섯 아이에게 보잘것없는 식사를 나눠주고 있었습니다. 그 중에서도 어머니의 마음을 사로잡은 아이가 하나 있었습니다. 다른 네 명은 탁하고 사나운 눈망울이 부랑아처럼 보였지만, 이 아이만큼은 날씬하고 예쁘장한 것이 마치 다른 종족 같았습니다. 생기 있게 빛나는 금발은 남루한 옷을 걸쳤음에도 고결함을 나타내는 왕관을 쓴 듯했습니다. 그녀의 넓고 환한 이마와 맑고 푸른 눈, 섬세하고 부드러운 입술과 얼굴선을 보면 누구든 하늘이 보낸 특별한 존재, 용모 하나하나에 천상의 낙인이 찍힌 존재라고 생각할 수밖에 없었습니다.

어머니가 이 사랑스러운 소녀를 놀라움과 감탄 섞인 눈으로 바라보는 것을 알아챈 농부의 아내는 극구 소녀의 출생 이야기를 늘어놓았습니다. 아이는 그녀의 아이가 아니라 한 밀라노 귀족의 딸이었습니다. 아이의 어머니는 독일인이었는데, 그녀를 낳다가 죽고 말았습니다. 결혼한 지 얼마 안 되어 첫째를 막 낳은 농부가 부부가 어찌어찌하여 아이를 맡아 기르게 되었습니다. 그때는 이들도 아직 형편이 괜찮을 때였습니다. 소녀의 아버지는 옛 이탈리아의 영광을 가슴에 간직한 채 조국의 자유를 찾기 위해 싸우던 '항상 분노하는 노예들'[9]의 단원이었습니다. 하지만 그는 약소국인 조국의 희생양이

---

9 작가가 만들어낸 가상의 해방운동 단체. 당시 롬바르디아 제국을 점령한 오스트리아에 맞서 조국의 자유와 독립을 되찾으려고 롬바르디아인들이 결성한 단체로 설정되었다. 메리 셸리는 이 단체 이름을 베르디의 오페라 '나부코'에서 따온 것으로 보인다. '나부코'는 유대인들이 애굽(이집트)의 파라오에게 억압받던 시절을 묘사한

되어야 했습니다. 그가 죽었는지 아니면 아직 오스트리아의 지하 감옥에서 살아있는지는 알 수 없지만, 그의 재산은 몰수되었고 아이는 무일푼의 고아가 되고 말았습니다. 양부모의 누추한 거처에서 소녀는 어두운 잎의 가시나무 사이에 핀 장미보다도 아름답게 피어났습니다.

밀라노에서 돌아온 아버지는 우리 집 복도에서 그림 속 천사보다도 아름다운 아이가 나와 함께 놀고 있는 걸 보셨습니다. 그녀의 외모에서는 빛이 나는 것 같았고 자태와 움직임은 언덕 위의 영양처럼 가벼웠습니다. 아버지는 곧 그 요정의 정체를 곧 알게 되었습니다. 아버지의 허락을 받은 어머니는 산골에 사는 그녀의 양부모에게 가서 아이를 입양하게 해 달라고 간청했습니다. 양부모도 이 사랑스러운 고아를 무척 사랑했습니다. 자신들에게 온 아이를 축복으로 여겼지만, 신의 보호를 받는 그녀를 궁핍 속에 두는 것은 부당한 일이라고 생각했습니다. 마을 신부와 상의한 끝에 엘리자베스 라벤자는 우리 집 식구가 되었습니다. 그녀는 나에게 누이 이상의 존재였으며, 모든 관심과 기쁨을 함께하는 아름답고 소중한 동반자였습니다.

온 가족이 엘리자베스를 사랑했습니다. 뜨겁다 못해 경건할 정도의 애정을 쏟았고, 이를 함께 나누는 일은 내게 자부심이자 기쁨이었습니다. 엘리자베스를 데려오기 전날 저녁에 어머니는 내게 장난

작품으로, 이탈리아 독립운동가들에게는 상징적인 의미를 지녔다.

스럽게 말씀하셨습니다. "빅토르에게 줄 예쁜 선물이 있는데, 내일 받게 될 거야."

　다음날 어머니가 약속한 선물로 엘리자베스를 데려왔습니다. 어린아이다운 진지함으로 어머니 말을 곧이곧대로 믿었던 나는 엘리자베스를 소중히 해야 할 내 것으로 여겼고, 엘리자베스를 향한 모든 칭찬을 나에 대한 칭찬으로 생각했습니다. 우리는 친숙하게 서로를 사촌이라고 불렀습니다. 하지만 그녀는 내게 누이 이상이었고 죽을 때까지 오로지 내 것이어야만 했기에, 어떤 말 어떤 표현으로도 우리 둘의 관계를 설명할 수는 없었습니다.

제2장

나이 차이가 얼마 나지 않았던 우리는 함께 자랐습니다. 우리 사이에는 어떤 불화나 언쟁도 없었습니다. 화합이 우리를 이어 주는 정신이었으며, 성격의 차이는 오히려 우리를 가깝게 만들어주었습니다. 엘리자베스는 차분하고 집중력이 있었고, 나는 열정적인 데다 배움에 대한 갈증이 커서 무엇이든 열심히 파고드는 성격이었습니다. 시인들의 이상을 쫓았던 그녀는 스위스의 우리 집을 둘러싼 장엄하고 신비한 풍경, 즉 웅장한 산과 계절의 변화, 폭풍과 고요, 적막한 겨울, 여름 알프스의 격동하는 생명력에서 무한한 경이와 기쁨을 발견하려 했습니다. 그녀가 충만한 마음으로 사물의 장엄함에 탐닉하는 동안 나는 그것들의 원인을 탐구하는 데에서 보람을 찾았습니다. 세상은 나에게 풀어야 할 비밀이었습니다. 자연의 숨은 질서를 발견하려는 호기심과 탐구욕, 발견했을 때의 희열이 내가 기억하는 최초의 감각 중 하나였습니다.

일곱 살 터울의 남동생이 태어났을 무렵 부모님은 유랑 생활을 끝마치고 고향에 정착했습니다. 우리는 제네바에 집을 가지고 있었고, 도시에서 5킬로미터 이상 떨어진 호수 동쪽 기슭의 벨리브에도 별장을 한 채 가지고 있었습니다. 우리는 주로 별장에서만 지냈으므로 고립된 생활을 했다고 할 수 있습니다. 나는 무리에 휩쓸리는 대신 몇몇하고만 각별한 친분을 나누는 편이었습니다. 그래서 대부분의 학교 친구들과 소원했지만 그중 단 한 명과는 유독 친하게 지냈습니다. 앙리 클레르발은 제네바 상인의 아들이었습니다. 앙리는 뛰어난 재능과 기발한 상상력을 지닌 친구였습니다. 기사도와 로맨스에 관한 책을 즐겨 읽었으며, 모험이나 고난, 심지어 위험까지도 사랑했습니다. 그래서 영웅에 대한 노래를 작곡하고 기사의 모험담이나 마법에 관한 이야기를 지어내기도 했습니다. 그는 론세스바예스[10]의 영웅들, 원탁의 기사 아서 왕, 성스러운 무덤을 이교도로부터 지키기 위해 피 흘린 기사단 등을 주인공으로 한 연극이나 가면극을 만들어 우리를 참여시키기도 했습니다.

어린 시절을 나처럼 행복하게 보낸 사람은 아마 없을 겁니다. 부모님은 관대하고 온화한 분이셨습니다. 우리는 부모를 우리 운명의 지배자가 아니라 행복을 만들어내는 원천으로 생각했습니다. 특히

---

10 스페인 북부의 네바라 자치지구에 있는 마을. 프랑크 왕국의 대제 샤를마뉴는 스페인을 침략한 뒤 퇴각하다가 론세스바예스에 매복해 있던 바스크인들에게 격파당한다. 이 전투에서 후위 부대를 지휘하던 롤랑 장군이 바스크족의 공격을 받아 전사했는데, 그의 영웅적인 무훈을 그린 〈롤랑의 노래〉라는 영웅 서사가 오늘날에도 여러 문학 작품으로 전한다.

다른 가족들과 어울릴 때면 내가 얼마나 행운아인지 알 수 있었고, 감사와 존경의 마음도 커졌습니다.

나는 때로 난폭해지거나 격정에 사로잡히곤 했습니다. 하지만 내 나름의 방식으로 그것을 어리석은 욕망이 아닌 배움의 갈증으로 대체할 줄 알았습니다. 그렇다고 해서 모든 지식을 무차별적으로 받아들이지는 않았습니다. 사실 언어의 구조, 통치 규범, 국제 정세 등은 내 관심사가 아니었습니다. 내가 정말 배우고 싶은 것은 하늘과 땅의 비밀이었습니다. 사물의 물리적 성질이든 자연 내부에 깃든 정신이든 인간의 신비한 영혼이든 형이상학적인 것, 즉 세상을 움직이는 고차원적 물리법칙의 비밀이 나를 사로잡았습니다.

반면에 클레르발은 이른바 세상의 도덕 질서를 찾는 데에 관심이 많았습니다. 삶의 복잡함, 영웅의 자격, 인간의 행동 원리 등이 그의 주된 관심사였습니다. 그의 꿈은 용맹하고 모험심 가득한 인류의 영웅으로 역사에 기록되는 것이었습니다. 한편, 엘리자베스는 신전의 불빛처럼 우리 집을 평온하게 밝혀 주었습니다. 그녀는 미소와 부드러운 목소리, 천사 같은 눈빛으로 우리에게 축복과 생기를 불어넣어 주었습니다. 그녀는 마치 사랑의 정령처럼 우리 마음을 어루만지고 녹여주었습니다. 나는 공부로 우울해지기도 하고 타고난 열정 때문에 거칠어지기도 했지만, 그녀의 온화한 성품은 모든 것을 품어 주었습니다. 클레르발도 마찬가지였죠. 그처럼 고귀한 정신을 지닌 사람이 어떻게 악한 마음을 품을 수 있겠습니까? 하지만 엘리자베스가 따뜻한 애정을 베풀어 주지 않았다면, 그는 모험에의 열정에도 불구하고 그토록 친절하고 온화할 수 없었을 것이며, 그토록 교양 있고 배려심 깊은 사람으로 성장하지도 못했을 것입니다.

저는 어린 시절의 추억에 잠기길 좋아합니다. 내 마음이 불행으로 더럽혀지고, 무궁한 가능성으로 빛나던 미래가 어두운 자책감의 수렁에 빠지기 이전의 시절에 대한 추억 말입니다. 어린 시절을 추억하다 보면 어리석은 선택으로 자신을 불행의 구렁텅이로 밀어 넣었던 사건들이 떠오릅니다. 내 운명을 뒤흔든 그때를 되돌아보면 작은 샘처럼 시작된 욕망과 기쁨이 강물처럼 불어나 내 모든 희망과 기쁨을 휩쓸어 갔다는 사실을 발견하게 됩니다.

자연철학은 내 운명을 뒤흔든 특별한 학문이었으니, 그 학문을 사랑하게 된 계기에 대해 말해 보지요. 열세 살 때 식구들과 함께 토농 근처로 온천욕을 하러 간 적이 있었습니다. 하지만 날씨가 좋지 않아 하루 종일 숙소에 갇혀 지내야 했죠. 나는 그곳에서 우연히 코르넬리우스 아그리파[11]의 책 한 권을 발견했습니다. 무심코 책을 펼쳤다가, 그가 증명하려는 이론과 놀라운 사실들을 접하고 흥분에 휩싸였습니다. 새로운 빛이 떠오르는 것만 같았죠. 기쁜 마음에 내가 새로 알게 된 것들을 아버지께 말씀드렸더니 아버지는 책의 속표지를 한번 훑어보시고는, "코르넬리우스 아그리파로구나! 빅토르, 쓰레기처럼 한심한 책에 시간을 낭비하지 말거라."라고 말씀

---

11 코르넬리우스 아그리파(Cornelius Agrippa)는 르네상스기 독일 사람으로, 마술사, 군인, 신학자, 법률가, 연금술사, 점성술사, 오컬트 작가 등등 여러 가지 직업으로 활동했다. 오컬트의 집대성인 『오컬트 사상에 관한 세 권의 책』을 발간하는 등 초자연과 신비주의에 깊은 관심을 보였다.

하셨습니다.

그때 만약 아버지가 "아그리파의 이론은 완전히 무너졌고, 그 자리에 훨씬 유용한 새로운 과학 체계가 도입되었단다. 과거의 과학은 근거 없는 공상에 기반했지만, 현대 과학은 실용적인 사실에 바탕하지."라고 말씀하셨다면 나는 분명 아그리파를 던져 버리고 더 열심히 이전 연구에 몰두했을 겁니다. 그랬다면 나를 파멸로 이끈 치명적인 충동에 빠져들지 않았겠죠. 하지만 아버지는 책을 대충만 훑어보고 말씀하셨기에 아버지가 내용을 정확히 알지 못하신다고 생각한 나는 그 책을 열심히 읽기 시작했습니다.

집으로 돌아와서 내가 가장 먼저 한 일은 이 작가의 전작들과 함께 파라켈수스[12]와 알베르투스 마그누스[13]의 책들을 구해 읽은 것이었습니다. 이 작가들을 읽고 탐구하면서 그들이 품었던 기괴한 상상에 매료되기 시작했는데, 그건 마치 나만 알고 있는 보물 지도를 가지고 있는 것 같았습니다. 전에 자연의 비밀을 꿰뚫어 보려는 열망으로 가득 찬 사람이라고 나를 소개한 적이 있었지요? 하지만 현대 철학자들의 열정 어린 노력과 놀라운 발견을 공부하고 나면 늘 아쉽고 불만족스러웠습니다. 아이작 뉴턴 경은 자신을 진리라는 미지의 바다 한편에서 조개 줍는 어린아이와도 같다고 고백했다는데,

---

12 파라켈수스(Paracelsus) 역시 르네상스 시대에 스위스에 살았던 독일인으로, 연금술과 의학을 결합하면서 의학에 큰 영향을 끼쳤다.

13 알베르투스 마그누스(Albertus Magnus)는 1200년대에 살았던 독일의 주교이자 신학자, 철학자이다. 기독교의 교리를 논리적으로 증명하려 한 제자 토마스 아퀴나스에게 큰 영향을 끼쳤다. 연금술과 마법에도 많은 관심을 가졌던 것으로 알려져 있다.

뉴턴의 뒤를 이은 모든 자연철학이 어린 내가 보기에 그렇게 느껴졌습니다.

무지한 농부도 자기 주변 사물들을 관찰할 줄 알고 그 쓸모를 압니다. 가장 많이 배웠다는 철학자도 그들과 크게 다르지 않습니다. 자연의 섭리를 조금 엿보았을 뿐, 근본적인 원리는 여전히 경이와 신비로 남아 있죠. 철학자는 분석하고 해부하고 이름을 붙일 뿐이지 궁극적인 원인은 물론 이차, 삼차적인 원인에 대해서도 전혀 알지 못합니다. 자연의 비밀이 있는 성채로 들어오는 것을 막는 요새와 장애물들 앞에서 그동안 나는 경솔하고 어리석게 불평만 늘어놓고 있었던 겁니다.

하지만 여기에 책들과 많은 것을 꿰뚫어 알고 있는 사람들이 있었습니다. 나는 그들의 주장을 믿고 그들의 제자가 되기로 결심했습니다. 18세기에 이런 일이 이상해 보일 수 있겠죠. 하지만 나는 제네바에서 학창시절을 보내는 동안에도 좋아하는 분야를 혼자서 공부했습니다. 아버지는 과학적 지식이 없었고 나는 지식에 대한 갈증에 더해 어린 시절의 무지와 싸워야 했습니다. 새로운 스승들의 지도 아래 나는 현자의 돌과 불로장생의 영약을 찾는 일에 열중했습니다. 특히 '나는 불로장생의 비밀에 관심이 많았습니다. 이 영약을 통해 부를 얻을 생각은 없었습니다. 다만 인간의 질병을 몰아내고 죽음을 피할 수 있는 발견을 하면 더없이 영예롭겠다는 생각뿐이었죠.

나의 야심은 여기서 멈추지 않았습니다. 내가 좋아하는 작가들은 유령이나 악마를 불러내는 것도 가능하다고 믿었습니다. 나도 그것을 간절히 바랐죠. 주술이 매번 실패해도 스승들의 지식이나 방법이 잘못된 게 아니라 내가 아직 부족하거나 잘못했기 때문이라고 생각했어요. 한동안 파격적인 이론에 집착하며 온갖 모순된 이론들을 뒤섞기도 하고, 불타는 상상력과 유치한 추론에 필사적으로 매달리기도 했습니다. 한 사건이 내 생각을 완전히 바꾸어놓을 때까지 말이에요.

내가 열다섯 살쯤 되었을 때일 겁니다. 그때 우리 가족은 벨리브 근처의 별장에 머물고 있었는데, 그날따라 엄청난 뇌우가 몰아쳤습니다. 뇌우는 쥐라산맥 너머로부터 하늘 여기저기에서 무시무시한 천둥소리를 내며 다가왔습니다. 나는 뇌우가 계속되는 동안 들뜬 마음으로 그 광경을 지켜보고 있었습니다. 문 앞에 서 있는데, 약 20야드 떨어진 곳에 서 있는 거대한 참나무에서 불길이 뿜어져 나오는 것이 보였습니다. 섬광이 사라지자 참나무는 온데간데없고 불에 타버린 그루터기만 남아 있었습니다. 다음날 아침에 우리는 참혹하게 부서진 나무를 보았습니다. 충격으로 쪼개진 정도가 아니라 아예 산산조각이 나 있었습니다. 무언가가 그토록 처참하게 부서진 것을 그때 처음 보았습니다.

그때까지 나는 전기의 원리에 대해 잘 몰랐습니다. 마침 우리 곁에 자연철학에 정통한 사람이 있었는데, 그는 이 재앙 앞에서 흥분하며 전기학과 갈바니 현상[14]에 대해 알고 있는 것들을 전부 설명

---

14 생물의 조직에서 전기가 생성되고 그 전기 자극에 의해 근육 조직이 수축하는 현상을 발견한 18세기 과학자 갈바니의 실험을 말한다. 이 소설에서는 갈바니의 실험

해 주었습니다. 나에게는 모든 것이 새롭고 놀라웠습니다. 그의 설명은 내 상상력의 원천이었던 코르넬리우스 아그리파와 알베르투스 마그누스, 파라켈수스의 연구를 초라하게 만들었습니다. 무슨 조화였는지, 그들의 몰락과 함께 연구를 계속하고 싶은 마음이 사라졌습니다. 아무것도 알 수 없거나 모두가 무의미해 보였습니다. 오래 관심을 가졌던 일들이 갑자기 하찮아 보였습니다. 누구나 경험하는 젊은 시절의 변덕으로 갑자기 나는 모든 것을 버렸습니다. 자연사에서 갈라져 나온 모든 학문이 터무니없어 보이고 실패로 여겨졌으며, 학문의 문턱에도 들어가지 못할 사이비로 여겨졌습니다. 이때부터 관심을 수학과 그 관련 분야로 돌렸습니다. 이것만이 안정적인 기반 위에 세워져 관심을 가질 만한 학문이라고 생각했습니다.

우리의 정신은 이처럼 이상하게 만들어졌고, 가느다란 끈 하나가 우리를 성공 또는 파멸로 이끌곤 합니다. 생각해 보면 이 기적적인 변화는 나를 지켜주는 수호신의 다급한 경고였던 것 같습니다. 내 피난처를 덮치려는 폭풍을 피하도록 수호 정령이 마지막 최후의 수단을 쓴 것이죠. 그 당시 이 수호신의 승리로 인해 나는 지루했을 뿐만 아니라 최근에는 고통스럽기까지 했던 연구를 포기하고 어느 때보다 큰 평온과 기쁨을 누리게 되었습니다. 이렇게 나는 옛 과학자들의 연구를 사기라고 여기고 멀리하는 것이 상책이라고 생각하게 되었죠.

이 죽은 시체를 부활시키는 데 사용된다.

하지만 내 수호천사의 역할은 여기까지였습니다. 거스를 수 없는 운명의 법칙이 내 삶을 되돌릴 수 없는 끔찍한 파멸로 이끌고 있었던 것입니다.

제3장

내가 열일곱 살이 되었을 때 부모님은 나를 잉골슈타트 대학교에 입학시키기로 마음먹었습니다. 그때까지 제네바에서 학교에 다녔지만, 아버지는 제대로 교육을 받으려면 다른 나라의 문화에도 익숙해져야 한다고 생각하셨습니다. 그렇게 나는 집을 떠날 예정이었습니다. 하지만 출발이 가까웠을 무렵 내 인생의 첫 번째 불행이 찾아왔습니다. 그것은 마치 앞으로 일어날 불행들의 징조 같았습니다.

성홍열에 걸린 엘리자베스의 병세가 심해 목숨이 위태로울 지경이었습니다. 엘리자베스가 병석에 있는 동안 가족들 모두 어머니가 간병하는 것을 말렸습니다. 어머니도 처음엔 우리의 말을 들었지만, 사랑하는 사람이 죽을 위험에 처하자 견딜 수 없는 불안에 휩싸였습니다. 결국에는 어머니가 엘리자베스를 직접 간병했고 지극정성으로 보살핀 덕분에 엘리자베스는 병에서 회복될 수 있었습니다. 이렇게 엘리자베스는 살아났지만, 몸을 돌보지 않았던 어머니에게는 치명적인 결과로 나타났습니다. 엘리자베스가 회복한 지 사흘째 되던 날에 어머니는 앓아누우셨고, 고열과 함께 병세가 심각해졌습니다. 의료진 표정은 벌써 최악의 결과를 예견하고 있었습니다. 어머니는 마지막 순간까지 강인함과 인자함을 잃지 않으셨습니다. 엘리자베스와 나의 손을 잡고 어머니는 말씀하셨습니다. "얘들아, 너희들이 결혼하는 걸 보는 것이 나의 가장 큰 소망이었단다. 이제 너희 아버지가 그런 기대로 위안을 삼으시겠구나. 엘리자베스, 네가 내 몫까지 동생들을 돌봐주어야 한다. 아아! 너희를 두고 가는 게 안타깝구나. 이토록 사랑받았던 행복한 삶을 버리고 싶지 않지만, 이제는 이런 생각도 버려야겠지? 기꺼이 죽음을 받아들이고 다음 세상에서 너흴 만날 것을 기약하마."

어머니는 조용히 죽음을 맞으셨고, 마지막 순간까지 얼굴에는 자애로움이 가득했습니다. 가장 소중한 인연을 잃어버렸을 때의 공허함과 절망감에 굳이 설명이 필요할까요? 매일 얼굴을 마주치고, 존재 자체가 우리의 일부였던 사람이 영원히 떠났다고, 사랑하는 이의 눈빛이 꺼지고 익숙하고 소중했던 목소리를 영원히 들을 수 없게 될 거라고 마음이 스스로를 설득하는 데는 오랜 시간이 걸립니다. 이것이 처음 얼마 동안의 반응이지만, 시간이 지나고 그것이 현실임을 깨닫게 되면 진짜 슬픔은 시작되는 거죠. 하지만 죽음의 무자비한 손길로부터 소중한 인연을 빼앗겨 보지 않은 사람이 누가 있을까요? 모든 사람이 느꼈고 느끼게 될 슬픔을 굳이 설명할 필요가 있을까요? 시간이 지나면 언젠간 죄책감을 느끼면서도 참을 수 없는 미소가 얼굴에 번지는 날이 오기 마련이죠. 어머니는 떠났지만, 우리에게는 아직 해야 할 일들이 남아 있었습니다. 함께 남은 삶을 이어 가야 했고, 죽음의 신이 아직 잡으러 오지 않았음을 감사하며 살아야 했습니다.

어머니의 죽음 때문에 미뤄졌던 나의 잉골슈타트행 일정이 다시 정해졌습니다. 나는 아버지께 몇 주의 휴가를 더 허락받았습니다. 슬픔으로 무덤처럼 적막해진 집을 급하게 떠나가는 것이 마음에 걸렸기 때문입니다. 처음 겪는 슬픔이라고 충격이 덜하지는 않았습니다. 남은 사람들과 더 오래 함께하고 싶었고, 사랑하는 엘리자베스가 안정을 찾는 것도 보고 싶었습니다.

그녀는 자신의 슬픔은 뒤로하고 우리를 위로하려고 애썼으며, 최선을 다해 자기 역할에 충실하려고 했습니다. 헌신적으로 숙부와 사촌들을 돌보는 모습은 감동적이까지 했습니다. 햇살 같은 그녀의 미소는 우리의 슬픔을 잠시 덜어주었고 모두에게 큰 위안이 되었습니다. 그녀도 우리를 위로하는 가운데 스스로 슬픔을 잊으려 했던 것 같습니다.

출발 날짜가 다가왔습니다. 가족과 더불어 클레르발도 마지막 저녁을 함께했습니다. 그도 나를 따라가 함께 공부하고 싶다고 자기 아버지를 설득해 보았지만 소용이 없었습니다. 고지식한 상인인 아버지는 아들의 헛된 꿈과 야심이 결국 아들을 망치고 말 것이라고 생각했습니다. 앙리는 교육 받을 기회를 놓친 것을 한스러워했습니다. 직접 표현은 안 해도 말투나 눈빛에서 장사 따위에 매달리며 살고 싶지는 않다는 의지가 느껴졌습니다.

우리는 늦게까지 함께 있었습니다. 아무도 먼저 "안녕"이라는 말을 하지 못하다가 누군가의 '안녕'을 시작으로 각자 잠자리로 물러났습니다. 하지만 날이 밝아 나를 데려다줄 마차로 내려가자 모두 모두 나를 배웅하러 나와 있었습니다. 아버지는 행운을 빌어주기 위해, 클레르발은 다시 한 번 내 손을 잡아주기 위해, 엘리자베스는 편지하라는 당부로 소꿉친구를 배웅하기 위해 거기에 있었습니다.

목적지로 가는 마차에 몸을 싣자 나는 우울한 생각에 빠져들었습니다. 함께 웃고 떠들던 다정한 친구들과 떨어져 이제는 혼자인 것입니다. 대학교에 가면 새로 친구를 사귀고 스스로를 돌보아야 했습니다. 한적한 시골에서 집에만 틀어박혀 살던 나에게 새로운 만남은 부담스러운 일이었습니다. 이제 사랑하는 형제들과 엘리자베스, 클레르발처럼 친숙한 얼굴 대신 낯선 사람들과 어울려야 했습니다. 처음에는 이런 우울한 생각에 빠져 있었지만, 여행을 계속할수록 기분이 조금씩 나아졌습니다. 나에게는 배움에 대한 열망이 있었습니다. 집에 갇혀 지낸다는 느낌 대신에 세상에서 내 위치를 찾고 싶었습니다. 이제 그 꿈을 이루려고 하는 것이니 후회할 이유가 없었습니다.

잉골슈타트까지의 길고 피곤한 여정에서 많은 생각들이 스쳐 지나갔습니다. 그리고, 어느덧 마을의 높고 하얀 첨탑이 보이기 시작했습니다. 마차에서 내리자 나는 독방으로 안내되었고, 저녁에는 자유로운 시간을 보낼 수 있었습니다.

다음날 아침, 나는 소개장을 들고 담당 교수들을 찾아갔습니다. 우연히도 가장 먼저 만난 사람은 자연철학과의 M. 크렘페 교수였습니다. 아니, 어쩌면 그것은 아버지를 떠나 마지못해 발길을 돌리던 순간부터 나를 멋대로 조종하던 파멸의 천사가 벌인 사악한 장난이었는지도 모릅니다. 그는 무례한 인물이었지만, 자신이 연구하는 분야에서만은 권위가 있었습니다. 그는 내가 자연철학 분야에 대해 얼마나 알고 있는지 시험하려고 몇 가지 질문을 던졌습니다. 나는 생각나는 대로, 한편으론 경멸한다는 듯이 내가 공부했던 책과 그 저자인 연금술사들의 이름을 댔습니다. 그러자 크렘페 교수는 나를 쳐다보며 이렇게 말했습니다. "정말 그런 말도 안 되는 공부에 시간을 쏟았단 말인가?"

내가 고개를 끄덕이자 교수가 딱하다는 투로 말했습니다. "자네가 그 책을 읽느라 보냈던 일 분 일 초가 시간 낭비였네. 쓸모없는 이론과 이름들을 외우느라 기억력만 낭비했던 거야. 도대체 어디에 갇혀 있었기에 천 년이나 된 케케묵은 헛소리에서 자넬 꺼내 줄 사람이 없었단 말인가? 계몽과 과학의 시대에 알베르투스 마그누스와 파라켈수스의 제자가 나타나다니. 자네는 처음부터 공부를 다시 시작해야겠네."

그는 그렇게 말하고 돌아서서 내가 읽어야 할 자연철학 서적들 목록을 적어 주었습니다. 그리고 다음 주 초부터 자신이 자연철학 개론 수업을 진행하고 다른 날에는 동료인 발트만 교수가 화학 강의를 할 것이라며 나를 돌려보냈습니다.

집으로 돌아오면서도 나는 별로 실망하지 않았습니다. 사실은 오래 전부터 교수가 비난한 책들이 쓸모없다고 생각하고 있었기 때문입니다. 하지만 교수가 추천한 책들도 전혀 읽어 보고 싶은 마음이 없었습니다. 쉰 목소리에 고약한 인상을 풍기는 땅딸보 교수의 학문적 궤적을 따라가고 싶지 않았습니다. 어쩌면 너무 어렸을 적에 내린 철학적 결론에 갇힌 채 모든 걸 판단했는지도 모릅니다. 아직 어렸던 나는 현대 과학 교수들의 연구 성과에 만족할 수 없었습니다. 어리고 이 분야에 대한 정보가 부족했기 때문이었겠지만, 나의 혼란스러운 머리는 지식의 발전을 거슬러 최신의 연구를 잊혀진 연금술사들의 꿈에 대입하려 하고 있었습니다. 여기에 그치지 않고 나는 현대의 자연철학을 경멸하는 마음까지 가지고 있었습니다. 과학의 대가들이 불멸의 힘을 찾던 시대는 지났습니다. 그들의 시도는 터무니없었지만 꿈은 웅대했었죠. 하지만 이제 무대가 바뀌었습니다. 연구자들이 가리키는 방향은 과학이 나에게 심어준 근원적인 환상마저 파괴하려 했습니다. 환상이 주는 위대함을 초라한 현실과 맞바꾸라고 요구하고 있었던 것이지요.

잉골슈타트에 도착해서 처음 며칠 동안은 새로운 동네에 익숙해지고 같은 건물에 사는 사람들과 친해지느라 정신이 없었습니다. 하지만 새롭게 한 주가 시작되자, 크렘페 교수의 강의가 생각났습니다. 그 거만한 인물의 설교는 탐탁지 않았지만, 그의 동료인 발트만 교수에 대한 호기심은 남아 있었습니다.

귀찮음 반 기대감 반으로 강의실에 도착하니 곧 발트만 교수가 들어왔습니다. 그는 크렘페 교수와 매우 달랐습니다. 쉰 살 정도의 나이에 온화해 보이는 표정을 지녔고, 관자놀이에는 흰머리가 조금 보이는 반면 뒷머리는 거의 검었습니다. 키는 작았지만 꼿꼿한 허리에 목소리는 내가 들어본 중에 가장 감미로웠습니다. 교수는 화학의 역사와 여러 사람이 이뤄낸 학문적 성과를 요약하는 것으로 강의를 시작했고, 대표적인 발견자들의 이름을 힘주어 호명했습니다. 그런 다음에는 과학의 현재 상태에 대해 개괄하고 기본적인 용어들을 설명했습니다. 그는 몇 가지 간단한 실험을 보여준 뒤 현대 화학을 찬양하는 말로 결론을 맺었습니다. 나는 그때 그가 한 말을 결코 잊지 못할 것입니다.

"고대 과학의 선구자들은 불가능한 약속으로 사람들을 기대에 부풀게 했지만 아무것도 이루어내지 못했네. 하지만 현대 과학자들은 거의 아무것도 약속하지 않아. 연금술이 불가능하고 불로장생약이 허구라는 사실을 잘 알고 있기 때문이지. 하지만 현대 과학자들은 더러운 물로 손을 적시고 현미경이나 가마솥을 들여다보는 단순한 행위만으로도 실제 기적을 행했네. 보이지 않는 자연의 깊은 곳을 탐구해 그것이 어떻게 작동하는지 보여주었고, 천상의 시각으로 혈액 순환의 원리와 우리가 숨 쉬는 공기의 성질을 밝혀냈지. 그들은 무한에 가까운 새로운 능력을 얻었어. 하늘의 천둥을 부르고 지진을 일으키는가 하면 그림자를 이용해 보이지 않는 세계를 구현해 낼 수도 있게 되었지."

교수님의 한 마디 한 마디가 나에게는 큰 충격이었고, 그것은 마치 나의 운명을 예언하는 듯했습니다. 그의 말을 들으면서 마치 내 영혼이 살아있는 적과 씨름하는 듯한 착각이 들었습니다. 내 존재를 구성하는 건반 하나하나가 건드려져 화음이 되고, 내 마음은 하나의 생각, 하나의 개념, 하나의 목적으로 가득 차올랐습니다. 나 프랑켄슈타인의 영혼이 외치고 있었습니다. 많은 이들이 그랬듯이 나는 앞으로 더 많은 것을 성취할 것이며, 이미 난 발자국을 따라가 새로운 길을 개척하고 미지의 힘을 탐구하고 생명의 가장 깊은 비밀을 세상에 알릴 것이다!

　그날 밤 나는 잠들 수 없었습니다. 몰려오는 거친 파도처럼 내 마음이 쉴 새 없이 요동쳤습니다. 격렬한 소용돌이를 잠시라도 가라앉히려 했지만 소용없었고, 아침이 밝은 뒤에야 겨우 잠들 수 있었습니다. 잠에서 깨어났을 때는 간밤에 날 사로잡았던 혼란스런 생각들이 꿈인 듯 사라지고 없었습니다. 남은 것은 과학에 대한 나의 열정뿐이었고, 과학 분야에서 나의 재능을 펼쳐야 한다는 강렬한 생각뿐이었습니다.　그날 나는 곧바로 발트만 교수를 찾아갔습니다. 사석에서 그는 수업 시간과 달리 훨씬 부드럽고 매력적인 분위기를 풍겼습니다. 강의할 때의 위엄 넘치는 모습과 달리 집에서는 친근하고 상냥하게 나를 맞아 주었습니다. 나는 크렘페 교수에게 했던 것처럼 내가 가진 생각을 털어놓았습니다. 그는 탐구에 대한 내 포부를 주의 깊게 들어 주었습니다. 코르넬리우스 아그리파와 파라셀수스의 이름이 나오자 미소를 지었지만, 크렘페 교수처럼 경멸의 태도는 보여주지 않았습니다. 그는 말했습니다. "그들의 지칠 줄 모르는 열정 덕분에 현대 과학의 토대가 만들어졌네. 그들 덕분에 우리가 밝혀낸 것들에 새로운 이름을 붙이고 분류하는 일이 용이해질 수 있었지. 천재들의 노력은 잘못된 방향으로 가더라도 결국엔 인류에게 확실한 도움을 주었어." 나는 꾸밈없고 솔직한 그의 이야기에 감명을 받았고, 교수님의 강의 덕에 현대 화학자들에 대한 편견이 사라졌다고 덧붙였습니다. 스승에 대한 젊은이다운 겸손과 존경으로 나는 조심스럽게(미숙한 모습을 보이고 싶지 않아서) 내 포부를 이야기했습니다. 그리고 앞으로 읽을 책에 관한 조언도 구했습니다.

"제자를 얻게 되어 기쁘군." 발트만 교수가 말했습니다. "지원서에 적힌 대로의 재능이라면 자네는 틀림없이 성공할 거야. 자연철학 중에서도 화학은 가장 많은 성과를 이뤄냈고 앞으로도 그럴 걸세. 나는 화학을 전공했지만 과학의 다른 분야도 소홀히 하지 않았네. 한 가지 분야에만 관심을 기울여서는 훌륭한 화학자가 될 수 없어. 단순한 실험가가 아닌 진정한 과학자가 되고 싶다면 수학을 포함한 자연철학의 모든 분야를 공부하라고 권하고 싶네."

그는 나를 자신의 실험실로 데려가 다양한 기계의 용도를 설명해 주고 어떤 준비물이 필요한지도 알려주었습니다. 그리고 기계를 망가뜨리지 않을 만큼 숙달되면 자신의 것을 사용하게 해 주겠다고 약속했습니다. 그는 내가 부탁한 책 목록을 적어주었고 나는 그것을 받아들고 그곳에서 나왔습니다.

그렇게 기억할 만한 하루가 끝났습니다. 그날은 내 미래의 운명을 결정지은 날이었습니다.

제4장

   그날부터 나는 자연철학, 특히 넓은 의미에서의 화학 공부에 몰두했습니다. 현대의 연구자들이 쓴 훌륭한 작품들을 열심히 읽었고, 강의를 듣고 학교의 과학자들과 교류했습니다. 기분 나쁜 생김새와 태도에도 불구하고 크렘페 교수가 매우 합리적인 사람이라는 것도 알게 되었습니다. 발트만 교수에게서는 진정한 친구의 모습을 발견했습니다. 독선과는 거리가 먼 온화한 성격을 지닌 그의 가르침에는 관습에 얽매이지 않는 진실과 선의가 담겨 있었습니다. 그는 지식에 다가가기 위한 다양한 방법을 알려주었으며 어려운 문제도 명확하게 설명해 주었습니다. 처음에는 헷갈리고 불명확했지만, 연구에 열정과 간절함이 생기면서 실험실에서 별이 지고 아침 해가 뜨는 일이 많아졌습니다.

   열심히 공부하다 보니 성취도 빨랐습니다. 나의 열정에 학생들은 감탄했고, 일취월장하는 실력에 스승들은 놀랐습니다. 크렘페 교수는 코르넬리우스 아그리파에 대한 연구는 잘 진행되고 있냐고 장난스럽게 물었고, 발트만 교수는 나의 발전을 진심으로 기뻐했습니다. 이렇게 2년이 흘렀습니다. 그동안에 제네바에는 한 번도 가 보지 못한 채 오로지 발견이라는 목표에만 정신과 영혼을 바쳤습니다. 경험해 본 사람만이 과학의 매력을 알 수 있습니다. 다른 학문에는 한계가 있지만, 과학적 탐구는 끝없는 발견과 놀라움의 연속입니다. 한 분야를 끝까지 파면 틀림없이 그 분야에 정통해질 수 있습니다. 한 가지에만 몰두한 덕분에 내 실력은 빠르게 늘었고, 2년 만에 대학으로부터 화학 기구들을 개선한 공로를 인정받기도 했습니다. 나는 잉골슈타트 교수들의 가르침에 의존하지 않아도 될 만큼 자연철학의 이론과 응용에 능통해졌습니다. 이제는 학교에 머무는 것이 내 발전에 도움이 되지 않을 정도였습니다. 그렇게 가족들이 있는 고향으로 돌아갈까 생각하고 있던 차에 한 우연한 사건이 나를 학교에 더 머물도록 만들었습니다.

나는 사람의 몸이 어떻게 이루어져 있는지에 특히 관심이 많았습니다. 그뿐 아니라 모든 생명체가 어떻게 만들어지는지도 무척 궁금했습니다. 나는 가끔 "생명은 어떻게 탄생하는 걸까?"라는 의문에 휩싸였습니다. 그건 대담한 질문이었고 도저히 풀 수 없는 수수께끼였습니다. 하지만 우리가 주저함이나 나태함 때문에 놓친 진실이 얼마나 많았던가요? 그런 사실을 염두에 두고 나는 자연과학 중에서도 생명을 연구하는 생리학에 더욱 몰두하기 시작했습니다. 초자연적인 열정에 사로잡혀 있지 않았다면 지루하기 짝이 없는 연구였을 것입니다. 생명의 원인을 탐구하려면 먼저 죽음을 이해해야 합니다. 해부학을 공부하긴 했지만, 그것만으로는 충분하지 않았습니다. 그래서 나는 인체의 자연스러운 부패 과정을 직접 관찰하기 시작했습니다. 아버지는 초자연적인 공포에 사로잡히지 않도록 가르치셨기 때문에 나는 미신 이야기에 겁먹거나 귀신이 나타날까 봐 두려워해 본 적이 없습니다. 내 상상에는 어둠의 그림자가 드리워지지 않았기에, 교회 묘지는 생명을 잃고 아름다움과 힘을 잃어 벌레의 먹이가 된 시체들의 안식처일 뿐이었습니다. 나는 부패의 원인과 진행을 조사하기 위해 지하 납골당과 시체 안치소에서 밤낮을 보냈습니다. 인간의 섬세한 감정으론 견디기 힘든 것들을 견디며 완벽했던 인간이 어떻게 부패해 스러지는지, 발그레했던 뺨이 어떻게 죽음으로 썩어 가는지, 벌레가 눈과 뇌의 경이로운 조직을 어떻게 갉아먹는지 직접 관찰했습니다. 나는 삶과 죽음을 연결하는 인과관계의 모든 과정을 세세히 조사하고 분석하려 했습니다. 그러던 어느 날, 갑자기 어둠 속에서 찬란하고 신비로우면서도 단조로운 빛 하나가 나를 비추었습니다. 그 빛이 보여준 광대한 비전에 현기증을 일으키면서도, 같은 분야를 탐구하던 수많은 천재 중 오직 나만이 그토록 놀라운 비밀을 발견했다는 사실에 놀랐습니다.

내 말을 미치광이의 망상이라고 생각하지 마세요. 이것은 하늘에서 태양이 빛나는 만큼 확실합니다. 기적이 일어났었는지는 모르겠지만, 내 발견의 과정은 명료했고 현실적이었습니다. 밤낮을 가리지 않고 고생한 끝에 생명의 원리를 발견했고, 생명 없는 물질에 생명을 불어넣는 방법까지 알아낸 것입니다.

발견의 놀라움은 곧 기쁨과 환희로 바뀌었습니다. 오랜 시간의 고생에 대한 최고의 보상이었습니다. 그러나 그 발견이 너무 위대하고 압도적이었기에 밟아온 과정은 지워지고 결과만 눈에 들어왔습니다. 창세 이래 최고로 지혜로운 사람들이 탐구하고 갈망하던 것이 내 손안에 들어온 것입니다. 하지만 문은 마법처럼 한꺼번에 열리지 않았습니다. 내가 얻은 정보는 완성된 결과물이라기보다 목표에 도달하기 위한 도구에 불과했습니다. 나는 죽은 자들과 함께 묻혔다가 희미하고 가녀린 한 줄기 빛으로 이어진 구원의 통로를 발견한 아라비아인과도 같았습니다.

당신의 눈에 담긴 갈망과 놀라움, 기대를 보니 내가 알아낸 비밀이 알고 싶은 모양이군요. 하지만 그만두시길. 내 이야기를 끝까지 들어 보면 내가 그 비밀을 감추는 이유를 이해하게 될 겁니다. 과거에 겁 없이 열정적이었던 나처럼 당신을 파멸과 불행으로 몰아넣고 싶지 않으니까요. 나를 통해, 아니 적어도 나를 반면교사 삼아, 지식을 얻는 것이 얼마나 위험한 일인지, 또한 자신의 본성보다 더 위대해지려고 하기보다 자신이 속한 세상을 전부라고 생각하며 사는 것이 얼마나 행복한 것인지 알기를 바랍니다.

그토록 놀라운 능력이 손에 쥐어진 걸 알게 되었을 때 나는 그것을 어떻게 사용해야 할지 오랫동안 고민했습니다. 비록 생명을 부여하는 능력을 얻었지만, 생기를 지닌 복잡한 섬유와 근육, 혈관 등을 갖춘 완벽한 인체를 만드는 것은 여전히 상상할 수 없을 만큼 어렵고 손이 많이 가는 일이었습니다. 처음에는 나와 같은 존재를 만들어야 할지 아니면 더 단순한 생명체를 만들어야 할지 고민했습니다. 하지만 첫 번째 성공에 고무된 나는 인간처럼 복잡하고 경이로운 동물을 만들 능력이 있다고 확신했습니다. 현재 가진 재료를 가지고는 그런 힘든 작업이 불가능하지만, 언젠가는 성공할 수 있으리라고 믿어 의심치 않았습니다. 나는 수많은 변수들에 대비했습니다. 계획이 틀어질 수도 있고 작업이 미흡할 수도 있었습니다. 하지만 과학과 기계 분야가 나날이 발전하는 것을 볼 때, 적어도 지금의 시도가 미래 성공의 발판이 될 것이라는 희망은 가질 수 있었습니다. 계획이 거창하고 복잡하다는 사실도 걸림돌이 되지 못했습니다. 나는 이런 마음가짐으로 인간을 창조하기로 했습니다. 섬세한 작업이 필요했으므로 애초의 계획을 바꿔서 거대한, 즉 키가 8피트 정도에 이르는 당당한 체격의 생명체를 만들기로 했습니다. 일단 결심을 굳히자 한 달 동안 모든 자료를 수집하고 정리한 뒤 작업을 시작했습니다.

처음 나를 몰아붙인 폭풍과도 같은 감정은 누구도 상상하지 못할 것입니다. 삶과 죽음은 뚫고 나가야 할 상식의 경계였고, 이를 통해 나는 어둠의 세계에 빛을 주어야만 했습니다. 행복하고 우수한 생명체들이 내 손에서 탄생하면 자신의 창조주이자 근원인 나에게 축복의 입맞춤을 해 주리라고 생각했습니다. 나는 그들의 아버지로서 존경받을 자격이 있으니까요. 이런 생각을 하다 보니 무생물에 생명을 불어넣을 수만 있다면 (당장은 불가능하더라도) 부패한 시신을 되살릴 수도 있으리라는 생각이 들었습니다.

쉼 없이 일을 진행하는 동안에도 이런 생각들이 나를 지탱해 주었습니다. 공부에 매달리면서 뺨은 핼쑥해졌고, 오랫동안 갇혀 지내면서 정신도 쇠약해졌습니다. 때론 성공을 코앞에 두고 좌절할 때도 있었지만, 내일 또는 한 시간 뒤에라도 꿈이 이루어질지 모른다는 희망에 온 힘을 다했습니다. 오직 희망만이 나의 버팀목이었습니다. 달이 한밤중의 노동을 지켜보는 가운데 숨이 막힐 정도의 열정으로 자연의 비밀을 쫓았습니다. 묘지의 더러운 웅덩이를 파헤칠 때나 죽은 육신에 생명을 불어넣기 위해 살아있는 동물을 고문할 때의 공포를 누가 상상이나 할 수 있을까요? 지금도 그때를 기억하면 온몸이 떨리지만, 광란에 가까운 거부할 수 없는 충동에 사로잡힌 나는 모든 정신과 감정을 버리고 하나의 목표만을 향해 돌진했습니다. 잠깐의 황홀경은 내게 짜릿한 자극을 주었습니다. 하지만 그 순간이 지나고 나면 다시 예전의 나로 돌아오곤 했습니다. 납골당에서 뼈를 수집하고 더러운 손으로 인체 골격의 비밀을 파헤쳤습니다. 복도와 계단으로 분리된 집 꼭대기의 감옥 같은 독방에서 이 불경스러운 작업을 계속했습니다. 세밀한 작업으로 눈이 빠질 지경이었습니다. 해부실과 도살장에서 필요한 재료를 구할 수 있었습니다. 인간적 본능은 혐오감을 불러일으켰지만, 끝없이 커져만 가는 열망에 이끌리며 작업은 바야흐로 마무리 단계에 이르렀습니다.

그런 가운데 정신없이 여름이 지나갔습니다. 들판에는 풍성하게 알곡이 맺히고 포도밭에는 포도송이가 탐스럽게 열렸습니다. 하지만 내 눈은 자연의 아름다움에는 무감각했습니다. 주변 풍경에 소홀한 만큼 멀리 떨어진 가족들에게도 소홀했습니다. 소식이 없으면 식구들이 불안해하리라는 사실과 함께 아버지의 당부도 잘 기억하고 있었습니다. "네가 만족한 생활을 하고 있다면 우리가 생각날 것이고 네 소식도 꾸준히 듣게 되겠지. 그러나 만약 편지가 끊긴다면 네가 너의 다른 의무도 소홀히 하는 것으로 알고 있으마."

아버지가 염려하실 걸 알면서도 나를 사로잡은 그 혐오스러운 일에서 헤어나올 수 없었습니다. 내 본성마저 삼켜버린 거대한 목표를 완수하기 전까지 애정 따위의 감정은 모두 뒤로 미뤄 두어야 했습니다.

그때는 가족에 대한 무관심을 부도덕이나 잘못이라고 여기는 아버지가 부당하다고 생각했습니다. 하지만 이제는 아버지의 나무람이 당연했다는 걸 알게 되었습니다. 성숙한 인간은 마음의 평온을 유지해야 하고 열정이나 찰나의 욕망에 흐트러지지 말아야 합니다. 지식 탐구도 예외는 아닙니다. 만약 내가 몰두하고 있는 연구가 마음을 흔들고 순수한 즐거움을 파괴한다면, 그것은 분명 정당하지 못하고 인간 본성에도 적합하지 않은 연구일 것입니다. 이 법칙이 항상 지켜져 가정의 화목을 깨뜨릴 만한 시도가 이루어지지 않았다면, 그리스는 정복되지 않았을 것이고 카이사르는 조국을 구했을 것이며 아메리카 대륙은 천천히 개척되고 멕시코와 페루 제국도 파괴되지 않았을 것입니다.

이야기가 한창 흥미로워지고 있는데 나도 모르게 설교로 빠지고 말았군요. 표정을 보니 어서 이야기를 계속해야 할 것 같네요.

편지에서 아버지는 나를 나무라지 않으셨습니다. 다만 내가 하는 일에 대해 꼬치꼬치 물으며 소식이 뜸한 까닭을 알고 싶어 하셨죠. 일에 매달리는 가운데 겨울이 가고 봄, 여름이 지나갔습니다. 하지만 나는 늘 기쁨을 주던 꽃과 무성해지는 나뭇잎들을 보지 못한 채 일에만 빠져 있었습니다. 그해 낙엽이 질 때쯤 내 작업은 완성 단계에 이르렀고, 하루하루 성공에 가까워졌습니다. 그러나 불안감이 점점 열정과 자리를 바꾸고 있었습니다. 나는 좋아하는 일에 매달리는 예술가라기보다는 탄광 일처럼 고달픈 노역에 시달리는 노예처럼 느껴졌습니다. 매일 밤 미열과 긴장감에 시달렸고, 나뭇잎 떨어지는 소리에도 소스라치며 죄지은 사람처럼 동료들을 피하곤 했습니다. 때때로 피폐해진 자신의 모습에 깜짝 놀라기도 했지만, 나는 오로지 목표만을 바라보며 버텼습니다. 작업은 곧 끝날 것이고 다시 운동과 여가를 즐기다 보면 모든 것이 괜찮아질 거라고 믿었습니다. 내 작품이 완성되고 나면 두 가지 모두를 즐기겠다고 다짐하면서 말입니다.

제5장

　마침내 노력이 결실을 맺은 것은 어느 11월의 음산한 밤이었습니다. 숨 막히는 긴장 속에서 나는 앞에 놓인 죽은 물체에 생명의 불씨를 불어넣기 위한 도구들을 챙기고 있었습니다. 벌써 새벽 1시였습니다. 빗방울이 스산하게 유리창을 때리고 촛불이 거의 다 타 들어갔을 때쯤, 나는 마침내 꺼져가는 불빛 속에서 내 창조물이 누런 눈을 뜨는 것을 보게 되었습니다. 그것은 거칠게 숨을 몰아쉬며 경련하듯 팔다리를 떨고 있었습니다.

　이 재앙 앞에서의 감정을 어떻게 설명해야 할까요? 아니, 끝없는 노력과 고뇌 속에 탄생한 이 불쌍한 존재를 어떻게 묘사해야 할까요? 팔다리의 비율도 맞추고, 얼굴 생김새도 내 손으로 아름답게 빚었건만, 하느님 이게 무슨 일이란 말입니까? 누런 살갗 안으로 근육과 동맥의 움직임까지 비쳐 보이고, 윤기 나는 검은색 머리카락에 이빨은 진주처럼 하얗게 빛나는 멀쩡한 모습이 눈동자 구분이 없는 회백색의 축축한 눈, 쭈글쭈글한 피부, 일직선의 검은 입술과 대비되면서 흉물스러움만 더해 보이는 것이었습니다.

아무리 굴곡진 인생이라도 사람의 감정만큼 변화무쌍할까요? 무생물에 생명을 불어넣겠다는 일념으로 휴식과 건강을 희생하면서 2년 가까이 노력하고 열망했지만, 막상 끝나고 나니 화려했던 꿈은 사라지고 숨 막히는 공포와 혐오가 가슴을 채워 오는 것이었습니다. 내가 만든 존재를 차마 마주할 수 없어 방에서 뛰쳐나온 나는 마음을 가라앉히지 못해 오랫동안 침실 안을 왔다 갔다 해야 했습니다. 겨우 마음을 가라앉히자 무력감이 찾아왔습니다. 옷을 입은 채로 침대에 누워 잠깐이라도 현실을 잊으려고 했지만 헛수고였습니다. 잠 속에서도 끔찍한 꿈이 나를 괴롭혔습니다. 엘리자베스가 건강한 모습으로 잉골슈타트 거리를 걷는 것을 보았다고 생각했고, 기쁜 마음에 그녀를 껴안았습니다. 그러나 입을 맞추는 순간 그녀의 입술이 시체의 검푸른 색으로 바뀌고 얼굴이 변하는 것이었습니다. 어느새 나는 어머니의 시체를 품에 안고 있었습니다. 어머니의 몸은 수의에 싸여 있었고, 플란넬 주름 사이로 무덤 속 벌레들이 기어 다니고 있었습니다. 나는 공포에 질려 깨어났습니다. 식은땀이 이마를 적시고 몸이 떨리며 사지에 경련이 일었습니다. 창문을 통해 들어온 노란 달빛 아래 내가 만든 추악한 괴물의 모습이 보였습니다. 들어올린 침대 커튼 사이로 그의 눈이 -그것을 눈이라고 부를 수 있다면- 나를 물끄러미 바라보고 있었습니다. 놈이 주름진 뺨으로 입을 벌리고 알아들을 수 없는 소리를 중얼거렸습니다. 무슨 말을 하려는 것 같았지만 알아들을 수 없었습니다. 그가 한 손을 뻗어 나를 붙잡으려는 순간 나는 몸을 빼내 아래층으로 내달렸습니다. 나는 집 안뜰로 피신해 주위 모든 소리에 귀를 기울이며 내가 가련한 생명을 준 그 흉측한 시체가 다가올까 봐 안절부절 두려움에 떨고 있었습니다.

아! 어떤 인간이든 저 얼굴을 보면 견딜 수 없는 두려움에 휩싸였을 것입니다. 미라가 깨어났다 한들 저렇게 소름이 끼쳤을까요? 본래 모습도 그랬지만, 근육과 관절을 움직이자 단테*¹⁵도 상상할 수 없을 정도로 흉측하기 짝이 없었습니다.

참담한 심경으로 밤을 보내야 했습니다. 때로는 맥박이 너무 빠르게 뛰어 동맥이 뒤틀릴 것 같았고, 피로와 극도의 무력감에 땅 밑으로 가라앉을 것만 같았습니다. 공포와 함께 쓰라린 실망감이 찾아왔습니다. 오랜 시간 동안 내 마음의 양식이자 반가운 휴식이었던 꿈이 이제는 지옥이 되어버린 것입니다. 상황이 순식간에 돌이킬 수 없을 정도로 급변하고 말았습니다!

음산하고 축축한 아침이 밝아왔고, 잠을 자지 못해 뻑뻑한 내 눈에 여섯 시를 가리키는 잉골슈타트 교회의 하얀 첨탑 시계가 들어왔습니다. 나는 밤새 피난처가 되어 주었던 안뜰 문을 문지기가 열자마자 거리로 뛰쳐나갔고, 그 두려운 존재와 마주치지 않으려고 모

---

15 이탈리아의 시인 단테(Dante Alighieri)의 『신곡』은 〈지옥편〉, 〈연옥편〉, 〈천국편〉으로 구성되어 있다. 그중 〈지옥편〉은 괴물들과 끔찍한 고통을 받는 인간들의 모습을 그리고 있다.

퉁이를 돌 때마다 좌우를 살피며 걸음을 재촉했습니다. 검고 음산한 하늘에서 비가 내렸지만, 비에 젖으면서도 감히 집으로 돌아가지 못하고 걸음만을 재촉했습니다.

그렇게 몸을 움직임으로써 마음의 짐을 덜어보려는 필사의 노력으로 한참을 걸었습니다. 거리를 쏘다니면서도 내가 어디에 있는지, 무엇을 하는지 의식하지 못했습니다. 두려움에 가슴이 뛰었지만, 주변을 둘러볼 엄두도 못 내고 비틀거리는 걸음을 계속했습니다.

> 홀로 길에 버려진 사람처럼,
> 두려움과 공포 속에서 걷고 있네.
> 그러다 한 번 뒤를 돌아보고 계속 걷네.
> 그리고 더는 고개를 돌리지 않네.
> 그는 이미 알고 있지.
> 무서운 악마가 뒤를 따라오고 있다는 것을.
>
> - 콜릿지의 <늙은 수부의 노래>[16]

그렇게 걷다가 승합 마차와 탈것들이 정차하는 여관 앞에 이르렀습니다. 나는 잠시 멈춰 저쪽 끝에서 나를 향해 다가오는 마차를 한참 바라보았습니다. 마차가 가까이 다가왔을 때 그것이 '스위스 역

---

16 새뮤얼 콜릿지의 〈늙은 수부의 노래(The Rime of Ancient Mariner)〉는 1798년 발표된 시로, 선원들의 모험과 그들의 고통을 노래하고 있다. 선원들이 바다에서 살아남기 위해 마주하는 고난과 역경을 통해 인간의 탐욕과 죄악에 대한 경고를 담고 있다.

마차'[17] 라는 것을 깨달았습니다. 마차는 정확히 내가 서 있던 곳에서 멈췄고, 문이 열리자마자 앙리 클레르발이 나를 향해 곧바로 뛰어나왔습니다. "여, 프랑켄슈타인 군!" 그가 외쳤습니다. "여기서 너를 만나다니 얼마나 운이 좋은지 몰라. 내리려는데 마침 네가 보이는 거야!"

클레르발을 만나 얼마나 기뻤던지! 그를 보는 순간 아버지와 엘리자베스, 그리고 고향에서의 소중한 기억들이 한꺼번에 떠올랐습니다. 그의 손을 잡고 나니, 기억 속의 공포와 불행이 순식간에 사라져 버렸고, 몇 달 만에 처음으로 평온하고 고요한 기쁨이 찾아왔습니다. 나는 진심으로 따뜻하게 친구를 반기며 대학 쪽으로 함께 걸어갔습니다. 클레르발은 한동안 반가운 이들의 소식과 자신이 잉골슈타트로 올 수 있게 된 사연을 들려주었습니다. "아버지에게 우리가 알아야 할 고귀한 지식이 회계장부 안에만 있지 않다는 걸 설명하는 데 얼마나 힘들었을지 짐작이 가지? 내가 계속 설득하니까 아버지는 '난 그리스어를 몰라도 일 년에 만 플로린을 벌고, 그리스어 없이도 배를 두드리며 산다'며 『웨이크필드의 목사』[18]에 나오는 네덜란드인 교장 같은 말씀을 하시더군. 하지만 결국 아버지의 자식 사랑이 배움에 대한 거부감을 이겼고, 나는 지식의 땅으로 탐험을 떠나도록 허락받았어."

---

17 취리히에서 출발하여 뮌헨을 거쳐 잉골슈타트까지 다니던 역마차
18 아일랜드 출신의 올리버 골드스미스가 1766년 발표한 소설. 영국의 시골 마을인 웨이크필드에 사는 프림로즈 목사와 그의 가족이 가난과 역경 속에서도 희망을 잃지 않고 살아가는 이야기를 담고 있다.

"너를 만나 얼마나 기쁜지 몰라. 그나저나 내 아버지와 형제들 그리고 엘리자베스의 소식 좀 전해줄래?"

"행복하게 잘들 지내고 있어. 네가 소식이 뜸하다고 걱정들 하고 있지만 말이야. 그건 그렇고, 가족을 대신해 내가 한마디 해야겠네." 그가 잠시 걸음을 멈추더니 내 얼굴을 똑바로 쳐다보며 말했습니다. "이봐 친구, 네 모습이 얼마나 심각해 보이는지 모르지? 너무 수척하고 창백해 보여. 며칠 동안 한숨도 못 잔 것처럼 말이야."

"네 말이 맞아. 요즘 일에 빠져서 충분히 쉬지 못했어. 하지만 이제 다 끝났고 정말 괜찮아질 거야."

나는 심하게 떨고 있었습니다. 전날 밤의 일이나 그와 관련된 어떤 기억도 견딜 수 없는 고통이었습니다. 나는 빠르게 걸어 곧 대학에 도착했습니다. 집에 두고 온 괴물이 아직도 살아서 돌아다니고 있을지도 모른다는 생각에 전율이 일었습니다. 괴물을 다시 보는 것도 두려웠지만, 앙리가 그 괴물을 볼까 봐 더 두려웠습니다. 나는 앙리에게 아래층에서 잠시만 기다리라고 말한 뒤 방으로 올라갔습니다. 정신을 차리기도 전에 내 손은 이미 방문 자물쇠에 닿아 있었습니다. 잠시 동작을 멈추고 있는 동안에 차가운 전율이 온몸을 타고 흘렀습니다. 나는 방안에 유령이 있다고 믿는 아이처럼 세차게 문을 열었습니다. 아무것도 없었습니다. 두려움에 떨며 들어갔지만 방은 텅 비어 있었고, 내 침실에도 그 무시무시한 손님은 없었습니다. 큰 행운이라도 찾아온 것처럼 믿기지 않았습니다. 놈이 실제로 도망쳤다는 확신이 들자 나는 기쁨에 손뼉을 치며 클레르발에게 달려갔습니다.

우리는 방으로 함께 올라갔고 얼마 뒤 하인이 아침 식사를 가져 왔습니다. 그런데 자신을 통제할 수가 없었습니다. 나를 사로잡고 있 는 것은 기쁨만이 아니었습니다. 신경이 지나치게 예민해져 오한이 나고 맥박이 빠르게 뛰는 것이 느껴졌습니다. 잠시도 가만히 있을 수가 없어서 의자 위로 뛰어오르기도 하고 손뼉을 치며 큰 소리로 웃기도 했습니다. 클레르발은 여느 때와 다른 내 행동이 자신이 왔 다는 기쁨 때문이라고 생각했습니다. 하지만, 좀 더 유심히 관찰한 결과 내 눈에서 말로는 표현할 수 없는 광기를 발견했고, 나의 시끄 럽고 무절제하고 사악한 웃음 소리에 경악을 금치 못했습니다.

클레르발이 외쳤습니다. "이봐 빅토르, 대체 무슨 일이야? 그렇게 웃지 마. 어디가 아픈 거야? 이유가 뭐냐고?"

"더는 묻지 말아 줘." 나는 소리치며 두 손으로 눈을 가렸습니다. 내가 두려워하는 유령이 방안으로 스며드는 것 같았습니다. "놈이 말해 줄 거야. 살려줘! 살려줘!" 나는 괴물이 잡으러 온다고 상상하 며 격렬하게 저항했고, 결국 발작을 일으키며 쓰러졌습니다.

불쌍한 클레르발! 그때의 심정이 어땠을까요? 즐겁게 손꼽아 기 다렸던 만남이 어이없게도 쓰디쓴 기억만 남기게 되었습니다. 그러 나 나는 의식을 잃은 채 오랫동안 깨어나지 못했고, 그래서 그가 슬 퍼하는 모습을 보지 못했습니다.

이후로 몇 달 동안 나는 신경성 발열에 시달렸습니다. 그 시간 동 안 나를 돌봐준 것은 앙리였습니다. 나중에 알게 된 사실이지만, 아버지는 나이가 들어서 멀리까지 올 수 없었고, 내 병을 알면 엘리자베스가 얼마나 슬퍼할지를 알았기에, 클레르발은 가족들에게 내 병을 알리지 않았습니다. 자기보다 나를 잘 돌봐줄 사람이 없다는 생각과 내가 곧 회복하리라는 믿음에 가족들을 배려했던 것입니다.

나는 실제로 아팠고, 나를 회복시킬 수 있는 것은 친구의 세심하고 꾸준한 간호뿐이었습니다. 내가 만들어낸 괴물의 형상이 계속 눈앞에서 아른거려 나는 끊임없이 헛소리를 해 댔습니다. 내 말에 앙리는 당연히 놀랐을 것입니다. 처음에는 내 정신이 오락가락해서라고 생각했지만, 계속해서 같은 이야기를 반복하는 것을 보고 내 병의 원인이 실제로 일어난 기괴하고 끔찍한 사건 때문이라고 판단하게 되었습니다.

자주 병이 재발하여 친구를 놀라게 하고 슬프게 만들었지만, 내 몸 상태는 점차 회복되어 갔습니다. 비로소 즐거운 마음으로 바깥을 구경하게 된 것은 창가에 그늘을 드리운 헐벗은 나무에서 새싹이 돋아날 무렵이었습니다. 봄기운이 완연했고 계절의 힘으로 나의 상태는 점점 좋아지고 있었습니다. 기쁨과 온화한 감정이 가슴에 되살아나고 우울함이 사라지자 곧 예전처럼 쾌활해졌습니다.

"고마워, 클레르발." 내가 말했습니다. "네게 너무 큰 은혜를 입었어. 겨우내 학업을 중단하고 내 병실에서 기꺼이 시간을 보내 주었으니, 이 은혜에 어떻게 보답해야 할까? 너를 실망시켜서 정말 미안해. 나를 용서해 줘."

"네가 무리하지 않고 빨리 낫는다면 그게 빚을 갚는 거야. 이제 좀 기운을 차릴 것 같으니 한 가지만 얘기해도 될까?"

무슨 말을 하려는 걸까? 내가 감히 생각조차 하기 싫은 것을 말하려는 게 아닐까? 내 가슴이 두근거렸습니다.

"진정해." 내 안색이 변하는 것을 보고 클레르발은 말했습니다. "만약 네가 계속 이렇게 흥분할 거면 말하지 않을래. 하지만 네 아버지와 사촌은 네가 직접 쓴 편지를 받으면 정말 기뻐할 거야. 식구들은 네가 얼마나 아팠는지 모르고 너무 오랫동안 소식이 없어서 불안해하고 있어."

"고작 그거야, 앙리? 내가 사랑하고 그리워하던 식구들을 잊었다고 생각한 거야?"

"그렇게 펄쩍 뛰는 걸 보니, 며칠 동안 네 옆에 놓여 있던 편지를 보면 반가워하겠군. 아마 네 사촌이 보낸 편지일 거야."

제6장

클레르발이 내 손에 편지를 쥐여 주었습니다. 사랑하는 엘리자베스의 편지였습니다:

사랑하는 사촌에게,

아프다고 들었어. 앙리가 계속 친절하게 편지를 보내 주었지만, 네가 정말로 괜찮은지 확신할 수 없었어. 사랑하는 빅토르, 펜을 들어 글을 쓸 수 있는 상태인지 모르겠지만 우리의 불안을 잠재우기 위해선 너의 한마디가 필요해. 그동안 편지를 쓸 때마다 이 말을 하고 싶었어. 숙부가 잉골슈타트로 가시려는 것을 내가 간신히 말렸어. 긴 여행에 불편을 겪거나 위험에 빠질까 걱정해서였지만, 내가 대신 가지 못한 것을 얼마나 후회했는지 몰라. 나로서는 네가 환자를 가족처럼 세심하게 돌볼 생각도 관심도 없는, 그저 돈을 받고 고용된 늙은 간병인에게 맡겨졌다고 생각할 수밖에 없었어. 하지만 이제는 안심이야. 클레르발의 편지에는 네가 정말로 나아지고 있다고 쓰여 있으니까. 그러니, 바라건대 네가 직접 쓴 편지로 그걸 확인시켜줬으면 좋겠어.

건강을 회복해서 돌아오기를 기원할게. 사랑하는 가족들이 널 기쁘게 반겨줄 거야. 아버지는 매우 건강하셔서, 너를 보고 싶어하시고, 네 건강 상태를 확인하고 싶어 하시지. 어떤 일이 있어도 온화한 표정을 잃지 않으시면서 말이야. 우리 에르네스트가 성장한 모습을 보면 네가 얼마나 기뻐할까! 에르네스트는 이제 열여섯 살인데, 활동적이면서도 에너지가 넘쳐. 진정한 스위스인으로서 해외에서 군복무를 하고 싶어 하지만, 형인 네가 돌아올 때까지는 그 애를 보낼 수 없어. 숙부는 먼 나라에서 군 생활을 하는 걸 탐탁지 않게 여기시지만 에르네스트는 너처럼 공부에 관심이 없어. 공부보다는 야외활동을 좋아해서 산에 오르거나 호수에서 배를 타는 것으로 시간을 보내지. 자기 뜻대로 원하는 직업을 선택하게 해주지 않으면 게으름뱅이가 될까 봐 두려워.

네가 떠난 뒤 아이들이 성장한 것 외에는 크게 변한 게 없어. 푸른 호수와 눈 덮인 산도 여전하고, 집안의 평온함과 가족의 여유로움도 변함이 없어. 나는 일상의 소소한 일들로 시간을 보내는 시간이 즐겁고, 주변 사람들의 행복한 얼굴만 보아도 충분히 보상받는 것 같아. 참, 네가 떠난 뒤 우리 집에 한 가지 변화가 있었어. 쥐스틴 모리츠가 우리 집에 들어온 거 기억나? 아마 기억 못할 테니, 그 이야기를 해 볼게. 그녀의 어머니인 모리츠 부인은 네 자녀를 둔 과부였고, 그중 쥐스틴이 셋째였어. 그녀의 아버지는 쥐스틴을 제일 예뻐했지만 이상하게도 어머니는 그녀를 미워했어. 그래서 모리츠 씨가 죽은 뒤엔 그녀를 구박했지. 그 모습을 본 숙모가 모리츠 부인의 허락을 받고 열두 살이 된 쥐스틴을 데려왔지. 우리나라는 공화제 국가라서 군주제 국가보다 예절이 더 간단하고 합리적이잖아? 신분 간 차별도 적고, 하층 계급이 너무 가난하거나 천대받지 않아서 태도도 더 세련되고 정직하지. 제네바의 하인은 프랑스나 잉글랜드의 하인과는 달라. 쥐스틴도 우리 집에서 하인의 의무를 배웠지만, 우리나라에서는 하인이라고 해서 인간으로서의 존엄이 무시되지나 하진 않잖아.

기억나니? 너는 쥐스틴을 무척 좋아했지. 기분이 좋지 않을 때도 쥐스틴의 눈빛만 보면 기분이 풀린다고 했어. 아리오스토가 안젤리카의 아름다움에 대해 묘사한 것처럼[19] 그 애가 너무 솔직하고 행복해 보인다면서 말이야. 숙모는 그 애를 무척 사랑해서 생각했던 것보다 높은 수준의 교육을 받게 해줬어. 쥐스틴도 그 노력에 충분히 보답했지. 그녀는 진심으로 감사할 줄 아는 아

---

19 루도비코 아리오스토(Ludovico Ariosto, 1474-1533)는 이탈리아의 시인이다. 기사도 문학 〈광란의 오를란도〉는 기독교도와 이슬람 사라센의 파리 공방전을 배경으로 중국의 왕녀 안젤리카를 사모한 기사 오를란도의 모험을 다루고 있다.

이였으니까 말이야. 자기 입으로 직접 말하지는 않았지만, 그 아이의 눈빛을 보면 숙모를 거의 숭배하는 듯했어. 발랄한 성격 탓에 여러모로 덜렁대기는 했지만, 숙모의 모든 행동을 하나도 놓치지 않으려고 노력했어. 숙모를 모든 면에서 훌륭한 본보기라고 생각하고, 숙모의 말투와 태도를 따라 하려고 했지. 그래서 지금도 종종 그 애를 보면 숙모가 떠오르곤 해.

사랑하는 숙모가 돌아가셨을 때는 다들 각자의 슬픔에 잠겨 있느라 숙모를 가장 극진히 간병했던 쥐스틴을 생각하지 못했어. 쥐스틴은 심하게 아팠지만, 또 다른 시련이 그 애를 기다리고 있었어.

쥐스틴의 형제자매가 하나씩 차례로 세상을 떠나자 그녀의 어머니에게는 자기가 버린 딸 외에는 자식이 하나도 남지 않게 되었어. 그 애의 어머니는 양심의 가책을 느꼈던 모양이야. 사랑하는 사람들이 죽은 것이 자신의 편애에 대한 하늘의 심판이라고 생각했던 거지. 그녀는 로마가톨릭 신자였고, 내 생각에는 고해신부가 그런 생각을 부추긴 것 같아. 네가 잉골슈타트로 가고 몇 달 뒤 쥐스틴은 회개한 어머니의 부름으로 집으로 돌아가게 되었어. 불쌍한 쥐스틴! 그 애는 우리 집을 떠나면서 눈물을 흘렸어. 숙모가 돌아가신 뒤에는 그 애도 많이 변해 있었지. 그토록 명랑했던 아이가 슬픔을 겪고 난 뒤에는 눈에 띄게 차분하고 조용해진 거야. 더구나 그 아이의 어머니 집은 옛날의 명랑함을 되찾을 수 있는 분위기가 아니었어. 그 불쌍한 여인은 죄책감에 시달리고 있었거든. 때로는 쥐스틴에게 자신이 한 짓을 용서해 달라고 빌다가 갑자기 자기 형제자매를 죽게 만들었다며 딸에게 자주 비난을 퍼붓곤 했어. 끝없는 불안감에 점점 더 쇠약해지면서 모리츠 부인은 자주 발작을 일으켰지. 하지만 이제 그녀는 영원한 평화를 찾았어. 지난 초겨울 날씨가 추워지기 시작할 때쯤 세상을 떠났거든. 쥐스틴은 얼마 전 우리 곁으로 돌아왔어. 나는 쥐스틴을 진심으로 좋아해. 그 애는 똑똑하고 상냥할 뿐만 아니라 무척이나 예쁘지. 앞서 말했지만 쥐스틴의 미소와 표정을 볼 때마다 난 우리 숙모님을 떠올리곤 해.

귀여운 꼬마 윌리엄에 대한 이야기도 해 주어야겠네. 윌리엄은 자기 또래보다 키가 큰 편이고 장난기 서린 파란 눈에 짙은 속눈썹과 곱슬머리를 가지고 있어. 웃을 때는 발그레한 장밋빛 뺨에 두 개의 작은 보조개가 패지. 그 애는 이미 한두 명의 꼬맹이를 부인으로 두었지만 다섯 살의 예쁜 여자아이 루이자 비론을 특히 좋아해.

빅토르, 하는 김에 고향 사람들에 대한 소식도 전해 줄게. 아름다운 맨스필드 양은 젊은 영국인 변호사 존 멜버른과 곧 결혼할 예정이라서 축하 파티를 열었어. 그녀의 못생긴 여동생 마농은 지난 가을에 부유한 은행가 뒤비야르와 결혼했어. 너와 가장 친했던 학교 친구 루이 마누아르는 클레르발이 제네바를 떠난 뒤에 몇 가지 힘든 일을 겪었지만, 이제는 마음을 다잡고 밝고 예쁜 프랑스 여성인 타베르니에 부인과 결혼할 예정이라고 하네.

그녀는 과부이고 마누아르보다 훨씬 나이가 많지만, 모든 사람들로부터 존경과 사랑을 받고 있는 분이야.

사랑하는 나의 사촌 빅토르. 글을 쓰면서 기분이 한층 나아졌었는데, 마치려니 다시 걱정이 되네. 네가 한 줄, 아니 한 마디라도 적어준다면 우리에게 큰 힘이 될 텐데. 앙리가 보내준 친절과 사랑 그리고 여러 번의 편지에 대해 진심으로 고마움을 전하고 싶어. 그럼 안녕, 빅토르. 몸조심하고 꼭 편지해 줘!

17xx년 3월 18일 제네바에서,
엘리자베스 라벤자로부터.

"아, 내 사랑 엘리자베스!" 나는 그녀의 편지를 읽고 외쳤습니다. "지금 당장 편지를 써서 가족들의 걱정을 덜어줘야겠어." 하지만 아직 편지를 쓰는 일은 무척 힘들었습니다. 그래도 나는 점차 나아지기 시작했고, 꾸준한 회복 덕분에 2주 만에 침실에서 나올 수 있었습니다.

병이 나은 뒤 내가 처음으로 한 일은 학교의 여러 교수님께 클레르발을 소개하는 것이었습니다. 그 일을 하면서 내 마음의 상처가 더욱 깊어진 것을 깨달았습니다. 나의 사명을 완수하고 불행이 시작되었던 그 운명의 밤 이후로 '자연철학'이라는 말만 들어도 진저리가 쳐졌습니다. 상태가 많이 호전되었음에도 화학 실험 도구만 보면 다시 신경 발작 증세가 다시 나를 괴롭혔습니다. 이것을 본 앙리는 도구들을 모조리 내 눈앞에서 치워버렸습니다. 그리고 내가 한때 실험실로 썼던 방에 불편함을 느낀다는 걸 알고는 방을 옮겨주었습니다. 하지만 클레르발의 이런 배려도 교수들을 방문하는 순간 모두 허사가 되었습니다. 발트만 교수는 내가 과학계에서 이룩한 놀라운 성과에 대해 칭찬을 해 주었지만, 오히려 그것은 나를 다시 고통으로 몰아넣었습니다. 내가 그 주제로 이야기를 꺼내는 것을 꺼린다는 사실을 눈치챘지만, 그는 정확한 이유를 모른 채 내가 겸손해서라고만 생각했습니다. 그는 내 업적보다 과학 자체로 화제를 바꾸면서 내 기운을 북돋워 주려고 했습니다. 그런 상황에서 내가 할 수 있는 일은 없었습니다. 그는 나를 기쁘게 해 주려 했지만, 그것이 오히려 내게는 고문 같았습니다. 마치 고통으로 서서히 죽게 만드는 기구를 하나하나 눈앞에 꺼내놓는 것 같았습니다. 그의 말 한마디 한마디가 고통이었지만 그것을 표현할 수는 없었습니다. 눈치가 빠르고 다른 사람의 감정을 잘 읽는 클레르발이 그 분야에 무지하다면서 대화를 피한 덕분에 이야기가 좀 더 일상적인 내용으로 흘러갈 수 있었습니다. 친구에게 진심으로 고마웠지만 말하지는 않았습니다. 클레르발도 무척 놀란 눈치지만 굳이 캐묻지는 않았습니다. 그를 누구보다도 믿고 좋아했지만, 자세히 이야기하면 악몽이 더 생생하게 떠오를 것 같아 나를 괴롭히는 그 사건에 대해서 감히 말할 용기가 나지 않았습니다.

크렘페 교수를 상대하는 것은 더욱 만만치 않았습니다. 당시의 내 상태로는 그의 입에 발린 칭찬이 발트만 교수의 진심 어린 칭찬보다 훨씬 견디기 힘들었습니다. "그것 보라니까!" 그는 큰소리로 외쳤습니다. "그거 아나? 클레르발 군. 나는 저 친구가 분명히 우리 모두를 제쳐 버릴 거라고 봐. 아, 날 이상하게 봐도 상관 없네. 사실은 사실이니까. 몇 년 전에는 코르넬리우스 아그리파의 말을 복음으로 여기던 젊은이가 이제는 대학에서 가장 주목받는 인물이 되었지 뭔가? 우리가 저 친구를 밀어내지 않으면 우리가 쫓겨날 판이야. 아무렴, 그렇지." 그는 힘들어하는 내 표정을 보면서도 말을 이어 갔습니다. "프랑켄슈타인 군은 겸손해. 그래 젊은이로서 훌륭한 덕목이지. 자고로 젊은이들에겐 수줍음이 필요하다니까. 클레르발 군, 나도 젊었을 땐 그랬지. 하지만 그것도 아주 잠시뿐이더군."

이어서 크렘페 교수는 자기 자랑을 늘어놓기 시작했고, 그 덕분에 난감한 주제에서 벗어날 수 있었습니다.

클레르발은 자연과학을 좋아하는 나를 이해하지 못했습니다. 그는 문학을 좋아했고, 나와는 전혀 다른 세계에서 살고 있었습니다. 그는 동방의 언어를 완전히 섭렵하여 자신이 계획한 인생을 꾸려가겠다는 생각으로 대학에 왔습니다. 평범한 길을 가지 않겠다고 결심한 그는 자신의 모험적인 기질을 발휘할 수 있는 동양에 큰 관심을 보였습니다. 그는 페르시아어, 아랍어, 산스크리트어에 흥미를 보였고, 나도 따라서 이 공부에 참여하게 되었습니다. 빈둥거리는 것을 싫어하는 데다, 과거의 기억에서 벗어나길 원하고, 기존의 공부에 질려 있던 나에게 친구와 함께 하는 공부는 큰 위안이었습니다.

동방 석학들의 작품에서도 가르침과 큰 위로를 받았습니다. 하지만 나는 클레르발처럼 방언에까지 관심을 두지는 않았습니다. 그런 공부는 나에게 일시적인 위안거리밖에 되지 않았기 때문입니다. 나는 뜻을 이해할 수 있는 책만 읽었고, 그 노력에 대한 충분한 보상은 얻을 수 있었습니다. 이국적인 글에 보이는 우울함은 내 마음을 다독여주었고, 환희는 내 마음을 고양시켜 주었습니다. 그들의 글을 읽다 보면 우리의 인생이 때론 따뜻한 햇볕과 장미의 정원으로, 때론 선량한 적의 미소와 찡그림으로, 때론 심장을 태우는 불로 이루어져 있는 것처럼 보였습니다. 그리스, 로마의 남성적이고 영웅적인 서사시와는 전혀 달랐습니다!

이렇게 여름을 보내고, 가을이 끝날 무렵에 나는 제네바로 돌아가기로 결심했습니다. 그러나 여러 사정으로 제네바 여행은 미뤄졌고, 겨울이 오자 눈 때문에 길이 막혀 다음 봄까지 여행을 미뤄야 했습니다. 고향 마을과 사랑하는 식구들이 그리웠던 나는 일정이 연기된 것을 안타깝게 생각했습니다. 귀향을 미룬 것은 클레르발이 학교에 적응하기도 전에 낯선 곳에 홀로 남겨질까 봐서였습니다. 하지만 나는 그해 겨울을 기쁘게 보냈고, 유난히 늦게 찾아왔음에도 봄은 그것을 보상하고도 남을 만큼 아름다웠습니다.

5월이 되었고, 출발 날짜를 정하기 위한 편지를 매일 기다리고 있을 때 앙리가 잉골슈타트 근교를 도보로 여행하자고 제안했습니다. 오래 살며 정든 고장에 작별 인사를 하자는 것이었습니다. 나는 흔쾌히 동의했습니다. 운동을 좋아하는 편인데다, 고향의 자연 속을 거닐 때 클레르발은 최고의 동반자였기 때문입니다.

우리는 2주 동안 도보 여행을 다녔습니다. 내 몸과 마음은 이미 오래전에 회복되었지만, 맑은 공기와 여행 동안의 다양한 경험, 친구와의 대화로 더 큰 힘을 얻었습니다. 공부는 동료들과의 관계를 끊고 나를 비사교적으로 만들었지만, 클레르발은 내 마음속 밝은 감정을 다시 불러일으켜 주고, 자연 풍광과 아이들의 밝은 표정을 다시 사랑하도록 해 주었습니다. 이 훌륭한 친구는 나를 진심으로 아꼈고 내 마음속에 자신의 활기를 불어넣어 주려고 했습니다! 이기적인 욕망이 날 짓누르고 편협하게 만들어도, 그는 부드러운 사랑으로 내 마음을 열어 주었습니다. 이렇게 그의 덕분으로 나는 사랑하고 사랑받으며, 슬픔도 걱정도 없던 몇 년 전의 나로 돌아갈 수 있었습니다. 행복할 때 무생물의 자연은 나에게 기쁨을 선사했습니다. 화창한 하늘과 푸른 들판을 보며 나는 황홀경에 빠졌습니다. 나무 울타리에 봄꽃이 피고 여름꽃이 새싹을 틔우는 축복의 계절이 왔습니다. 지난 한 해 동안 나를 짓누르던 생각들, 떨치려고 해도 떨칠 수 없었던 부담은 더 이상 나를 괴롭히지 않았습니다.

앙리는 나와 함께 기뻐했고, 내 감정에 공감했습니다. 그는 자기 마음속 느낌을 표현하여 나를 즐겁게 해 주려고 노력했습니다. 그의 마음속은 실로 놀라운 이야기로 가득해서, 종종 페르시아와 아랍 작가들을 모방해 놀라운 상상력과 열정이 담긴 이야기를 만들어냈습니다. 또 때로는 내가 좋아하는 시를 낭송하거나, 토론에 나를 끌어들이며 기발한 논리를 전개하기도 했습니다.

일요일 오후에 대학으로 돌아왔을 때, 사람들은 춤을 추고 있었고, 만나는 사람마다 즐겁고 행복해 보였습니다. 나도 덕분에 기분이 좋아져, 한없이 기쁘고 유쾌한 생각에 몸을 맡겼습니다.

제7장

돌아왔을 때 아버지에게서 다음과 같은 편지가 와 있었습니다.

"사랑하는 빅토르,

집에 돌아올 날짜를 알려줄 편지를 초조하게 기다렸을 것으로 안다. 본래는 네가 돌아올 날짜만을 언급하며 몇 줄만 적으려 했다. 하지만 그게 오히려 잔인한 친절일 것 같아서 마음을 바꾸었다. 행복하고 즐거운 귀향을 기대했을 텐데, 네가 돌아와서 비통한 소식을 듣는다면 얼마나 많이 놀라겠느냐? 빅토르, 우리에게 닥친 이 불행을 어떻게 설명해야 할지! 오래 떨어져 있다고 해서 가족의 기쁨과 슬픔에 무감각해지지는 않았을 텐데, 이 고통스러운 소식을 너에게 어떻게 전해야 할까? 슬픈 소식에 마음의 준비가 필요하겠지만 그게 불가능하다는 것을 잘 안다. 아마 네 눈은 지금 끔찍한 소식을 말해줄 단어를 찾아 편지지 위를 헤매고 있겠지.

윌리엄이 죽었단다. 밝은 웃음으로 내 마음을 녹여주던, 언제나 다정하고 해맑았던 윌리엄 그 아이가 살해당했어!

너를 위로하려고 애쓰지는 않겠다. 그때의 상황만 설명할게.

지난 목요일, 그러니까 5월 7일에 엘리자베스와 너의 두 남동생을 데리고 플랭팔레로 산책을 갔었다. 저녁은 따뜻하고 고요해서 평소보다 더 오래 걸었지. 돌아가려 했을 때는 이미 어둑해져 있었고, 먼저 가던 윌리엄과 에르네스트가 보이지 않는 것을 알아차렸어. 우리는 아이들이 돌아오길 기다리며 그 자리에 앉아 쉬고 있었단다. 그런데 에르네스트가 돌아와서 우리에게 윌리엄을 못 보았느냐고 묻는 게 아니겠니? 윌리엄과 놀고 있었는데, 숨으려고 달아났던 애를 찾지 못해 오랫동안 기다렸는데도 돌아오지 않았다는 거야.

이야기를 듣고 놀란 우리는 어두워질 때까지 아이를 찾아다녔어. 엘리자베스는 윌리엄이 집으로 돌아왔을지도 모른다고 했지만, 집에도 아이는 없었어. 우리는 횃불을 들고 다시 나왔지. 어린아이가 길을 잃고 밤이슬을 맞고 있다고 생각하니 가만있을 수가 없었어. 엘리자베스도 몹시 괴로워했지. 새벽 5시쯤, 전날까지 그렇게 활기차고 건강했던 내 아들이 창백한 모습으로 풀밭에 누워 있는 것을 발견했지. 그 애의 목에는 살인자의 손가락 자국이 남아 있었단다.

윌리엄을 집으로 데려왔을 때 엘리자베스는 비통한 내 표정을 보고 무슨 일인가 일어났다는 걸 알아차렸지. 시신을 보여달라고 떼를 썼어. 막으려고 했지만, 그 아이는 날 뿌리치고 시신이 놓여 있는 방에 달려갔단다. 죽은 윌리엄의 목을 서둘러 살펴보고 엘리자베스는 두 손을 모으며 외쳤어. "오 하느님! 내가 이 사랑스러운 아이를 죽였어요!"

엘리자베스는 기절했다가 간신히 의식을 되찾았단다. 눈을 뜨고 나서도 울거나 한숨만 내쉬었지. 그 애 말에 따르면, 윌리엄은 그날 저녁 엄마의 초상화가 새겨진 목걸이를 걸어 보겠다고 떼를 썼다는구나. 그 장신구가 사라진 것으로 보아, 분명히 살인자는 그걸 탐냈던 것 같아. 우리는 아직도 살인마를 찾고 있지만, 아무 흔적도 발견하지 못했어. 찾는다고 해도 사랑하는 윌리엄이 돌아올 리는 만무하겠지만 말이다!

내 아들 빅토르, 빨리 돌아오렴. 엘리자베스를 위로해 줄 사람은 너밖에 없어. 그 애는 윌리엄의 죽음이 자기 탓이라며 울고만 있단다. 그 애의 자책이 내 마음을 찢어지게 하는구나. 지금은 우리 모두 불행하지만, 그것이 네가 돌아와 우릴 위로해 줄 이유가 되지 않겠니? 아아, 빅토르! 네 엄마가 살아서 막내아들의 끔찍하고 비참한 죽음을 보지 않은 게 얼마나 다행인지!

빅토르야. 살인자에 대한 복수심이 아닌 치유를 위한 평화와 자비의 마음만이 우리를 위로해 줄 수 있단다. 그러니 나의 아들. 집에 도착했을 때는 적에 대한 증오심 아닌 사랑하는 이들에 대한 따뜻한 애정을 가지고 들어오길.

고통 속에서, 너의 사랑하는 아버지 알퐁스 프랑켄슈타인이.
17xx년 5월 12일, 제네바.

편지를 읽는 내 표정을 살펴보던 클레르발은 편지를 보고 기뻐하던 내 표정에 비통함이 드리우는 것을 보고 깜짝 놀랐습니다. 편지를 탁자 위에 올려놓은 나는 두 손으로 얼굴을 감쌌습니다.

"이봐, 프랑켄슈타인!" 고통스럽게 눈물 흘리는 나를 보고 앙리가 외쳤습니다. "또 무슨 안 좋은 소식이라도 있는 거야?"

나는 감정을 참지 못하고 방안을 왔다 갔다 하며 클레르발에게 편지를 보라고 손짓했습니다. 편지를 읽고 내 불행을 알게 된 클레르발의 눈에서도 눈물이 흘렀습니다.

"무슨 말을 해야 할지." 클레르발이 말했습니다 "이미 돌이킬 수 없는 일이 되어 버렸어. 그래, 어떻게 할 생각이야?"

"당장 제네바로 가야지. 앙리, 말을 빌리러 가려고 하는데 같이 가 줄래?"

클레르발은 걸어가며 무언가 위로의 말을 건네려고 했지만, 나오는 것은 깊은 한숨뿐이었습니다. "불쌍한 윌리엄!" 앙리가 말했습니다. "그 사랑스러운 아이는 이제 천사 같은 어머니와 함께 잠을 자고 있을 거야! 한창 귀여운 나이에 밝고 명랑했던 모습을 본 사람이라면 눈물을 흘리지 않을 사람이 누가 있을까? 살인자의 손아귀에 그렇게 죽다니! 살인은 얼마나 많은 순결한 영혼들을 앗아간 걸까? 가엾은 녀석! 아이가 이제는 안식을 취할 수 있게 되었다고 생각하며 위로 받을 수밖에. 고통은 끝났고, 무덤의 풀이 고결한 몸을 덮는 순간 고통도 사라지는 거야. 더는 그 아이를 불쌍히 여길 필요가 없어. 동정은 불쌍한 우리 생존자들의 몫이지."

거리를 빠르게 지나치는 동안 클레르발은 이런 말을 했습니다. 그 말은 내 마음속에 깊이 남았고, 나중에는 혼자서 그 말을 곱씹곤 했습니다. 어쨌든 곧 말이 준비되었고, 나는 서둘러 마차에 올라탄 뒤 친구에게 작별 인사를 했습니다.

우울한 여행이었습니다. 처음에는 슬픔에 빠진 가족들을 위로하려는 마음으로 서둘렀지만, 고향 마을에 가까워질수록 속도가 느려졌습니다. 마음속 샘솟는 감정의 격랑을 견디기 힘들었습니다. 거의 6년 동안 보지 못했던, 어릴 적 익숙했던 풍경들이 눈앞에 지나갔습니다. 그 사이에 얼마나 많이 변했던지! 변화는 조금씩 조용히 일어났지만, 그 결과는 눈에 확 들어올 정도였습니다. 나는 알 수 없는 두려움에 휩싸였고, 가슴 떨리는 수천 가지 불행의 예감으로 발걸음이 앞으로 나아가지 않았습니다.

로잔에서 괴로움 속에 이틀을 머물렀습니다. 호수를 바라보며 시간을 보냈는데, 물은 잔잔했고 주변은 고요했습니다. '자연의 궁전'이라는 별명을 지닌 설산은 여전히 아름다웠습니다. 천국처럼 평온한 풍경을 바라보며 기운을 차린 나는 다시 제네바로 향했습니다.

호수를 따라 이어진 길은 고향 마을에 가까워질수록 점점 좁아졌습니다. 쥐라산맥의 검은 그림자와 몽블랑의 눈부신 산꼭대기가 더욱 선명하게 보였습니다. 나는 어린아이처럼 울음을 삼켰습니다. "사랑하는 산들이여! 나의 아름다운 호수여! 이 방랑자를 반겨주는 건가? 너희 정상은 여전히 선명하고 하늘과 호수는 푸르고 잔잔하구나. 이것은 평화로움을 예언하는 건가, 아니면 내 불행을 조롱하는 건가?"

본론에 들어가지 못하고 이야기가 계속 늘어지는 것 같군요. 그래도 내가 아직은 행복했던 때입니다. 지금도 기쁜 마음으로 그때를 떠올릴 수 있습니다. 고향, 사랑스러운 나의 고향! 그곳 사람이 아니라면 시냇물과 산, 그리고 아름다운 호수를 다시 보았을 때의 내 기쁨을 이해할 수 있을까요?

집에 가까워질수록 슬픔과 두려움은 커졌습니다. 밤이 되자 산은 어둠에 잠기고, 나는 더욱 우울해졌습니다. 희미한 풍경은 거대한 악마의 모습을 하고 마치 내가 겪을 끔찍한 운명을 예고하는 듯했습니다. 아! 나는 이렇게 모든 걸 예감하면서도 앞으로 겪어야 할 고통이 내가 상상한 것의 백 분의 일에도 미치지 못하리라는 것을 예상하지 못했습니다.

제네바 근교에 도착했을 때는 완전히 어두워져 있었고 성문도 닫혀 있었습니다. 나는 도시에서 약 2킬로미터 떨어진 세슈롱에서 밤을 보내야 했습니다. 하늘은 맑았고, 쉬고만 있을 수 없어서 가엾은 윌리엄이 죽었다는 장소에 가 보기로 했습니다. 마을을 지나갈 수 없었기 때문에 배로 호수를 건너 플랭팔레에 도착했습니다. 배 위에서는 몽블랑 정상에서 내리치는 아름다운 번개를 볼 수 있었습니다. 폭풍이 빠르게 다가오는 것이 느껴졌습니다. 도착하자마자, 날씨의 진행 상황을 보기 위해 낮은 언덕으로 올라갔습니다. 하늘이 구름으로 뒤덮이기 시작했고 빗방울이 점점 커지더니 비가 거세게 내리기 시작했습니다.

나는 그 자리를 떠나야 했습니다. 어둠이 점점 짙어지고 바람이 거세졌습니다. 천둥소리가 머리 위에서 울려 퍼지는 가운데 계속 걸었습니다. 살레브산, 쥐라산맥, 사부아의 알프스산맥에 천둥소리가 울렸습니다. 번개가 번쩍이며 호수를 비추자, 호수는 마치 거대한 불바다처럼 보였습니다. 칠흑 같은 어둠에 휩싸여 나는 눈에 익숙해질 때까지 기다렸습니다. 스위스에서는 종종 그러하듯이 폭풍이 사방에서 몰려왔습니다. 그중에서도 가장 격렬한 것은 마을 북쪽의 벨리브 곶과 코페 마을 사이의 호수 상공에서 발생한 폭풍이었습니다. 다른 폭풍이 희미한 섬광과 함께 쥐라산맥을 밝혔고, 또 다른 폭풍은 호수 동쪽의 검은 산봉우리를 비추었습니다.

나는 아름답지만 무서운 폭풍우 속을 빠른 걸음으로 헤매고 다녔습니다. 하늘에서 펼쳐지는 장엄한 전투는 내 영혼을 들끓게 만들었습니다. 나는 손을 꽉 쥐고 외쳤습니다. "윌리엄, 나의 천사여! 이것이 너의 장례식이고, 너를 위한 장송곡이다!" 이렇게 외치는데, 근처 어두운 수풀에서 무언가가 나를 쳐다보고 있는 것 같았습니다. 나는 가만히 서서 그곳을 뚫어지게 바라보았습니다. 잘못 본 게 아니었습니다. 번개가 번쩍이자 그 모습이 또렷이 드러났습니다. 너무 거대하고 인간이라기에는 너무 흉측한 기형의 모습을 보고 내가 생명을 준 추악한 악마라는 것을 알아차렸습니다. 그가 여기서 무얼 하고 있는 거지? 그가 내 동생을 죽인 살인자가 아닐까? 이 생각은 나를 몸서리치게 했습니다. 생각은 곧 확신으로 바뀌었고, 나는 덜덜 떨면서 나무에 몸을 기대었습니다. 그림자가 순식간에 눈앞을 스쳐 지나갔지만 나는 어둠 속에서 그의 모습을 잃어버렸습니다. 인간이라면 그렇게 어여쁜 아이를 죽일 수 없었을 겁니다. 그가 범인이라는 사실은 의심할 여지가 없었습니다. 그런 생각이 든 것만으로도 증거는 충분했습니다. 악마를 쫓을까도 생각해 봤지만 헛된 생각에 불과했습니다. 다시 번개가 쳤을 때 남쪽 플랭팔레와 경계를 이룬 몽 살레브 언덕의 깎아지른 바위를 오르는 그의 모습이 보였습니다. 그는 곧 정상에 도달하여 사라졌습니다.

나는 꼼짝 못하고 서 있었습니다. 천둥은 멎었지만 비는 계속 내렸고, 주변은 한 치 앞도 내다볼 수 없는 어둠뿐이었습니다. 지금까지 잊으려고 노력했던 그의 창조 과정, 내 손에서 막 태어난 괴물의 모습, 그리고 그가 사라지던 순간이 떠올랐습니다. 그가 생명을 얻은 날부터 거의 2년이 지났습니다. 과연 이것이 그의 첫 번째 범죄일까요? 아아! 살육과 잔인함을 즐기는 타락한 종자를 내가 세상에 풀어놓았고, 그가 내 동생을 죽인 것이 분명했습니다!

춥고 축축한 야외에서 남은 밤을 보내며 나는 상상하지 못할 고통에 휩싸였습니다. 날씨의 불편함 따위는 느낄 여유도 없었습니다.

내 머릿속은 끔찍하고 절망적인 생각들로 들끓었습니다. 내가 세상에 풀어놓은 그 존재는 사람들을 공포에 떨게 할 정도의 힘과 의지를 가지고 있었고, 그것은 마치 흡혈귀를 무덤에서 깨워 사랑하는 이들을 해치게 만든 것과도 같았습니다.

날이 밝아오자 나는 마을 쪽으로 발길을 돌렸습니다. 그리고 성문이 열리자마자 아버지의 집으로 달려갔습니다. 가장 먼저 떠오른 생각은 살인범에 관해 알고 있는 것들을 모두 말하고 곧장 추격해야 한다는 것이었습니다. 하지만 설명할 말을 떠올리다가 멈출 수밖에 없었습니다. 내가 손으로 직접 만든 생명을 한밤중 험준한 절벽 아래에서 마주쳤다는 얘기를 해야 하는 겁니다. 내가 만든 생명체를 보자마자 열병으로 신경 발작을 일으켰던 일도 기억이 났습니다. 그런 사실을 밝힌다면 사람들은 내가 정신이 이상해져서 헛소리를 한다고 생각할 것이 틀림없었습니다. 더구나 놈의 놀라운 능력이라면 가족들을 설득해서 찾아 나선다고 해도 잡기는 힘들 것입니다. 그렇다면 쫓아가는 게 무슨 소용이 있을까요? 살레브산의 깎아지른 절벽을 기어오르는 야수을 누가 잡을 수 있을까요? 이런 생각에 나는 입을 다물기로 했습니다.

아버지 집에 도착했을 때는 새벽 5시쯤이었습니다. 나는 하인들에게 가족들을 깨우지 말라고 이른 뒤 서재로 들어갔습니다.

잉골슈타트로 떠나기 전 마지막으로 아버지를 포옹했던 곳으로 돌아오니 잊을 수 없는 6년이 꿈처럼 느껴졌습니다. 사랑하고 존경하는 부모님! 아버지는 여전히 내 곁에 계시지만, 어머니는 벽난로 위의 초상화 속에만 있었습니다. 아버지의 요청으로 그런 그림은 죽은 아버지의 관 앞에서 무릎을 꿇고 절망에 빠진 캐롤라인 보포르의 모습을 묘사하고 있었습니다. 옷차림은 초라하고 뺨은 창백했지만, 어머니의 모습에는 측은함을 넘어 숭고한 아름다움이 깃들어 있었습니다. 그 아래에는 윌리엄을 그린 세밀화가 있었는데, 그림을 보자 왈칵 눈물이 쏟아졌습니다. 그림 앞에서 생각에 잠겨 있는 동안 에르네스트가 들어왔습니다. 내가 도착했다는 소식을 듣고 서둘러 내려온 것입니다. "어서 와, 빅토르 형." 그가 말했습니다. "아! 형이 석 달 전에만 왔더라면 우리 모두 기쁘고 행복했을 텐데. 그래도 와줘서 다행이야. 슬픔에 빠진 아버지를 위로해주고, 가엾은 엘리자베스 누나가 자책하는 걸 그치게 해 줘. 불쌍한 윌리엄! 그 애는 우리의 보물이고 자랑이었는데!"

동생의 눈에서는 주체할 수 없이 눈물이 흘러내렸고, 나는 죽을 것처럼 고통스러웠습니다. 쓸쓸하고 황량해진 집만을 상상했었는데, 현실은 그보다 더 큰 공포와 재앙으로 다가왔습니다. 나는 에르네스트를 위로하며 아버지의 상태와 엘리자베스의 안부를 물었습니다.

"누나는 특히 보살핌이 필요해." 에르네스트가 말했습니다. "누나는 동생의 죽음이 자기 책임이라고 생각하고 있어. 하지만 살인범이 밝혀졌으니……"

"살인범이 밝혀졌다고? 맙소사! 어떻게 그럴 수가 있지? 누가 그놈을 잡을 수 있었단 말이야? 바람을 따라잡고 지푸라기로 계곡물을 막는 게 더 수월할 거야. 어젯밤에도 그놈이 돌아다니는 걸 똑똑히 봤는데!"

"무슨 소릴 하는 거야?" 동생이 황당하다는 표정으로 물었습니다. "하지만 범인의 정체를 알고 우리는 더 절망했어. 처음에는 아무도 믿지 못했고, 엘리자베스 누나는 많은 증거에도 믿으려고 하지 않아. 그렇게 착하고 가족 같은 쥐스틴 모리츠가 어떻게 그런 무시무시한 범죄를 저지를 수 있는지? 누가 그걸 믿겠어?"

"쥐스틴 모리츠! 그 가엾은 아이가 범인이라고? 그 애는 범인이 아니야. 다들 알고 있잖아. 누가 그걸 믿겠어? 안 그래, 에르네스트?"

"처음에는 아무도 믿지 않았지. 하지만 증거들이 드러나면서 유죄를 확신할 수밖에 없게 되었어. 그 애의 혼란스러운 태도가 의심을 키웠어. 쥐스틴의 재판이 오늘 있을 예정이니 형도 모든 걸 알게 될 거야."

에르네스트에 따르면 불쌍한 윌리엄의 시신이 발견된 날 아침부터 쥐스틴은 앓아누워 며칠 동안 일어나지 못했습니다. 그런데, 하인 중 한 명이 그녀가 사건 당일 밤에 입고 있던 옷 주머니에서 살인자가 훔쳐 간 것으로 여겨지는 어머니의 초상화 목걸이를 찾아냈습니다. 하인은 그것을 다른 하인에게 보여 주었고, 우리 가족에게는 말하지 않고 판사에게 가져갔습니다. 하인들의 고발로 쥐스틴은 체포되었고, 쥐스틴이 증거 앞에서 혼란스러운 태도를 보이면서 의심은 더욱 커졌습니다.

새로운 이야기였지만 내 믿음은 흔들리지 않았습니다. 나는 단호하게 대답했죠. "다들 잘못 알고 있어. 나는 범인을 알아. 착하고 불쌍한 쥐스틴은 결백하다고."

그때 아버지가 들어오셨습니다. 아버지의 얼굴에는 깊은 슬픔이 드리워 있었지만 나를 반갑게 맞으려고 애쓰셨습니다. 에르네스트가 소리치지 않았다면 우리는 쓸쓸히 인사를 나누고 사건과 상관없는 다른 얘기를 나눴을 겁니다. "세상에, 아버지! 빅토르 형이 불쌍한 윌리엄을 죽인 범인을 안대요."

"유감이지만 우리도 그렇게 생각한단다." 아버지가 대답했습니다. "그토록 믿었던 아이가 그런 끔찍하고 배은망덕한 일을 저지르다니, 차라리 영원히 몰랐으면 좋았을 것을."

"아버지가 잘못 알고 계신 거예요. 쥐스틴은 결백해요."

"그게 정말이라면 하느님도 그 애가 벌을 받도록 내버려두지 않으실 거다. 그 애 재판일이 오늘인데, 나도 진심으로 무죄 판결을 바라고 있단다."

아버지의 말에 나는 조금 안심할 수 있었습니다. 나는 쥐스틴은 물론 누구도 이 살인 사건과 관련이 없다고 생각했습니다. 따라서 쥐스틴에게 유죄를 선고할 결정적인 증거 같은 것은 없다고 확신했습니다. 하지만 사람들 앞에서는 이런 이야기를 할 수 없었습니다. 보통 사람이라면 이런 얘기를 미친 소리로 여길 테니까요. 내가 세상에 풀어놓은 망상과 어리석음의 산 증거를 창조주인 나 말고 누가 믿을 수 있겠습니까?

잠시 뒤 엘리자베스가 들어 왔습니다. 그녀는 보지 못한 사이에 많이 변해 있었지만, 어릴 적의 아름다움을 뛰어넘는 사랑스러움이 그녀를 감싸고 있었습니다. 여전히 티 없이 쾌활했고, 지적이고도 정감이 넘쳐 보였습니다. 그녀는 다정하게 나를 반겼습니다. "빅토르, 네가 와서 다행이야." 그녀는 말했습니다. "너라면 우리 죄 없는 쥐스틴의 무죄를 입증할 수 있을 거야. 아아! 그 애가 범인이라니, 세상에 누가 그걸 믿겠어? 나는 그 애가 나만큼이나 결백하다고 확신해. 이 일로 인해 우리는 두 배로 고통받고 있어. 사랑스러운 아이를 잃은 것도 모자라 아끼는 아이가 끔찍하게 난도질당할 처지에 있잖아. 만약 쥐스틴이 유죄 판결을 받는다면 내 인생에 더 이상 기쁨 따위는 없을 거야. 하지만 절대 그럴 리 없겠지. 만약 그녀의 무죄가 밝혀지면 귀여운 우리 윌리엄의 죽음 뒤에도 난 다시 행복해질 수 있을 것 같아."

"엘리자베스, 그 애는 결백해." 내가 말했습니다. "곧 밝혀질 테니 걱정하지 말고 풀려날 날만 기다리면 돼."

"오, 착하기도 하지! 모두 그 애를 범인이라고 말하는 게 괴로웠어. 왜냐하면 난 그럴 리가 없다는 걸 알고 있으니까. 사람들이 끔찍한 편견을 가지고 있다는 게 절망스러웠어." 그녀는 울었습니다.

"울지 마라 엘리자베스," 아버지가 말했습니다. "네 믿음처럼 그 애가 결백하다면, 우리나라 법의 정의로움을 믿는 수밖에. 나도 잘못된 판결이 나지 않도록 애를 써 보마."

제8장

　재판이 시작되는 11시까지 우리는 침울한 시간을 보냈습니다. 아버지와 나머지 가족들이 증인으로 출석해야 했기에 나도 따라서 법정으로 갔습니다. 정의를 농락하는 끔찍한 재판이 진행되는 동안 나는 산 채로 난도질당하는 느낌이었습니다. 나의 호기심과 잘못된 욕망 때문에 두 명의 가족이 목숨을 잃을 판이었습니다. 하나는 순수하고 해맑은 어린아이의 죽음으로, 또 하나는 잔혹한 살인자의 오명을 뒤집어쓴 죽음으로 말입니다. 쥐스틴도 윌리엄만큼 행복해질 자격이 있는 아이였습니다. 그런데 이제 모든 오명을 뒤집어쓰고 무덤 속에 묻힐 처지가 된 것입니다. 그것도 다름 아닌 나 때문에 말입니다! 천 번이라도 쥐스틴의 죄를 대신하고 싶었지만, 범행이 일어났을 때는 내가 그곳에 없었고, 만약 그런 증언을 하면 미치광이의 헛소리로 여겨져 그녀에게 아무 도움도 되지 못할 것입니다.

　쥐스틴은 차분한 모습이었습니다. 상복을 입은 그녀의 얼굴은 평소보다 더 아름답고 엄숙했습니다. 자신이 결백하다는 것을 알고 있었기에, 많은 사람들의 시선과 비난에도 떨지 않았습니다. 평소 같았으면 그녀의 아름다움이 동정을 자아냈겠지만, 엄청난 범죄 앞에서 방청객들은 냉담했습니다. 그녀는 차분했지만, 그 차분함에는 꾸민 듯한 구석이 있었습니다. 동요하는 듯한 모습이 범행의 증거로 여겨진 탓에 이번에는 마음을 다잡은 것 같았습니다. 법정에 들어서자 그녀는 눈을 크게 뜨고 우리가 있는 곳부터 찾았습니다. 그녀는 우리를 발견하자 눈시울이 붉어졌지만 곧 평온함을 찾았습니다. 그녀의 애처로운 표정은 무죄를 증언해 주는 듯했습니다.

재판이 시작되자 상대측 변호인이 혐의점을 열거했고, 증인들이 차례로 나왔습니다. 몇 가지 정황들이 그녀에게 불리하게 작용했습니다. 나처럼 그녀의 결백에 대한 확신이 없는 사람이라면 누구든지 깜박 속을 만한 정황들이었습니다. 그녀는 사건 당일 밤 집에 있지 않았고, 다음 날 아침 죽은 아이의 시신 근처에서 가게 여주인에게 목격되었습니다. 여자가 거기서 무얼 하고 있냐고 물었을 때 쥐스틴은 수상한 태도로 이해할 수 없는 대답을 했다고 합니다. 8시쯤 집으로 돌아온 쥐스틴에게 밤새 어디에 있었느냐고 물었을 때 그녀는 윌리엄을 찾아다녔다고 대답했습니다. 그러면서 윌리엄의 소식을 다급하게 물어보았다고 합니다. 그녀는 시신을 보고 심한 충격을 받아 며칠 동안 침대에서 일어나지 못했습니다. 그런데, 그녀가 누워 있는 동안 하인이 주머니에서 초상화 목걸이를 발견했습니다. 엘리자베스가 떨리는 목소리로 아이가 실종되기 전에 목에 걸고 있었던 것과 똑같다고 말하자, 법정엔 경악과 분노의 웅성거림이 터져 나왔습니다.

쥐스틴에게 변론의 기회가 주어졌습니다. 재판이 진행되며 그녀의 표정은 변해 갔고, 놀람과 공포, 고뇌의 표정이 역력했습니다. 때때로 눈물을 삼키려 애를 썼지만, 변론할 기회가 주어지자 가냘프지만 분명한 목소리로 안간힘을 다해 말했습니다.

"하느님께서는 저의 결백을 아실 것입니다." 그녀는 말했습니다. "제가 이렇게 변론한다고 무죄 판결이 내려지지는 않으리라는 걸 알지만, 저에게 불리하게 작용한 사실들을 명백히 밝혀 결백을 입증하려고 합니다. 의심스러운 정황이 있더라도 저의 평소 성정을 고려하여 재판관께서 잘 판단해 주시리라고 믿습니다."

그녀는 살인 사건이 일어난 날 저녁 엘리자베스의 허락을 받고 제네바에서 약 5킬로미터 떨어진 셴이란 마을에 사는 이모를 방문했다고 말했습니다. 그리고 9시쯤 돌아오다가 길 잃은 아이를 찾는 한 남자를 만났습니다. 그 아이가 바로 윌리엄이란 사실을 알고 깜짝 놀란 그녀는 몇 시간 동안 아이를 찾아 헤맸습니다. 그러던 중에 제네바의 성문이 닫혔고, 알고 지내던 마을 사람의 집을 찾았지만, 폐를 끼치고 싶지 않아서 오두막에 딸린 헛간에서 몇 시간 동안 머물렀습니다. 밤새도록 잠을 이루지 못하다가 잠깐 조는 사이에 동이 텄고, 밖에서 들리는 발걸음 소리에 깨어났습니다. 새벽에 그녀는 다시 헛간을 빠져나와 동생을 찾으러 돌아다녔습니다. 동생의 시체가 발견된 근처까지 갔다는 사실은 그녀도 몰랐습니다. 밤을 꼬박 새웠을 뿐만 아니라 불쌍한 윌리엄의 소식도 듣지 못했을 때니, 시장 상인 여자의 질문에 당황한 것은 당연했습니다. 목걸이에 대해서도 그녀는 전혀 아는 게 없었습니다.

가엾은 희생자는 이렇게 말했습니다. "이런 정황이 얼마나 저에게 불리하게 작용할지 잘 알고 있어요. 하지만 저는 그것을 설명할 능력이 없습니다. 정말 모르는 일이기에 누가 제 주머니에 찔러넣었다고 추측할 수밖에 없습니다. 하지만 그것 역시 증명할 길이 없습니다. 제 생각에는 주변에 원한을 가질 인물이 없고 까닭 없이 절 옭아맬 만큼 사악한 사람도 없습니다. 살인자가 거기에 넣었을까요? 아마 그럴 수는 없었을 겁니다. 그럴 기회가 있었다고 한들, 그렇게 쉽게 버릴 보석을 왜 훔쳤을까요?

희망은 보이지 않지만, 판사님들의 정의로운 판단에 맡기겠습니다. 제 성품을 알고 있는 몇몇 증인들이 증언할 수 있도록 허락해 주십시오. 그들의 증언으로도 판결을 뒤집을 수 없다면 벌을 받아야겠죠. 나중에 무죄를 인정받더라도 말이에요.

그녀와 오랫동안 친분이 있는 증인 몇 명이 불려 나와 그녀에 대한 좋은 이야기를 해 주었습니다. 그러나 그녀가 저질렀을지도 모를 범죄의 끔찍함 때문인지 적극적으로 그녀를 변호할 생각은 하지 못했습니다. 그녀의 마지막 방어 수단인 착한 성품과 흠잡을 데 없는 행실도 도움이 되지 않자 초조해진 엘리자베스가 법정 변론을 요청했습니다.

"저는 가엾게 살해당한 아이의 사촌 누나입니다. 아니, 같은 부모님 밑에서 교육을 받았고 아이가 태어나기 훨씬 전부터 함께 살았으니 친누나라고 하는 편이 맞을 겁니다. 이 상황에 제가 나서는 게 부적절할지 모르겠지만, 겉으로만 친구인 척하는 비겁한 사람들 때문에 궁지에 몰린 그녀를 보니 저라도 나서서 피고인의 성품에 대해 말해주어야 할 것 같습니다. 저는 피고인과 잘 아는 사이입니다. 한 번은 5년 동안, 또 한 번은 거의 2년 동안 그녀와 한집에서 살았습니다. 그 시간 동안 제가 본 그녀는 누구보다도 상냥하고 이해심이 많은 아이였습니다. 제 숙모인 프랑켄슈타인 부인이 돌아가시기 직전에도 지극한 애정으로 간호했고, 그 뒤에는 오랫동안 병을 앓던 자기 어머니를 돌보아 모두에게 감동을 주었습니다. 그 뒤에는 다시 제 숙부의 집에 와서 가족들의 사랑을 받으며 살았습니다. 피고인은 죽은 아이도 어머니와 같은 애정으로 보살폈습니다. 모든 증거가 피고인을 가리키고 있지만, 저는 그녀가 결백하다고 확신합니다. 그녀에게는 그런 짓을 할 동기가 없습니다. 결정적인 증거가 된 저 싸구려 목걸이도 피고인이 정말로 원한다면 제가 기꺼이 줬을 겁니다. 진심으로 그녀를 인정하고 아끼기 때문입니다."

엘리자베스의 간결하고도 힘 있는 호소에 사람들은 고개를 끄덕이며 웅성거렸습니다. 하지만 그건 불쌍한 쥐스틴에 대한 동정심이 아니라 엘리자베스의 너른 아량을 향한 것이었습니다. 사람들은 오히려 쥐스틴을 배신자라며 손가락질했습니다. 엘리자베스가 말하는 동안 그녀는 눈물을 흘릴 뿐 아무 말도 하지 못했습니다. 재판이 진행되는 동안 나는 절망과 고통에 빠져들었습니다. 나는 쥐스틴에게 죄가 없다는 걸 알고 있었습니다. 내 동생을 잔인하게 살해한 그 악마가(나는 그놈이 범인이라는 걸 믿어 의심치 않았습니다) 누명을 덮어씌웠던 걸까요? 이런 상황이 너무나 두려웠습니다. 청중들의 반응과 판사들의 표정에서 불쌍한 희생자에게 이미 유죄 판결이 내려졌다는 사실을 알고 나는 괴로워하며 법원을 뛰쳐나갔습니다. 이는 피고인의 고통과는 달랐습니다. 결백한 그녀는 당당할 수 있었지만 나는 그렇지 못했습니다. 죄책감은 내 가슴을 물어뜯으며 놓아주지 않았습니다.

괴로움 속에 밤을 지새워야 했습니다. 아침이 되자 나는 다시 법원으로 갔습니다. 입술이 마르고 목이 탔습니다. 내가 무슨 일로 왔는지도 이야기하기 전, 경관들은 이미 내 얼굴을 알아보았고 내가 온 이유도 알고 있었습니다. 배심원들의 투표가 끝났고 투표용지는 검은색으로 가득했습니다. 쥐스틴에게 유죄 판결이 내려진 것입니다.

그때의 감정은 말로는 표현할 수 없습니다. 공포라는 말로는 가슴이 찢어지는 듯한 당시의 절망감을 표현할 수 없습니다. 내게 결과를 알려준 사람은 쥐스틴이 이미 죄를 인정했다고 말했습니다. "자백이 필요 없을 만큼 뻔한 사건이지만, 그래도 자백을 했다니 다행이네요. 판사들은 아무리 확실해도 정황 증거만으로 유죄 판결을 내리는 것을 좋아하지 않거든요."

예상 못한 충격적인 소식이었습니다. 이게 무슨 일이지? 내가 잘못 들은 걸까? 내가 범인이라고 여기는 자의 이름을 대고 믿어달라고 하면 미친 사람 취급을 당할까? 급하게 집으로 돌아오니 엘리자베스가 재판 결과를 물어보았습니다.

나는 대답했습니다. "네가 걱정했던 판결이 내려졌어, 엘리자베스. 재판관들은 죄인 하나를 풀어주는 것보다 무고한 열 사람에게 벌을 주려고 하지. 게다가 쥐스틴이 죄를 자백했다는군."

쥐스틴의 무죄를 굳게 믿었던 엘리자베스는 큰 충격을 받았습니다. "아아! 어떻게 그럴 수 있어? 내가 동생처럼 아끼고 사랑했던 쥐스틴이 그 순수한 미소로 우리를 속였다고? 그 애의 순한 눈빛에는 어떤 거짓도 없어 보였어. 그런데 그 애가 살인자라니!"

얼마 뒤 가엾은 쥐스틴이 엘리자베스를 보고 싶어 한다는 전언이 왔습니다. 아버지는 그녀가 가는 걸 원치 않으셨지만, 본인의 마음에 맡기겠다고 하셨습니다. 엘리자베스는 말했습니다. "쥐스틴이 범인이라고 해도 그 애를 봐야겠어요. 빅토르, 나랑 같이 가 줘. 혼자서는 못 가겠어." 나는 쥐스틴을 만나야 한다는 생각에 괴로웠지만, 거절할 수 없었습니다.

우리는 어두운 감옥 안으로 들어갔습니다. 멀리 구석에 짚을 깔고 앉은 쥐스틴이 보였습니다. 손이 묶인 채 머리를 무릎에 파묻고 있었습니다. 쥐스틴은 우리가 들어오는 것을 보자 벌떡 일어났습니다. 주변에 우리만 남겨지자 쥐스틴은 엘리자베스의 발 앞에 엎드려 눈물을 펑펑 쏟았고, 엘리자베스도 함께 울었습니다.

"쥐스틴!" 엘리자베스가 말했습니다. "왜 내 마지막 희망마저 빼앗은 거야? 네가 결백하다고 믿었는데. 그때도 절망스럽긴 했지만 지금처럼 비참하지는 않았어!"

"아가씨도 저를 나쁜 계집애라고 생각하시나요? 다른 사람들처럼 절 살인자로 생각하느냐고요?" 쥐스틴은 흐느끼다 못해 목이 쉬었습니다.

"일어나렴, 불쌍한 내 동생," 엘리자베스가 말했습니다. "죄가 없는데 왜 무릎을 꿇니? 나는 네 적이 아니야, 스스로 범행을 자백했다는 얘기를 듣기 전까지는 네가 결백하다고 굳게 믿었어. 그러니까 사실이 아닌 거지? 명심해, 쥐스틴. 네가 인정하지 않는 한 너에 대한 믿음은 결코 흔들리지 않아.

"자백은 했지만 그건 거짓이었어요. 사면을 바라고 자백했는데, 그 거짓말이 가장 큰 죄책감으로 남게 되었네요. 오 하느님, 저를 용서해 주세요! 유죄 선고를 받고 나자 고해신부까지 절 비난했어요. 계속 몰아붙이는 바람에 정말 제가 진짜 괴물이 아닌지 의심까지 들었죠. 신부님은 자백을 거부하면 파문당해 지옥 불에 던져질 것이라고 위협했어요. 제 편은 아무도 없었고, 모두 저를 지옥에 떨어질 악마로 여겼죠. 그러니 어떻게 하겠어요? 최후의 수단으로 거짓말이라도 해야 했던 거죠. 하지만 그 때문에 저는 정말로 나락으로 떨어지게 되었어요."

잠시 침묵하던 쥐스틴이 눈물을 흘리며 말을 이어 갔습니다. "돌아가신 숙모님께서 그토록 총애하시고 아가씨에게도 사랑받던 이 쥐스틴이 악마 같은 범죄자로 믿어지는 것이 너무 무서웠어요. 사랑하는 윌리엄! 어여쁜 꼬마 도련님! 곧 천국에서 다시 만나요. 그곳에서는 우리 모두 행복할 거예요. 치욕스러운 죽음 앞에서도 그런 생각이 위로가 되네요."

"쥐스틴! 잠시라도 의심했던 나를 용서해 줘. 그러니까 왜 자백을 한거야? 하지만 너무 슬퍼하지는 말아. 겁먹을 필요 없어. 내가 모든 걸 밝혀낼 거야. 네 무죄를 증명할게. 눈물과 기도로 너를 비난하는 사람들의 굳은 마음을 녹여낼 거야. 죽으면 안 돼! 나의 소꿉친구, 나의 벗, 나의 동생이 교수대 위에서 목숨을 잃다니! 안 돼! 안 돼! 그런 끔찍한 일을 겪고는 살 수 없어."

쥐스틴이 슬프게 고개를 저었습니다. "죽는 건 두렵지 않아요. 그런 걱정은 이미 던져 버렸어요. 하느님께서 나약한 저를 일으켜 주시고 최악의 상황을 견딜 용기를 주셨죠. 이제 저는 이 슬프고 쓰라린 세상을 떠납니다. 다만, 아가씨께서 기억해 주시고 억울하게 누명을 쓴 사람으로 생각해 준다면 저는 다가오는 운명을 받아들일 수 있어요. 아가씨도 저를 보며 하늘의 뜻을 견디고 따르는 법을 배우시길 바라요!"

이런 대화가 이어지는 동안 난 견딜 수 없는 고통을 느끼며 감방 구석에서 숨을 죽이고 있었습니다. 절망! 어찌 이것을 한 단어로 표현할 수 있을까요? 내일 목숨을 잃게 될 불쌍한 희생자들의 고통도 나처럼 쓰라리진 않았을 것입니다. 나는 이를 악물며 영혼 깊은 곳에서 신음을 터트렸습니다. 쥐스틴은 놀란 듯 몸을 떨었습니다. 그 소리를 낸 사람이 나인 것을 알고 쥐스틴이 다가와 말했습니다. "친절하신 도련님, 여기까지 와 주시다니. 도련님도 제가 범인이라는 걸 믿지 않으시죠? 부디 그러지 않았으면 좋겠어요"

나는 대답할 수 없었습니다. 엘리자베스가 말했습니다. "아냐, 쥐스틴. 빅토르는 나보다도 네 무죄를 확신하고 있어. 네가 자백했다는 말을 듣고도 믿지 않았는걸."

"정말 고마워요. 마지막 순간까지 저를 감싸주신 분들께 진심으로 감사드려요. 저처럼 비천한 년에게 이렇게 과분한 애정을 베풀어주시다니! 덕분에 제 불행의 절반은 날아갔어요. 사랑하는 아가씨와 도련님께서 제 결백을 인정해 주셨으니 이제 평화로운 마음으로 잠들 수 있을 것 같아요."

가엾은 쥐스틴은 이렇게 스스로와 다른 사람들을 위로하려 애썼습니다. 바라던 대로 체념의 상태에 이른 것입니다. 그러나 진짜 살인자인 나는 아무 희망이나 위로도 얻지 못했고, 영원히 죽지 않는 벌레가 가슴속에 꿈틀거리는 느낌이었습니다. 엘리자베스도 슬픔에 흐느꼈습니다. 하지만 그것은 아름다운 달 주위를 지나는 구름처럼 달빛을 잠시 가릴 수 있을 뿐 더럽힐 수는 없는 무구한 슬픔이었습니다. 고통과 절망은 내 마음속에 스며들었고, 거기엔 무엇으로도 몰아낼 수 없는 지옥이 자리 잡았습니다. 우리는 쥐스틴과 함께 몇 시간을 보냈습니다. 엘리자베스는 차마 발길을 떼지 못했습니다. "차라리 너와 함께 죽고 싶어. 이 끔찍한 세상에서 살아갈 자신이 없어." 그녀는 울부짖었습니다.

쥐스틴은 쓰라린 눈물을 억누르며 애써 밝은 표정을 지었습니다. 그녀는 엘리자베스를 안으며 목소리를 낮췄습니다. "잘 가요, 아가씨. 사랑하는 엘리자베스, 내가 사랑하는 단 하나의 친구. 자비로우신 하느님께서 아가씨를 축복하고 지켜주시길 거예요. 이것이 아가씨의 마지막 불행이 되기를! 부디 살아계시고, 행복하시고, 다른 사람들도 그럴 수 있도록 해 주세요."

그리고 다음 날, 쥐스틴의 처형이 집행되었습니다. 엘리자베스의 감동적인 웅변에도 불구하고 범죄를 확신하는 판사들의 마음을 움직일 수는 없었습니다. 나의 분노에 찬 호소도 소용이 없었습니다. 차가운 반응과 함께 냉정하고 엄혹한 판결문을 들었을 때는 준비했던 발언마저 잊어버리고 말았습니다. 말을 했어도 미치광이 소리나 들을 뿐 가엾은 희생자에게 내려진 형벌은 취소될 수 없었을 겁니다. 그렇게 쥐스틴은 살인죄를 뒤집어쓰고 교수대의 이슬로 사라졌습니다!

고통스러운 마음으로 나는 엘리자베스의 깊고 소리 없는 슬픔을 생각했습니다. 이 또한 내가 저지른 짓이었죠! 아버지의 고통, 얼마 전까지만 해도 웃음 가득했던 집의 황폐함까지 모두 내가 초래한 것이었습니다! 불행으로 눈물 흘리는 자들이여, 하지만 이것이 마지막 눈물이 아니니! 당신들은 다시 죽음 앞에서 통곡하고, 몇 번이나 더 울음소리를 내게 될 것이다! 당신들의 아들이자, 친척, 사랑했던 어릴 적 친구인 나 프랑켄슈타인은 당신들을 위해 마지막 한 방울까지 피를 바칠 것이니, 당신들의 얼굴에 비치는 기쁨 외에는 어떤 생각이나 기쁨도 없이 오직 대기를 축복으로 채우고 당신들을 섬기며 인생을 바칠 것이다. 이 프랑켄슈타인은 당신들에게 끝없이 눈물을 강요할 것이다. 하지만 이 가혹한 운명이 다하고, 무덤의 평화가 당신들의 슬픈 고통을 대신하기 전 파괴가 멈춘다면, 비로소 희망 너머에서 행복할 것이다!

내 불경한 작품의 첫 희생자인 윌리엄과 쥐스틴의 무덤 앞에서 아무것도 모르는 채 슬퍼하는 사람들을 후회와 절망 속에서 바라보며 내 예언자의 영혼은 이렇게 말하고 있었습니다.

제9장

연이은 사건으로 감정이 폭발 직전에 이르렀다가 갑자기 아무 일도 일어나지 않는 죽음 같은 평화가 찾아와 희망도 두려움도 사라지는 상태만큼 인간에게 괴로운 건 없을 것입니다. 쥐스틴은 영원히 잠들었고 나는 살아남았습니다. 몸속의 피는 멀쩡히 돌고 있었지만 어떤 방법으로도 벗어날 수 없는 절망과 후회가 가슴을 짓누르고 있었습니다. 나는 불면의 시간 속에서 악령처럼 배회했습니다. 너무나 큰 과오를 저질렀고, 끔찍한 일은 앞으로도 계속될 거라고 믿었습니다. 하지만 아직 내 마음속에는 친절과 미덕에 대한 믿음이 남아 있었습니다. 인생을 선한 마음으로 시작했고 그런 마음을 주변에 실천하고 베풀길 원했습니다. 하지만 모든 것이 무너져 버리자, 지난날에 대한 만족과 앞날에 대한 희망 대신 후회와 죄책감의 말 못할 고통이 마음속에 자리 잡았습니다.

이런 상태는 아직 지난 충격에서 회복되지 못한 나의 건강을 갉아먹었습니다. 나는 사람과 마주치는 것을 꺼렸습니다. 기쁨과 위안의 말들이 모두 고통이었고, 죽음처럼 깊고 어두운 고독만이 나의 유일한 위안이었습니다.

아버지는 내 성격과 습관까지 모두 변한 것에 마음 아파하셨습니다. 그리고 흔들림 없는 양심과 신념에 찬 삶에서 나온 조언으로 내 마음속 먹구름을 걷어내고 용기를 주려고 노력하셨습니다. "나라고 왜 슬프지 않겠니, 빅토르? 세상 누구보다도 네 동생을 사랑했는데." 말을 이어 가는 아버지의 눈에 눈물이 고였습니다. "하지만 지나친 슬픔으로 남은 사람들이 더 불행하지 않도록 해 주는 게 망자에 대한 예의 아니겠니? 이건 너 자신을 위해서도 마찬가지야. 그렇게 슬퍼만 하면 미래의 희망이나 기쁨은 사라지고, 일상생활 뿐만 아니라 사회생활에도 지장이 있을 테니 말이야."

좋은 충고였지만 내 귀에는 들어오지 않았습니다. 나의 슬픔 속에는 자책이, 근심 속에는 두려움이 감춰져 있었기 때문입니다. 단지 슬픔뿐이었다면 내가 먼저 그것을 숨기고 주변 사람들을 위로했을 것입니다. 이제 내가 할 수 있는 일은 아버지의 말씀에 건성으로 대답하고 눈에 띄지 않으려고 애쓰는 것뿐이었습니다.

이 무렵 우리는 벨리브의 별장으로 내려갔습니다. 나에게는 다행스러운 일이었습니다. 10시가 되면 성문이 닫히고 호수에도 갈 수 없는 제네바와 달리 별장에서는 자유로이 나다닐 수 있었기 때문입니다. 가족들이 모두 잠든 뒤에 나는 보트를 타고 물 위에서 시간을 보내곤 했습니다. 돛을 세운 채 바람을 따라 떠다니기도 하고, 호수 한가운데서 물살에 배를 맡기고 상념에 젖기도 했습니다. 고요하고 평화로운 호수에는 물가에서 들리는 박쥐나 개구리 울음소리 외에는 오직 나의 소리뿐이었습니다. 때로는 고요한 호수에 뛰어들어 내게 닥친 재앙과 함께 스스로를 영원히 물속에 묻어 버리고 싶은 유혹을 느끼기도 했습니다. 그러나 내가 진심으로 사랑하고, 나에게 모든 삶을 의지하며 용감하게 고통을 견뎌내는 엘리자베스를 생각하면 그럴 수는 없었습니다. 아버지와 남아 있는 남동생을 생각해도 마찬가지였습니다. 내가 세상에서 사라진다면 그들은 내가 풀어 놓은 악마의 위협에 무방비로 노출되고 말 것입니다.

그럴 때마다 나는 눈물을 삼키며 다시 평화가 찾아와 그들에게 위로와 행복을 주기를 빌었습니다. 하지만 그것은 불가능했습니다. 후회와 자책감이 모든 희망을 꺼뜨렸기 때문입니다. 나는 악의 창조자였고, 내가 만든 악마가 새로운 악을 저지르지 않을까 하는 두려움 속에서 하루하루를 살아야 했습니다. 아직 끝나지 않았고, 놈이 언젠가 결정적인 범죄를 저지를 거라는 막연한 공포가 나를 괴롭혔습니다. 그 죄과가 너무 커서 내 평생을 따라다닐 것 같았고, 내가 사랑하는 사람들이 남아 있는 한 그 두려움에서 벗어날 수 없을 것 같았습니다. 놈에 대한 나의 증오심은 상상을 초월했습니다. 놈을 생각하면 이가 갈리고 눈의 실핏줄이 터질 지경이었습니다. 내가 생각 없이 불어넣은 그 생명을 지워 버려야겠다는 마음밖엔 없었습니다. 놈이 저지른 죄악을 생각하면 증오심과 복수심이 끓어올랐습니다. 놈을 절벽 아래로 밀어버릴 수만 있다면 안데스산맥 꼭대기까지도 오를 수 있을 것 같았습니다. 놈을 다시 만나고 싶었습니다. 만나면 증오의 마음을 담아 놈의 얼굴에 저주를 퍼붓고 윌리엄과 쥐스틴의 죽음에 복수하고 싶었습니다.

우리 집은 애통함에 싸여 있었습니다. 아버지는 최근 사건에 충격을 받아 건강이 급속도로 나빠졌고, 엘리자베스는 슬픔과 낙담으로 더 이상 일상에서 기쁨을 찾지 못했습니다. 즐거움을 죽은 동생들에 대한 모독으로 여겼고, 영원한 슬픔의 눈물만이 무고한 희생자들을 위해 마땅히 치를 의무라고 생각했습니다. 더 이상 어릴 적 함께 호숫가를 거닐며 미래의 꿈을 이야기하던 행복한 그녀가 아니었습니다. 세상에 대한 미련에서 우리를 떼어 놓을 첫 번째 슬픔이 그녀에게 찾아왔고, 그것이 그녀의 아름답던 미소를 조금씩 사라지게 만들었습니다.

그녀가 말했습니다. "빅토르, 쥐스틴 모리츠의 비참한 죽음을 떠올리면 세상 모든 것이 예전처럼 보이지 않아. 전에는 책이나 이야기 속에서 악행이나 불의에 대해 들으면 옛날이야기나 지어낸 허구로만 생각했지. 나와는 상관이 없는 일이거나, 상상보다는 논리적으로 따져 볼 이야기라고 생각했어. 하지만 이제 불행이 우리 집까지 들이닥치면서 사람들이 서로의 피를 부르는 괴물로만 보여. 이것은 올바른 생각이 아니겠지. 하지만 모두 쥐스틴이 범인이라고 믿었잖아. 쥐스틴이 정말 그런 짓을 저질렀다면 인간이라고도 할 수 없을 거야. 보석 몇 개 때문에 자신을 가족처럼 돌봐준 사람의 아들을, 태어날 때부터 자식처럼 애지중지하며 돌봐주던 아이를 살해하다니! 생명을 빼앗는 일은 동의하지 않지만, 나는 그런 인간은 이 사회에 부적합한 존재라고 생각해. 하지만 쥐스틴은 무고하잖아. 그 애가 범인이 아니라는 건 느낌만으로도 알 수 있어. 너도 같은 생각이잖아 빅토르. 아아, 빅토르! 그런데 거짓이 진실 행세를 한다면 누가 자기 행복을 진짜라고 말할 수 있겠어? 수천 명의 사람들이 나를 에워싸고 벼랑으로 몰아 가는 기분이야. 윌리엄과 쥐스틴은 죽임을 당했고, 살인자만 빠져나와서 세상에서 활개 치며 떳떳하게 살아가겠지. 하지만 내가 범인이라면 형장의 이슬이 될지언정 그렇게 비열하게 살지는 않을 거야."

그녀의 이야기가 끝나자 나는 깊은 고통에 휩싸였습니다. 의도하지 않은 결과지만, 결국 내가 진짜 살인자인 것입니다. 엘리자베스는 나의 고통스러운 표정을 읽고 다정하게 손을 잡으며 말했습니다. "빅토르, 진정해. 이 일이 내게 얼마나 큰 충격을 주었는지는 하느님만 아시겠지만, 너처럼 불행에 빠져 있지는 않아. 절망의 표정과 함께 네 얼굴에서 느껴지는 복수심이 두려워. 빅토르, 마음속에서 나쁜 생각을 떨쳐내도록 해. 네게 온 희망을 걸고 있는 가족들을 생각해 봐. 우리가 더 이상 너에게 행복을 가져다주지 못하는 건가? 아니야! 우리가 서로 사랑하고 진심을 다한다면 이 아름답고 평화로운 땅에서 평안과 행복을 누릴 수 있을 거야. 누가 우리의 평화를 방해할 수 있겠어?"

그 어떤 선물보다도 소중한 엘리자베스의 말도 내 마음속 악마를 쫓아내기에는 부족했습니다. 그녀가 말하는 순간에도 나는 괴물이 그녀를 빼앗아 갈까 봐 겁을 내듯 그녀에게 바짝 다가갔습니다.

친구의 다정한 말도, 세상천지의 아름다움도 나를 마음의 고통에서 구해낼 수 없었습니다. 사랑의 말도 소용이 없었습니다. 나는 어떤 선한 기운도 뚫을 수 없는 구름에 둘러싸여 있었습니다. 흡사 상처 입은 사슴이 비틀거리는 사지를 끌고 인적 없는 숲으로 들어가 자신을 꿰뚫은 화살을 바라보며 죽어가는 것처럼 말입니다.

어떤 때는 나를 짓누르는 절망에 몸을 맡기기도 했지만, 걷잡을 수 없는 감정의 격랑에 휩싸였을 때는 몸을 움직여 발길 닿는 대로 돌아다니며 마음을 추스르기도 했습니다. 그런 발작이 찾아온 어느 날, 나는 돌연 집을 떠나 알프스 계곡으로 발길을 향했습니다. 산이 주는 장엄함과 영원함 속에서 자신에 대한 집착과 찰나의 슬픔을 잊기 위해서였습니다. 6년 만에 다시 찾은 샤모니 계곡은 어린 시절의 기억 그대로였습니다. 나는 만신창이였지만 야생의 풍경은 변함이 없었습니다.

처음에는 말을 타고 이동했고, 험한 길에 이르러서는 넘어질 위험이 적은 노새로 갈아탔습니다. 쥐스틴이 죽은 지 두 달이 지난 8월 중순이었습니다. 날씨는 쾌청했지만 그동안 쌓였던 불행이 여전히 내 가슴을 짓누르고 있었습니다. 아르베 계곡에 깊숙이 들어가니 마음이 한결 가벼워졌습니다. 사방을 둘러싼 거대한 산과 절벽, 바위 사이로 거세게 흐르는 계곡물 소리와 폭포는 전능한 자연의 힘을 보여주는 듯했고, 이 놀라운 세상을 창조하고 다스리는 존재 아래 그 어떤 것도 두려울 게 없을 듯했습니다. 높이 오를수록 계곡은 더욱 웅장하고 경이로운 자태를 드러냈습니다. 나지막한 절벽에 매달린 폐허의 성채, 거침없이 흐르는 아르브 강, 나무 사이로 보이는 오두막들이 독특한 아름다움을 자아냈습니다. 둥글고 뾰족한 봉우리들이 하얗게 솟아 있는 알프스산맥은 이런 풍경을 더욱 돋보이게해, 마치 다른 세상에 와 있는 기분이었습니다.

나는 펠리시에 다리를 건너고 강줄기가 파 놓은 계곡을 지나 산을 오르기 시작했습니다. 그렇게 얼마 지나지 않아 샤모니 계곡에 도착했습니다. 계곡은 장엄하고 웅장했지만, 방금 지나온 세르보의 계곡처럼 그림 같은 풍경은 아니었습니다. 가까이에 설산의 봉우리들이 보였지만, 허물어진 성이나 비옥한 들판은 더 이상 볼 수 없었습니다. 길가에는 거대한 빙벽이 우뚝 서 있고, 우레와 같은 소리와 함께 산사태가 일어나 눈보라가 피어오르는 것도 보였습니다. 주변 산봉우리들 사이로 우뚝 솟은 몽블랑의 높고 거대한 봉우리가 계곡을 내려다보고 있었습니다.

여행하는 중간중간에 오래 잊고 있던 즐거움이 찾아오기도 했습니다. 모퉁이를 돌거나 문득 새로운 것을 발견할 때마다 지난날들이 떠올랐고, 천진난만했던 어린 시절의 기쁨도 되살아났습니다. 바람은 부드러운 목소리로 속삭이고 있었고, 어머니와 같은 자연은 더이상 울지 말라고 내게 말하는 듯했습니다. 하지만 이런 좋은 기운은 곧 사그라들고 나는 다시 슬픔에 갇혀 우울한 생각에 빠져들었습니다. 나는 세상사와 나의 두려움, 무엇보다도 나 자신을 잊기 위해 안간힘을 쓰며 노새에 박차를 가하다가, 공포와 절망감에 휩싸여 풀밭에 몸을 던지곤 했습니다.

　마침내 샤모니 마을에 도착했습니다. 그동안 쌓였던 피로가 한꺼번에 몰려오며 몸과 마음이 극도로 피곤해졌습니다. 창가에 앉아 몽블랑 상공에서 창백하게 번쩍이는 번개를 바라보며 아래에서 시끄럽게 흐르는 아르브의 강물 소리를 들었습니다. 잔잔한 물소리가 예민해진 감각에 자장가가 되어 주면서, 베개에 머리가 닿자마자 곧 잠이 왔습니다. 잠이 오는 걸 온전히 느끼며 나는 모든 것을 잊을 수 있다는 것에 감사했습니다.

제10장

　다음 날 나는 골짜기를 쏘다니며 시간을 보냈습니다. 아베이롱 강의 발원지에 서 있었는데, 빙하가 계곡을 막으며 정상으로부터 느린 속도로 내려오고 있었습니다. 거대한 산의 험준한 경사가 발아래 펼쳐지고, 빙하의 얼음벽은 머리 위에 걸려 있는 가운데, 부서진 소나무 몇 그루가 주위에 흩어져 있었습니다. 위대한 자연과 마주한 성스러운 장소에서 엄숙한 침묵을 깨는 것은 거센 물소리와 거대한 얼음 조각이 떨어져 나가는 소리, 우레와 같은 눈사태와 함께 빙하가 갈라지는 소리의 메아리뿐이었습니다. 그것들은 보이지 않는 신의 손 안에서 움직이는 장난감처럼 끝없이 깨지고 갈라지기를 반복했습니다. 이 풍경의 숭고함과 장엄함은 내가 받을 수 있는 가장 큰 위로였습니다. 비록 풍경이 내 슬픔을 완전히 가라앉혀 주지는 못했지만 조금은 기분을 북돋워 주고 슬픔을 가라앉혀 주었습니다. 이렇게 나는 지난 한 달 동안 내 마음을 괴롭혔던 생각에서 조금 벗어날 수 있었습니다. 밤에 숙소에 들어와서도 낮에 바라보았던 웅장한 장면들을 꿈속에 떠올리며 편히 잠들 수 있었습니다. 만년설의 정상, 반짝이는 봉우리, 침엽수림, 험준한 골짜기, 구름 사이로 날아오르는 독수리, 이 모든 것들이 주위에서 나의 안녕을 빌어주는 듯했습니다.

그러나 다음 날 아침 눈을 떴을 때 그것들은 다 어디로 도망쳤을까요? 나를 응원하던 정령들은 모두 사라지고 우울함이 생각을 흐리게 했습니다. 비가 세차게 쏟아지고 짙은 안개가 산 정상을 가리니 든든했던 친구들의 얼굴도 보이지 않았습니다. 그래도 나는 자욱한 안개를 뚫고 구름 뒤에 숨은 그들을 찾아낼 수 있었습니다. 비와 폭풍이 내게 뭔가를 암시했던 걸까요? 나는 몽탕베르 정상을 오르기로 결심하고 노새를 대기시켰습니다. 만년설을 처음 봤을 때 느꼈던 천변만화의 웅장함이 다시 떠올랐습니다. 그 광경은 황홀한 숭고함으로 나를 채우고 내 영혼에 날개를 달아주어 어둠에서 빛으로 나를 날아오르게 했습니다. 자연의 경이로움과 장엄함 앞에서 마음은 엄숙해지고 지난 삶의 근심 걱정이 사라졌습니다. 길도 잘 알고 누가 옆에 있으면 고독한 풍경의 장엄함을 만끽할 수 없을 것 같아서 안내자 없이 혼자 가기로 했습니다.

오르막은 가팔랐지만, 짧은 길이 굽이굽이 이어져 있어 비교적 산에 쉽게 오를 수 있었습니다. 풍경은 황량했습니다. 사방에는 겨울 눈사태의 흔적이 남아 있었고, 부러진 나뭇가지들이 바닥에 널브러져 있었습니다. 완전히 부서진 나무도 있었고, 기울어진 채 돌출한 바위나 다른 나무에 기대어 있는 나무도 있었습니다. 더 올라가자 눈 덮인 골짜기가 앞을 가로막았습니다. 골짜기에서는 계속 돌이 굴러 내려왔는데, 그중 하나는 아슬아슬하게 나를 비껴가기도 했습니다. 조금만 크게 말하면 진동으로도 돌이 굴러떨어져 사람의 머리를 부술 수도 있었습니다. 키가 크거나 울창하지 않지만 음울한 분위기를 풍기는 소나무가 풍경에 엄숙함을 더했습니다. 아래쪽 골짜기를 바라보니, 강에서 거대한 안개가 피어오르며 맞은편 산을 화환처럼 두껍게 감싸고 있었습니다. 산의 정상은 고르게 깔린 구름으로 가려져 있었는데, 어두운 하늘에서 비가 쏟아지며 주변 풍경의 우울함을 더했습니다. 아! 왜 인간은 짐승보다 복잡한 감성을 가졌다고 자랑할까요? 그럴수록 더 많은 것을 욕망할 수 있을 뿐인데 말입니다. 우리의 충동이 배고픔, 갈증, 욕정으로만 이루어져 있다면 우리는 거의 자유로울 수 있을 것입니다. 하지만 우리는 불어오는 바람과 스쳐 가는 말들, 그 말이 전하는 내용에까지 자극을 받곤 합니다.

휴식하면, 꿈이 잠에 독을 퍼뜨리지.
　　일어나면, 한 가지 생각이 하루를 오염시켜.
우리는 느끼고, 생각하고, 판단하고, 웃거나 울며,
　　애틋한 슬픔을 받아들이거나 근심에서 벗어나지.
기쁨이나 슬픔도 마찬가지.
　　그것들은 언제든 가버릴 수 있지.

인간의 어제와 내일은 절대 같을 수 없으니.
변하지 않는 것은 변한다는 사실뿐이네![20]

　정상에 도착했을 때는 거의 정오가 가까워져 있었습니다. 나는 얼음의 바다가 내려다보이는 바위 위에 한참을 앉아 있었습니다. 바위와 주변 산은 온통 안개에 잠겨 있었습니다. 산들바람이 구름을 흩어내자 나는 다시 빙하 위로 내려왔습니다. 울퉁불퉁한 빙하 표면은 거친 파도처럼 솟아올랐다가 꺼지기를 반복했고, 여기저기 움푹 팬 곳도 있었습니다. 얼음 벌판은 폭이 거의 1리그(약 4.8킬로미터)에 달했고, 건너는 데에만 두 시간 정도가 걸렸습니다. 반대편 산은 풀 한 포기 없는 깎아지른 바위산이었습니다. 내가 서 있는 곳에서 보면 몽탕베르 산이 정확히 반대편에 1리그 정도의 거리를 두고 서 있었고, 그 위에는 몽블랑이 위풍당당하게 솟아 있었습니다. 나는 바위의 움푹 팬 지점에 머물며 이 경이롭고 웅장한 풍경을 바라보았습니다. 얼음의 바다가 아닌 너른 얼음의 강이 산을 휘감고 있었고, 그 위로 정상의 봉우리들이 솟아 있었습니다. 얼음처럼 차갑고 반짝이는 산봉우리가 구름 위에서 햇빛을 받아 반짝이고 있었습니다. 슬픔에 잠겼던 마음이 이제 기쁨 같은 감정으로 부풀어 올랐습니다. 나는 외쳤습니다. "방랑하는 영혼들이여, 작은 안식처조차 찾지 못하고 떠돌고 있다면 나에게 희미한 행복이라도 허락해 주

---

20 소설의 지은이 메리 셸리의 남편인 퍼시 비시 셸리가 지은 시 〈무상(Mutability)〉의 두 연을 옮겨 놓은 것이다.

고, 아니면 삶의 기쁨으로부터 날 데려가 당신들의 동반자로 삼아
다오."

　이 말을 하는 순간 갑자기 멀리서 사람의 형체 같은 것이 초인적
인 속도로 내게 다가오는 것이 보였습니다. 그는 내가 조심조심 걸
었던 얼음의 틈새마저 성큼성큼 뛰어넘고 있었습니다. 다가오는 모
습이 사람의 키를 훌쩍 뛰어넘어 보였습니다. 나는 아연실색했습니
다. 안개가 눈을 가리고 잠시 정신이 아득했지만, 산에서 불어오는
찬 바람 덕에 다시 정신을 차릴 수 있었습니다. 형체가 가까이 오면
서(그 모습은 무시무시하고 혐오스러웠습니다!) 나는 그것이 내가 만든
괴물이라는 것을 바로 알아차렸습니다. 분노와 공포에 몸을 떨며
나는 놈이 다가오면 목숨을 걸고 싸우겠다고 마음먹었습니다. 마침
내 그가 다가왔습니다. 놈의 얼굴에는 모멸감과 원한이 뒤섞여 고
뇌로 가득해, 그 모습은 차마 눈 뜨고 보기 힘들 만큼 흉하고 끔찍
했습니다. 하지만 나는 안간힘을 다해 그를 쳐다보았습니다. 처음에
는 분노와 증오로 말조차 나오지 않았지만, 곧 정신을 차리고 놈의
기를 눌러 주기 위해 저주의 말을 쏟아냈습니다.

　"악마 같은 놈, 여기가 어디라고 나타났느냐?" 내가 외쳤습니다.
"벼락이 네놈의 흉측한 머리를 내려칠까 봐 두렵지 않으냐? 꺼져라,
벌레만도 못한 놈! 아니면 내가 너를 밟아서 흙처럼 잘게 부숴줄 테
다! 비천한 네놈을 없애 너의 악랄한 손에 죽은 희생자들의 명예를
회복해 주겠다!"

　"당신이 이런 식으로 반겨줄 줄 알았지." 괴물이 말했습니다. "인

간들은 모두 흉측한 모습을 싫어하더군. 그러니 이토록 흉측한 존재인 나는 얼마나 미움을 받았을까? 그래도 당신은 나의 창조주가 아닌가? 둘 중 하나가 죽어야만 끊어질 인연인데, 당신은 자기 손으로 만든 피조물을 죽일 듯이 미워하고 박대하는군. 어떻게 생명을 그렇게 가벼이 여길 수 있단 말인가? 당신이 내게 의무를 다하면 나도 나머지 인류에게 의무를 다할 것이야. 내 제안을 받아들인다면, 더는 당신이나 어떤 사람도 해치지 않고 순순히 물러날 생각이야. 하지만 거절하는 순간 나는 남아 있는 당신 친구들의 피로 허기를 채울 것이다."

"꺼져라 괴물아! 지옥의 형벌도 너처럼 추악한 악마에게는 과분해! 나에게는 네가 태어난 것 자체가 수치야! 와라, 내가 실수로 붙여 준 생명의 불꽃을 이제는 꺼뜨려 주마!"

나는 끓어오르는 분노를 참지 못하고 한 존재가 다른 존재에게 품을 수 있는 모든 증오를 끌어모아 그에게 달려들었습니다.

놈은 나를 가볍게 피하더니 이렇게 말했습니다.

"잠깐만! 내 흉측한 외모에 증오를 쏟아붓기 전에 내 말을 들어줘. 내가 겪은 고통도 모자라 나를 더 비참하게 만들 생각인가? 삶이 고통뿐이라 해도 나에게는 소중하고, 나는 그것을 지킬 생각이야. 당신은 나를 당신보다 강하게 만들어서 내 키가 당신보다 훨씬 크고 관절도 훨씬 유연하다는 걸 잊지 마. 하지만 당신을 적으로 삼고 싶은 마음은 없어. 나는 당신의 피조물이고, 당신이 의무만 다한다면 나는 창조주이자 주인인 당신에게 순종할 생각이야. 이봐, 프랑켄슈타인, 다른 사람들은 모두 공평하게 대하면서 왜 나만은 짓밟으려고 하지? 당신이 누구보다도 애정과 용서를 베풀어야 할 상대는 내가 아닌가? 당신이 만들었으니 나는 당신의 아담이 되었어야 하는데 아무 잘못 없이 쫓겨나 타락한 천사가 되고 말았지. 누구나 누릴 수 있는 기쁨조차 누릴 수 없었어. 나는 본래 인정 많고 선한 존재였지만, 불행이 나를 악마로 만들었어. 하지만 나를 행복하게 만들어 준다면 나는 다시 선을 행하며 살 거야."

"꺼져라! 너 따위와 대화하고 싶지 않아. 우리는 이미 원수이니 사라지지 않겠다면 사생결단을 내는 수밖에."

"어떻게 하면 당신 마음을 돌릴 수 있을까? 아무리 간청해도 이 피조물의 마음을 이해하지 못하겠다는 건가? 나를 믿어 줘, 프랑켄슈타인. 나는 본래 인정 많고, 사랑과 인간애로 가득한 존재였지만 지금은 가엾은 외톨이가 되어 버렸어! 내 창조주마저 날 혐오하는데, 아무 상관도 없는 인간들은 나를 어떻게 대할까? 그들은 나를 욕하고 증오할 뿐이야. 내가 쉴 곳은 황량한 산과 아무도 없는 빙하뿐이었어. 오랫동안 그런 곳을 배회했어. 인간을 두려워하지 않아도 되는 얼음 동굴만이 내 안식처가 되어 주었지. 이곳만이 사람들이 내게 허락한 유일한 공간이니까. 나는 텅 빈 하늘을 좋아해. 당신들 인간보다 내게 친절하게 대해주기 때문이지. 만약 대다수의 인간들이 나의 존재를 알게 되면 당신처럼 날 죽이려고 덤벼들겠지. 사람들이 그렇게 나를 증오하는데 내가 어떻게 그들을 미워하지 않을 수 있다는 건가? 나는 적과는 어떤 약속도 하지 않아. 그들도 내가 느끼는 비참함을 그대로 느껴 봐야 해. 나의 억울함 풀어주고 당신 가족뿐 아니라 다른 많은 사람들을 분노의 재앙에서 구할해줄 수 있는 건 당신밖에 없어. 제발 날 불쌍하게 생각하고 미워하지 말아 줘. 내 이야기를 먼저 들어보고 나를 버릴지 가엾게 여길지 판단해 줘. 인간의 법에 따르면 살인의 피가 마르고 판결이 내려지기 전까지는 죄인이 자신을 변호할 수 있다고 하더군. 내 말을 들어 줘, 프랑켄슈타인. 아무리 살인마라 해도 자기가 만든 생명체를 마음의 가책 없이 파괴할 수는 없는 것 아닌가? 아, 인간의 사법제도란 얼마나 큰 축복인지! 날 용서해 달라는 말은 하지 않겠어. 내 말을 끝까지 듣고 그럴 의지와 힘이 있다면 당신 손으로 만든 작품을 부숴 버려.

내가 대답했습니다. "왜 자꾸 빌어먹을 창조주를 들먹이는 거지? 아직도 난 너 같은 악마 놈에게 빛을 보여준 그 날과 너를 만든 이 손을 원망하고 있어! 너는 나를 완전히 파멸시켰어. 덕분에 이제 내가 너에게 한 짓이 옳았는지 틀렸는지 판단할 능력조차 잃어버렸어. 꺼져! 역겨운 그 모습을 더는 보지 않게 해 달란 말이야."

"그렇다면 이제 내가 내 창조주를 구원해줄 차례인가? 이렇게 하면 당신이 그토록 혐오하는 모습을 다시 보지 않아도 될 테니." 그는 이렇게 말하며 흉측한 손을 내 눈앞에 들이밀었고, 나는 그것을 격렬하게 뿌리쳤습니다. "내 말을 듣고 날 불쌍히 여겨 줘. 한때 내가 품었던 선의로 한 가지만 부탁할게, 내 이야기를 들어 줘. 아주

길고 기이한 이야기가 될 될 거야. 당신의 예민한 피부로는 여기가 너무 추울 테니 산 위의 오두막으로 올라갑시다. 아직 한낮이니, 태양이 눈 덮인 절벽 뒤로 넘어가 다른 세상을 비출 때까지 내 이야기를 듣고 결정을 내리면 될 거야. 내가 인간들의 땅을 영원히 떠나 아무 피해도 주지 않고 살아갈지, 아니면 인간들을 덮쳐 당신을 나락으로 빠뜨릴지는 당신의 선택에 달렸어."

그는 말을 마치자마자 빙원을 가로질러 갔습니다. 나는 그의 뒤를 따라갔죠. 마음이 너무 복잡해서 대답은 하지 않았지만, 그의 뒤를 따르며 이야기를 들어보는 것도 나쁘지 않다고 생각했습니다. 그의 말을 듣고 싶었던 데에는 단지 호기심뿐만 아니라 동정심도 작용했습니다. 지금까지 그가 윌리엄을 죽인 범인이라 확신했지만, 그것이 사실인지 직접 듣고 싶었습니다. 거기에 더해, 나는 그때 처음으로 피조물에 대한 창조주의 의무에 대해서 생각해 봤고, 그의 악행을 탓하기 전에 그에게 행복을 돌려주어야 한다는 생각도 들었습니다. 그의 요구에 응하기로 한 것은 이런 이유 때문이었습니다. 그렇게 우리는 빙원을 가로질러 반대편 바위로 올라갔습니다. 공기가 차가워지고 다시 비가 내리기 시작했습니다. 우리는 오두막에 들어섰습니다. 악마는 기쁜 눈치였지만 내 마음은 무겁고 우울했습니다. 하지만 일단 나는 그의 말을 들어보려고 이 가증스러운 동반자가 불을 붙인 난로 옆에 앉았습니다. 그가 이야기를 시작했습니다.

제11장

    내가 태어났던 순간을 기억하기는 어려워. 그때는 모든 것이 혼란스럽고 불분명했지. 온갖 생소한 감각들이 동시에 나를 사로잡으면서, 나는 보고, 만지고, 듣고, 냄새 맡을 수 있었어. 이런 여러 감각을 구별할 수 있게 된 것은 많은 시간이 흐른 뒤였지. 강한 빛이 신경을 자극해 눈을 감아야 했던 게 기억이 나. 눈을 감자 갑자기 어둠이 밀려왔고, 눈을 뜨면 빛이 쏟아져 들어왔어. 나는 걸어서 아래층으로 내려왔던 것 같아. 감각이 이전과 확연히 달라진 것을 느낄 수 있었지. 전에는 뭔가 어둡고 불투명한 것이 둘러싸고 있어서 만지거나 볼 수 없었는데, 이제는 장애물을 자유롭게 피하거나 넘어서 돌아다닐 수 있었어. 빛은 점점 강하게 내리쬐었고, 걸으며 더위에 지쳐가던 중에 난 쉴 수 있는 그늘을 발견했어. 잉골슈타트 근처의 숲이었지. 나는 시냇가에 지친 몸을 누였어. 그러자 배고픔과 갈증의 고통이 찾아왔어. 거의 죽은 듯이 누워 있다가 일어나서 나무에 매달리거나 땅에 떨어진 열매를 먹었지. 그러고 나서는 시냇가에서 목을 축이고 나서 누웠다가 바로 잠이 들었지.

잠에서 깨어났을 때는 춥고 어두웠지. 내가 혼자라는 사실에 본능적인 공포가 밀려왔어. 집을 나서기 전에 추위를 느껴 옷으로 몸을 감쌌지만 밤이슬을 막기에는 역부족이었어. 내가 가엾고, 초라하고, 무력한 존재라는 걸 깨달았지. 아무것도 분별할 수 없었지만 사방에서 고통이 밀려오는 것을 느꼈고, 결국 나는 주저앉아 울음을 터뜨렸어.

곧 부드러운 빛이 하늘을 덮으며 기분을 좋게 해주더군. 자리에서 일어난 나는 나무들 사이에서 빛나는 물체(달)를 발견했고, 경이로움으로 그것을 바라보았지. 그것은 천천히 움직이며 내 길을 밝혀주었고, 나는 다시 열매를 찾아 나섰어. 추워서 나무 아래에 앉아 있는데 커다란 외투를 발견했어. 나는 그것으로 몸을 감싸고 땅에 주저앉았지. 마음속에 명확하게 생각이 떠오르지 않았고 모든 것이 혼란스러웠어. 빛, 배고픔, 갈증, 어둠 같은 것을 느낄 수 있었고, 수많은 소리가 내 귀에 울려 퍼졌으며, 사방에서 다양한 냄새가 나를 반겼어. 내가 구분할 수 있는 유일한 물체는 밝은 달뿐이었기에 기쁜 마음으로 그것만을 바라보았지.

낮과 밤이 몇 번 바뀌고 나자 나는 감각들을 구별하기 시작했어. 밤하늘에 떠 있던 원이 많이 찌그러지고, 마실 수 있는 맑은 시냇물과 잎으로 그늘을 만들어주는 나무들이 점점 또렷이 보이더군. 이따금 내 귀를 즐겁게 해 주던 소리가 앞을 스쳐 지나가던 날개 달린 작은 짐승의 목구멍에서 나온다는 사실을 알고는 얼마나 기쁘던지. 이제는 나를 둘러싼 주변의 모습을 더 정확하게 볼 수 있었고, 머리 위를 덮고 있는 빛나는 지붕의 경계도 볼 수도 있었어. 때로 새들의 즐거운 노랫소리를 흉내 내려고 했지만 잘 되지 않았어. 내가 느낀 것을 나름대로 표현하고 싶었지만, 내 목에서 나오는 소리는 낯설고 알아들을 수 없는 웅얼거림뿐이었어. 나는 놀라 입을 다물고 말았지.

달이 밤중에 자취를 감추었다가 더 쪼그라들어 다시 나타나는 동안에도 나는 여전히 숲에 머물고 있었어. 이 무렵에는 감각도 뚜렷해지고 마음속에서 매일 새로운 생각들이 떠올랐지. 눈도 빛에 익숙해져 사물을 똑바로 볼 수 있었고, 곤충과 식물을 구별할 수 있을 뿐만 아니라 식물도 종류에 따라 구별할 수 있었어. 참새는 시끄러운 소리를 내지만, 박새와 개똥지빠귀는 감미롭고 매혹적인 소리를 낸다는 것도 알게 되었고.

어느 날 나는 추위에 떨다가 떠돌이 거지들이 남기고 간 불씨를 발견하고 거기서 느껴지는 온기에 기쁨을 감출 수 없었어. 너무 기뻐서 손을 댔다가 고통스러운 비명을 질러야 했지만 말이야. 같은 원인이 정반대의 결과를 낳는다는 것이 참으로 신기했어! 나는 불을 만드는 물질이 무엇인지 찾았고, 그것이 나무로 만들어진다는 걸 알고는 뛸 듯이 기뻐했지. 재빨리 나뭇가지를 모아 보았지만 젖어서 타지 않았어. 안타까워하며 불이 어떻게 타오르는지 한참을 지켜보았어. 불 근처에 있던 젖은 나무들이 마르면서 불이 붙었어.

여러 나뭇가지들을 만져보고 원인을 알아낸 나는 나무를 충분히 준비해서 불가에 모아 놓고 말렸어. 밤에 잠이 들 때마다 불이 꺼질까 봐 두려웠어. 그래서 불 위에 마른 나무와 나뭇잎을 덮고 그 위에 젖은 나뭇가지를 얹은 다음 바닥에 외투를 펴고 잠을 잤지."

아침에 일어나자마자 나는 불부터 확인했어. 불을 들추자 산들바람이 순식간에 불길을 다시 일으키더군. 나는 나뭇가지 부채를 만들어 불을 관리했고, 꺼질 만하면 다시 불을 일으켰어. 밤이 다시 왔을 때는 불이 열기뿐만 아니라 빛도 만들어낸다는 걸 발견했어. 또, 불을 써서 음식을 만들 수 있다는 것도 알게 되었지. 여행자들이 남기고 간 음식 찌꺼기가 익어 있었는데, 나무에서 딴 열매보다 훨씬 더 맛이 있었어. 나도 타다 남은 불씨 위에 음식을 올려 보았지. 열매는 먹을 수 없었지만, 견과류와 뿌리식물들은 훨씬 더 맛이 있었어.

하지만 먹을 것은 금세 떨어졌어. 허기를 달래며 하루 내내 돌아다녔지만, 도토리 몇 개밖엔 얻을 수 없었어. 나는 살던 곳을 떠나 좀 더 살기 좋은 곳로 옮겨가기로 했어. 하지만 이동하다가 우연히 얻은 불마저 잃어버리고 말았지. 불을 피우는 방법도 잘 몰랐는데 말이야. 몇 시간을 궁리하다가 결국 불 피우는 것을 포기했어. 망토로 몸을 감싼 채 숲을 가로질러 해가 지는 쪽으로 나아갔지. 그렇게 사흘을 헤매다가 마침내 탁 트인 넓은 땅을 발견했어. 전날 밤에 내린 폭설로 들판은 온통 새하얬고, 땅을 뒤덮은 차갑고 축축한 물질로 인해 발이 시렸어.

아침 7시쯤, 음식과 쉴 곳을 찾다가 멀리 경사진 땅 위에 양치기를 위해 지은 듯한 작은 오두막을 발견했어. 처음 보는 광경이었기에 호기심을 갖고 둘러보았지. 문이 열려 있기에 안으로 들어갔는데, 한 노인이 화롯가에서 아침 식사를 준비하고 있는 것을 보았어. 기척에 노인이 돌아보더니 큰 소리로 비명을 지르며 오두막을 뛰쳐나가 믿을 수 없는 속도로 들판을 가로질러 가는 거야. 지금껏 본적이 없는 용모와 엄청 빠른 속도에 놀랐지만, 나는 이내 오두막의 모습에 마음을 뺏기고 말았어. 눈과 비도 들이치지 않고 바닥은 보송보송했어. 불의 연못에서 고통받던 악마에게 판데모니움[21]이 이렇게 보였을까 싶을 만큼 고급스럽고 멋져 보였지. 나는 양치기가 아침 식사로 먹다 남긴 빵, 치즈, 우유, 포도주를 게걸스럽게 먹어치웠어. 포도주는 입에 맞지 않았지만, 어쨌든 나는 피곤에 지쳐 짚풀 사이에 누워 잠이 들었어.

오후에 잠에서 깨어난 나는 흰 눈 덮인 땅을 비추는 따사로운 햇살에 이끌려 다시 길을 나섰어. 가방에 농부가 먹다 남긴 음식을 챙겨 몇 시간 동안 들판을 가로질러 걸어갔지. 해 질 무렵에 한 마을에 도착했는데, 얼마나 경이로운 광경이던지! 오막살이와 깔끔한 농가, 으리으리한 집들이 차례로 나타나자 내 입에서 저절로 감탄이 흘러나왔어. 텃밭의 채소와 오두막 창가에 놓인 우유와 치즈

---

21 존 밀턴(John Milton)의 대서사시 『실낙원』에 등장하는 악마의 전당이자 지옥의 도성. 작품 속에서 신에게 추방되어 지옥 구덩이에 떨어진 악마와 추종자들은 거대한 궁전과 도시를 짓고 사는데, 그곳의 이름이 바로 판데모니움이다.

를 보니 군침이 돌더군. 나는 그중 가장 마음에 드는 집에 들어갔지
만, 아이들이 비명을 지르고 여자 하나가 기절하는 바람에 발도 들
여놓기 전에 쫓겨나고 말았어. 마을 전체가 시끄러워지면서 사람들
은 도망치거나 나를 공격했어. 날아드는 돌멩이와 무기에 심하게 멍
이 든 나는 겁에 질린 채 들판으로 도망쳐 낮은 헛간에 숨었어. 안
이 훤히 들여다보이고 마을의 으리으리한 집들과 비교하면 궁색해
보이는 헛간은 깔끔하고 쾌적해 보이는 오두막에 붙어 있었어. 방금
혼쭐이 난 터라 오두막까지는 들어갈 수 없었어. 내가 숨어든 헛간
은 나무로 지었는데 너무 낮아서 똑바로 앉기조차 어려웠어. 마루
도 깔리지 않은 흙바닥이었지만 습기가 없었고, 여기저기 뚫린 틈으
로 바람이 들어왔지만 눈과 비는 피할 수 있을 것 같았어.

누추한 은신처였지만, 궂은 날씨와 포악한 인간들은 피할 수 있
으리라는 사실에 기뻐하며 자리를 잡고 누웠어. 아침이 밝자 나는
좁은 굴에서 기어 나와 옆에 붙어 있는 오두막을 둘러보았지. 내가
헛간에 계속 머물 수 있을지 알아보기 위해서 말이야. 헛간은 농가
뒤에 붙어 있었고 돼지우리와 맑은 물웅덩이가 둘러싸고 있었어. 그
중 한쪽이 트여 있어서 어젯밤 내가 그곳으로 기어 들어왔던 거지.
나는 밖에서 볼 수 없도록 모든 틈새를 돌과 나무로 가리고 내가
발각될 수 있는 틈도 모두 막았어. 하지만 필요할 때는 그것들을 움
직여서 밖으로 나갈 수 있도록 해 두었지. 내가 쬘 수 있는 유일한
빛이 돼지우리를 통해 들어왔지만, 그것만으로도 충분했어.

집을 정리하고 바닥에 깨끗한 짚을 깔았을 즈음, 멀리서 사람의

형체가 보여 재빨리 몸을 숨겼어. 전날 밤 인간들에게 받은 수모가 생생히 떠올랐기 때문이야. 나에겐 하루 식량으로 훔쳐 온 퍽퍽한 빵 한 덩어리가 있었고, 집 옆을 흐르는 깨끗한 물을 떠 마실 컵이 있었어. 바닥은 땅보다 조금 높아 완벽히 말라 있었고, 오두막의 굴뚝 근처여서 웬만큼은 온기도 느낄 수 있었어.

이 정도 준비가 되었으니 이제 다른 일이 생기기 전까지는 이 헛간에 머물 생각이었어. 전에 있던 야산의 비바람 들이치는 나무 밑이나 축축한 땅에 비하면 천국 같았지. 기분 좋게 아침을 먹고 물을 조금 얻으려고 나무판자를 치우려는데 발소리가 들렸어. 틈새로 살짝 내다보니, 머리에 물동이를 인 젊은 여자 하나가 오두막 앞을 지나고 있더군. 여인은 나중에 본 농가의 집주인이나 하인들과 달리 젊고 온순해 보였는데, 옷차림은 초라해서 헤진 푸른색 속치마에 리넨 외투만 걸치고 있었어. 머리카락을 정갈하게 땋아 내렸지만 장신구 따위는 없었어. 표정은 차분하지만 슬퍼 보였어. 그녀는 잠시 사라졌다가 15분 정도 뒤에 우유가 가득 찬 통을 들고 다시 왔어. 그렇게 짐을 들고 걸어오던 여자에게 더 우울해 보이는 한 청년이 다가왔어. 청년은 뭐라고 말하며 그녀의 머리에서 물동이를 빼앗아 오두막으로 가져갔지. 여인이 뒤를 따라갔고 두 사람은 사라졌어. 잠시 후, 손에 연장 몇 개를 든 청년이 오두막 뒤 들판을 가로질러 가는 것이 보였어. 여인도 집과 마당을 오가며 바삐 움직이고 있었어.

나는 집을 살펴보다가 오두막의 창문 중 하나가 내 쪽으로 향해 있다는 것을 발견했어. 창문들은 모두 나무판자로 막혀 있었지만, 그중 하나는 작은 틈이 있어 들여다볼 수 있었어. 그 틈새로 보이는 것은 작고 깨끗한 방이었어. 가구는 거의 없었고, 한쪽 구석의 조그만 난롯가에 한 노인이 깊은 생각에 잠겨 머리를 손으로 괴고 앉아 있었어. 여자가 오두막을 청소하다가 서랍에서 무언가를 꺼내더니 노인 옆에 앉았어. 그러자 노인이 악기를 들고 연주를 하기 시작했어. 그 소리는 개똥지빠귀나 나이팅게일의 목소리보다 더 감미로웠어. 아름다운 것이라곤 본 적이 없는 나 같은 괴물이 보기에도 그 광경은 너무나 사랑스러웠지. 자상해 보이는 얼굴의 백발 노인에게는 존경심이 들었고, 부드러운 몸짓의 여인에게는 사랑을 느꼈어. 노인이 감미롭고도 쓸쓸한 곡조를 연주하자 그녀의 눈에서는 눈물이 흘러내렸지만 소리 내어 흐느끼기 시작할 때까지 노인은 눈치채지 못했어. 그러다 노인이 몇 마디를 하자 아름다운 여인은 하던 일을 멈추고 그의 발 앞에 무릎을 꿇더군. 노인은 여인을 일으키며 지극히 따뜻하고 애정 어린 미소를 지었어. 그걸 본 나는 춥고 배고플 때뿐만 아니라 따뜻하고 배부를 때도 느껴본 적 없는 이상한 감정에 휩싸였어. 감정을 주체할 수 없었던 나는 창문에서 물러났지.

얼마 지나지 않아 젊은 청년이 어깨에 나무를 한짐 짊어지고 돌아왔어. 여인은 문으로 마중 나와 젊은이의 짐을 받아주고, 장작 중 일부를 오두막집으로 가져가 아궁이에 넣었지. 오두막 한구석으로 간 청년이 여인에게 커다란 빵 한 덩어리와 치즈 조각을 보여주더군. 그녀는 기뻐하며 텃밭에 들어가더니 채소를 뽑아 와서 물에 담

갔다가 불 위에 올려놓았어. 그 뒤, 여인은 일을 계속했고 청년은 텃밭에 들어가 땅을 파고 뿌리를 뽑는 등 바쁘게 일하는 것 같았어. 그렇게 한 시간 정도 일을 하고 여인은 청년과 함께 오두막으로 들어갔어.

노인은 잠시 시름에 잠겨 있는 듯했지만, 식구들 앞에서는 다시 밝은 표정을 지었어. 그들은 식탁 앞에 앉아 빠르게 끼니를 마쳤지. 여인은 다시 바쁘게 오두막을 청소했고, 노인은 청년의 부축을 받으며 몇 분 동안 햇볕을 쬐며 오두막 주위를 산책했어. 이 훌륭한 두 생명체의 뚜렷한 대조는 세상 무엇보다도 아름다웠어. 한 명은 나이가 들고 머리는 백발에다 얼굴에는 인자함과 사랑이 가득했지. 반면에 젊은이는 날씬한 체구에 이목구비가 반듯했지만, 눈빛과 태도에서는 큰 슬픔과 절망이 느껴졌어. 노인은 오두막으로 돌아왔고, 젊은이는 아침에 사용했던 것과 다른 연장들을 들고 들판을 가로질러 갔어.

곧 밤이 되었지만, 오두막 사람들이 촛불을 사용하여 계속 불을 밝히는 것을 보고 나는 깜짝 놀랐어. 해가 져도 계속 이웃 사람들을 보며 즐거워할 수 있었던 거지. 저녁에도 젊은 여인과 청년은 내가 알지 못하는 여러 가지 일을 했고, 노인은 아침에 나를 매혹시켰던 신비한 소리의 악기를 다시 연주했어. 노인의 연주가 끝나고 청년이 연주를 시작했지만, 소리는 단조로웠고 노인의 악기나 새들의 노랫소리와 달랐어. 그런 다음 청년은 큰 소리로 무언가를 읽었지만, 당시에 나는 말이나 문자의 원리를 전혀 이해하지 못했지.

이렇게 잠시 한곳에 모였던 가족은 불을 끄고 흩어졌는데, 아마 자러 들어갔던 것 같아.

제12장

짚을 깔고 누웠지만 잠이 오지 않았어. 낮에 보았던 일들이 계속 떠올랐지. 그 사람들의 상냥한 태도가 너무나 인상 깊었어. 그들과 함께하고 싶었지만 감히 용기가 나지 않았어. 전날 밤 난폭한 마을 사람들에게 당했던 기억이 생생했기 때문에 앞으로 어떤 행동을 취하든 당분간은 헛간에서 그들의 행동을 지켜보기로 했어.

다음 날, 오두막 사람들은 아침 동이 트기도 전에 일어났어. 여인이 오두막을 청소하고 음식을 준비했지. 청년과 여인은 첫 식사를 마치고 헤어졌어.

그리고 전날과 똑같은 일상이 이어졌지. 청년은 계속 바깥에서 일했고, 여인도 힘든 집안일을 도맡아 했어. 노인은 앞을 보지 못하는 것처럼 보였는데, 악기를 연주하거나 깊은 생각에 잠긴 채 시간을 보냈어. 오두막집 젊은이들은 노인에 대해 더없는 사랑과 존경을 보여주었어. 사소한 일조차도 성심성의껏 챙겼고, 노인은 그에 대해 따뜻한 미소로 화답했지.

그런데 그들이 늘 행복해 보이는 건 아니었어. 여인과 청년은 더러 보이지 않는 곳에서 종종 눈물을 흘리는 듯했어. 왜 불행한지는 몰랐지만 나도 모르게 울컥해지곤 했어. 이 사랑스러운 존재들이 불행하다면 불완전하고 외톨이인 나 역시 불행한 게 이상한 일은 아니겠지. 그런데 그들은 왜 그렇게 불행한 걸까? 내 눈에는 호화로운 (내 눈에는 그렇게 보였어) 집과 값비싼 물건들, 추울 때 따뜻한 불과 배고플 때 맛있는 음식, 멋진 옷이 있었는데 말이야. 게다가 그들은 매일 서로를 애정 어린 눈으로 바라보며 대화할 수 있잖아. 그들의 눈물의 의미는 무얼까? 정말 힘들어서 눈물을 흘리는 걸까? 처음에는 풀리지 않는 수수께끼였지만, 오랜 동안 관심 있게 지켜보면서 많은 의문들을 풀 수 있었어.

시간이 꽤 흐르고 나서야 이 단란한 가족의 근심거리 중 하나를 알아냈어. 그것은 가난이었지. 그들은 지독한 가난에 시달리고 있었어. 먹을 거라곤 텃밭에서 키운 채소와 젖소 한 마리에서 나오는 우유가 전부였고, 겨울이 되면 소에게 줄 먹이도 부족했어. 그들은 종종 애처로울 정도로 굶주림에 시달렸는데, 특히 두 젊은이가 더 배를 곯았어. 노인에게 먹을 것을 양보하느라 끼니를 거르는 일이 많았기 때문이지.

그래서 나도 더 신중하게 행동하기로 했어. 밤마다 그들의 곳간으로 들어가 음식을 조금씩 훔쳐 오곤 했는데, 이런 나의 행동으로 그들이 고통받는다는 것을 깨닫고는 자제하기로 했어. 대신 나는 주변 나무에서 따온 열매나 견과류, 뿌리 등으로 만족하려고 노력했지.

그들의 고생을 덜어줄 수 있는 다른 방법도 생각해냈어. 두 젊은이가 매일 장작을 구하느라 하루를 다 보낸다는 걸 알고는 그들의 도구를 밤에 몰래 가져가 사용법을 익힌 다음 며칠은 넉넉히 땔 수 있을 만큼의 장작을 가져다 놓았지.

내가 처음으로 땔감을 가져다 놓았던 날이 생각나는군. 아침에 문을 연 여인은 바깥에 쌓여 있는 장작더미를 보고 매우 놀란 듯했어. 그녀가 큰소리로 외치자 청년도 달려와서 함께 놀랐지. 그날 청년이 나무를 하러 가지 않고 오두막을 수리하고 텃밭을 일구며 시간을 보내는 모습을 보고 나는 정말로 뿌듯했어.

나는 점점 더 많은 것들을 알아냈어. 그들이 명확한 소리로 자신의 경험과 감정을 전달할 수 있다는 것도 알게 되었지. 또, 그들이 내뱉는 말들이 듣는 사람의 마음이나 얼굴에 즐거움, 고통, 미소, 슬픔 등을 불러일으킨다는 걸 알게 되었어. 참으로 놀라운 기술이라서 간절히 배우고 싶었지만 그 시도는 번번이 실패로 끝났어. 그들의 말은 너무 빨랐고, 내뱉는 단어는 눈으로 보는 사물과 뚜렷한 연관성이 없어 보였어. 그래서 그들의 말을 해독할 단서를 찾을 수 없었지. 그러나 달이 몇 번 바뀌면서 나는 가장 친숙한 대상의 이름들을 하나씩 알아냈어. 그래서 불, 우유, 빵, 나무 같은 단어를 배워 생활에 적용할 수 있었지. 오두막집 식구들의 이름도 배웠어. 청년과 여자는 여러 이름들을 가지고 있었지만, 노인은 아버지라는 이름 하나뿐이었어. 처녀는 여동생 또는 아가사로 불렸고, 청년은 펠릭스나 오빠 또는 아들로 불렸지. 각각의 소리에 해당하는 뜻을 배우고 발음할 수 있게 되었을 때의 기쁨은 말로 표현할 수 없었지. 이해하거나 쓸 수는 없어도 '좋다', '사랑한다', '불행하다' 같은 단어들을 구별할 수 있었지.

그렇게 겨울을 보냈어. 오두막집 사람들의 온화한 태도와 아름다운 모습을 나는 정말 좋아했어. 그들이 불행하면 나도 우울했고, 그들이 기뻐하면 나도 함께 기뻐했어. 그들처럼 훌륭한 사람들은 거의 볼 수 없었어. 가끔 다른 사람이 오두막으로 찾아오기도 했지만, 그들의 거친 행동과 교양 없는 태도는 오두막 사람들의 훌륭함을 더욱 돋보이게 할 뿐이었지. 내가 보기에 노인은 자녀들에게 용기를 북돋워 주고 침울함을 달래주려고 애쓰는 듯했어. 노인의 선한 표정과 쾌활한 말투는 나에게까지 힘을 주었지. 아가사는 존경하는 태도로 아버지의 말을 경청하면서 때로는 차오르는 눈물을 몰래 훔치기도 했어. 아버지의 조언을 듣고 나면 아가사의 표정과 말투는 대개 밝아졌지만 펠릭스는 그렇지 않았어. 그는 식구 중 가장 침울해 보였고, 불확실한 내 느낌이었지만, 다른 식구보다 더 깊은 슬픔을 가지고 있는 듯했어. 하지만 얼굴에 슬픔이 가득해도 목소리는 여동생보다도 쾌활했는데, 특히 노인과 대화할 때 더 그랬어.

오두막 사람의 다정함이 드러나는 많은 순간들이 있었지. 결핍에 시달리는 가운데도 펠릭스는 눈 덮인 땅에 갓 피어난 작고 흰 꽃을 여동생에게 선물하곤 했어. 이른 아침에 여동생이 일어나기 전에 우유 짜는 곳까지 가는 눈길을 치워 주고, 우물에서 물을 길어다 주는가 하면, 마당에 있는 장작을 날라주기도 했어. 그때마다 보이지 않는 손길이 곳간을 채워 넣은 것을 보고 놀라곤 했지만 말이야. 펠릭스는 종종 낮에 나가서 저녁까지 돌아오지 않는데, 나무를 날라오지 않을 때는 이웃 농가에 품을 팔러 다니는 것 같았어. 보통은 텃밭에서 일했지만, 추운 계절에는 거의 일이 없었기 때문에 노인과 아가사에게 책을 읽어 주곤 했어.

처음에는 무언가를 읽는다는 것을 이해하기 어려웠어. 하지만 어느 정도 시간이 지나면서 펠릭스가 읽을 때도 말할 때와 같은 소리로 발음한다는 걸 알아차렸지. 나는 그가 종이에 적혀 있는 기호를 이해하고 말로 내뱉는다고 추측했어. 나도 그 기호들을 이해하고 싶은 마음이 간절했지만, 말조차 이해하지 못하는데 어떻게 기호를 이해할 수 있겠어? 이런 원리에 대해서는 꽤 밝아졌지만 아무리 애를 써도 그들의 대화를 이해하는 데에는 한계가 있었어. 오두막집 사람들 앞에 모습을 드러내고 싶어도, 그들의 언어를 익히기 전까지는 그럴 수 없다는 걸 잘 알고 있었어. 대화를 해야만 흉측해 보이는 나의 몰골을 들이밀어도 놀라지 않을 테니까.

오두막집 사람들의 더없이 고결하고 아름답고 섬세한 모습에 감탄하고 있던 내가 우연히 맑은 웅덩이에 비친 내 모습을 보고는 얼마나 놀랐던지! 물에 비친 모습이 나란 걸 깨닫고는 흠칫 물러서야 했지. 이렇게 내가 진짜 괴물이라는 것을 알게 되면서 나는 쓰라린 좌절감과 모멸감을 휩싸였어. 아아! 그때만 해도 이 추악한 몰골이 얼마나 치명적인 결과를 가져다줄지 아직 다 알지 못했어.

햇볕이 따사롭고 낮이 길어지자 눈이 녹으면서 헐벗은 나무와 검은 땅이 제 모습을 드러내기 시작했어. 이때부터 펠릭스의 일이 많아졌고, 배가 고파 애태우는 일도 사라졌지. 나중에 안 사실이지만, 그들의 식사는 볼품없어도 건강에 좋은 것들이었고 식사량도 충분했어. 텃밭에서는 여러 가지 새로운 식물들이 자라 그들은 이 재료로 음식을 만들어 먹었어. 봄이 무르익으면서 그들의 형편도 점점 나아질 조짐이 보였지.

비가 오지 않으면 노인은 정오마다 아들의 부축을 받으며 산책을 했어. 그맘때쯤 나는 하늘에서 쏟아지는 물을 비라고 부른다는 것도 알게 되었지. 비가 오는 날이 많았지만, 세찬 바람이 불면 땅이 금세 마르고 날씨는 전보다 훨씬 쾌청해졌어.

헛간에서의 삶은 지루했어. 아침에는 오두막집 사람들의 동정을 살폈고 그들이 일하러 나가면 잠을 잤어. 나머지 시간은 그들을 관찰하며 보냈지. 그들이 자러 들어갔을 때 달이 뜨거나 별이 반짝이는 날에는 숲으로 들어가 내 식량과 오두막집에 쓸 땔감을 구해왔어. 돌아온 뒤에는 그때그때 길에 쌓인 눈을 치우거나 펠릭스가 하던 일들을 마저 했지. 나중에 그들은 보이지 않는 손이 해 놓은 일을 보고 깜짝 놀라곤 했어. 그들이 "마음씨 좋은", "훌륭한" 같은 말을 하는 걸 몇 번 들었지만 나는 아직 그 단어의 의미를 알지 못했어.

지식이 쌓이면서 나는 이 사랑스러운 생명체들의 감정과 행동의 동기가 궁금해졌어. 펠릭스는 왜 그렇게 우울해 보이고 아가사는 왜 그렇게 슬퍼 보이는 걸까? 나는 (비록 어리석은 괴물이지만!) 내 힘으로 이들의 행복을 되찾아줄 수도 있지 않을까 궁리했어. 잠을 자거나 그들이 곁에 없을 때에도 훌륭한 맹인 아버지와 얌전한 아가사, 멋진 펠릭스의 모습이 떠올랐어. 내게는 그들이 나의 앞날을 이끌어줄 지침 같은 존재로 여겨졌지. 나는 머릿속으로 그들에게 자신을 소개하고 그들이 나를 받아주는 수천 가지 장면을 상상해 보았어. 처음에는 거부감을 느껴도 점차 나의 온순한 행동과 진정성 있는 말에 호감을 가질 것이고 결국에는 나를 좋아해 줄 것이라고 생각했지.

이런 상상을 하면 마음이 설레고 말하는 법을 배우고 싶은 열의가 불타올랐어. 내 사지는 거칠지만 유연했고, 내 목소리는 악기처럼 감미롭지 않아도 아는 단어들을 더듬더듬 발음할 수는 있었어. 그것은 마치 당나귀와 강아지의 우화[22]와도 같았어. 당나귀의 행동은 거칠었지만 본심은 애정에서 비롯된 것이었으니 얻어맞고 욕을 먹는 대신 더 나은 대접을 받았어야 했던 거지.

기분 좋은 소나기와 따스한 공기는 땅의 모습을 크게 바꾸어 놓았어. 동굴 같은 집에 숨어 있던 사람들이 여기저기 나와 농사 일을 하고 있었지. 새들의 노랫소리는 더 활기차졌고, 나무에는 새잎이 돋아나기 시작했어. 온 땅이 행복으로 가득했어! 얼마 전까지만

---

22 《이솝 우화》 중 〈당나귀와 강아지〉는 자신처럼 열심히 일하지 않으면서도 주인에게 귀여움을 받는 강아지가 부러웠던 당나귀가 강아지처럼 재롱을 부리다가 되려 주인의 화를 돋워 마구간에 갇힌다는 이야기를 담고 있다.

해도 황량하고 지저분하고 축축했던 땅이 은혜로운 땅으로 변한 거야. 과거는 기억에서 지워지고, 현재는 평온하고, 미래는 희망과 기쁨으로 가득했어.

제13장

　이제 이야기를 서둘러 조금 감동적인 이야기로 넘어가 보지. 내게 깊은 인상을 남긴 사건과, 그 사건들이 어떻게 지금의 나를 만들었는지에 대한 이야기를 해 보겠어.

　봄이 빠르게 다가오면서 날씨는 화창해지고 하늘은 구름 한 점 없이 맑아졌어. 침울하고 황량했던 땅이 아름다운 꽃과 푸른 잎들로 무성해지는 것은 내게 놀라웠지. 천 가지 좋은 향기와 아름다운 풍경이 내 감각을 만족시키고 기분을 좋게 해 주었어.

　오두막집 식구들은 일정한 주기마다 일을 쉬었는데, 그날도 그중 하나였어. 노인은 기타를 치고 있었고 자녀들은 연주를 듣고 있었지. 그런데 펠릭스의 얼굴이 말로 표현할 수 없을 만큼 우울해 보였어. 펠릭스는 자주 한숨을 쉬었는데, 한번은 아버지가 음악을 멈추고 왜 슬퍼하느냐고 묻는 것 같았어. 펠릭스는 애써 명랑한 목소리로 대답했고, 노인이 다시 연주를 시작하려고 하는데 갑자기 문 두

드리는 소리가 들렸어.

한 여인이 말을 타고 동네 사람의 안내를 받으며 왔어. 짙은 색 옷을 입고 있었고, 얼굴을 두꺼운 검은 베일로 가리고 있었지. 아가사가 무언가 묻자 낯선 여인이 듣기 좋은 억양으로 짧게 펠릭스의 이름을 댔지. 여인의 목소리는 마치 노래하는 듯했고, 오두막 식구들의 목소리와는 달라 보였어. 그 소리를 들은 펠릭스가 급히 여인에게 달려왔고, 그녀는 그를 보자마자 베일을 벗었어. 그때 나는 천사처럼 아름다운 여인의 자태와 표정을 볼 수 있었지. 까마귀처럼 검고 윤기 나는 머리카락을 절묘하게 땋아 내렸고, 눈동자는 어두웠지만 부드러우면서도 생기 있어 보였어. 이목구비는 반듯하고 피부는 놀랍도록 고왔으며, 양쪽 뺨은 사랑스러운 홍조를 띠고 있었어.

그녀를 보고 너무 기쁜 나머지 펠릭스의 얼굴에 슬픔이 걷히고 황홀한 기쁨의 표정이 번졌어. 나도 그가 그런 표정을 지을 수 있으리라고는 상상하지 못했었지. 두 눈은 반짝이고 뺨은 기쁨으로 붉어졌는데, 그 순간 그는 낯설 만큼 잘생겨 보였어. 갑자기 감정이 복받치는 듯 여인은 아름다운 눈에서 흐르는 눈물을 닦으며 펠릭스에게 손을 내밀었어. 펠릭스는 그녀의 손에 열렬히 입을 맞추었는데, 그녀를 '나의 사랑스러운 아라비아인'이라고 부르는 것 같았어. 여인은 그가 하는 말을 잘 알아듣지 못하는 것 같았지만 미소를 짓고 있었어. 펠릭스는 그녀가 나귀에서 내리는 것을 도와주었고, 안내인을 보낸 다음 오두막으로 안내했어. 펠릭스와 아버지 사이에 몇 마디 대화가 오간 뒤, 낯선 아가씨는 노인의 발치에 무릎을 꿇고 그의 손에 입을 맞췄어. 노인은 그녀를 일으킨 다음 다정하게 안아주었지.

나는 곧 그 낯선 여인이 오두막 식구들과 다른 언어를 말하고 있다는 것을 알아차렸어. 그래서 오두막집 사람들은 그녀의 말을 알아듣지 못했고 그녀도 그들의 말을 알아듣지 못했지. 그들은 내가 이해할 수 없는 말들을 주고받았지만, 나는 여인의 존재가 집안에 기쁨을 퍼뜨리고 태양이 아침 안개를 지우듯이 슬픔을 지워버렸다는 것을 알 수 있었어. 펠릭스는 유난히 행복해하며 기쁜 미소로 아라비아 여인을 반겼어. 언제나 상냥한 아가사는 사랑스러운 이방인의 손에 입을 맞추고 오빠를 가리키며 그녀가 오기 전 내내 슬퍼하고 있었다는 시늉을 해 보였어. 그 내막은 알 수 없었지만, 이후로도 그들은 몇 시간 동안 이렇게 즐겁고 들뜬 표정이었어. 이방인은 식구들이 내는 소리를 몇 차례 따라 하곤 했는데, 그녀가 그들의 언어를 배우려고 하고 있다는 걸 알 수 있었어. 그때 나도 문득 똑같은 방법을 써 보아야겠다는 생각이 들었어. 그녀는 첫 번째 수업을 통해 약 20개의 단어를 배웠어. 대부분 알고 있는 것들이었지만, 다른 몇몇 단어들은 내게 도움이 되었어.

밤이 되자 아가사와 아라비아 여인은 일찍 잠자리에 들었어. 펠릭스는 헤어지면서 이방인의 손에 입을 맞추고 '잘 자요, 사피'라고 말했어. 그러고 나서 펠릭스는 밤이 깊도록 아버지와 대화를 나누었지. 그녀의 이름이 자주 반복되는 것으로 보아 사랑스러운 손님이 대화의 주제인 것 같았어. 나는 정말로 그들을 이해하고 싶었고, 그러기 위해 머리를 쥐어짜 보았지만, 불가능하다는 걸 깨달았어.

다음 날 아침, 펠릭스가 일을 하러 나간 뒤 아가사가 평소처럼 일을 마치자 아라비아 여인은 노인의 발치에 앉아 기타를 연주하기 시작했어. 그녀가 연주하는 곡이 너무나 매혹적이고 아름다워서 나는 노래를 들으며 슬픔과 감동의 눈물을 흘렸지. 기타를 치며 노래를 부르는 그녀의 목소리는 높아졌다가 잦아들기를 반복하며 마치 숲속의 나이팅게일처럼 감미롭게 울렸어.

노래가 끝나자 그녀는 아가사에게 기타를 건넸지. 처음에는 거절하던 아가사는 단순해 보이는 곡을 연주하기 시작했어. 그녀의 목소리는 감미로웠지만 사피의 연주처럼 가슴을 파고들지는 못했어. 음악에 취해 있던 노인이 몇 마디 말을 했고, 아가사는 사피에게 그 말을 전달하려고 애썼어. 아마 그녀의 노래가 노인에게 최고의 기쁨을 주었다는 표현을 하려는 것 같았어.

식구들의 얼굴에 슬픔 대신 기쁨이 자리 잡은 것을 빼면 전과 다름없이 평화로운 나날이었어. 사피와 나는 빠르게 언어를 배워나갔고, 나는 두 달 만에 집주인들이 하는 말들의 대부분을 이해할 수 있게 되었어.

그동안 검은 땅이 초목으로 우거졌고, 푸른 둑에는 보는 것도 냄새 맡는 것도 감미로운 꽃들이 만발해 있었어. 달빛 내리는 숲에는 희미한 별들이 빛나고, 햇빛은 따사롭고, 밤은 상쾌하고 포근했지. 해가 늦게 지고 일찍 뜨면서 하루가 짧아졌지만, 늦은 밤 산책은 내게 큰 행복이었어. 낮에는 내가 마을에 처음 와서 받았던 것과 같은 취급을 받을까 봐 두려워 밖으로 나가지 않았거든.

나는 조금이라도 빨리 말을 익히려고 애쓰며 하루하루를 보냈어. 말을 거의 알아듣지 못하고 억양도 어색한 아라비아인보다는 내가 더 빨리 늘었다고 자부할 수 있어. 어쨌든 나는 거의 모든 단어를 이해하고 따라 할 수 있게 되었어.

말문이 트이면서 이방인이 배우는 문자의 원리도 알게 되었지. 내 앞에 놀라움과 기쁨이 가득한 세상이 활짝 열린 거야.

펠릭스가 사피에게 말을 가르쳤던 책은 볼네의 『제국의 몰락』[23]이었어. 펠릭스가 책을 읽으면서 자세히 설명해주지 않았다면 나는 그 책을 이해하지 못했을 거야. 그는 동방의 작가들을 모방한 웅변조의 문체 때문에 이 작품을 선택했다고 말했지. 이 작품을 통해 나는 역사에 대한 대략적인 지식과 함께 세계에 존재하는 여러 제국에 대해 이해하게 되었고, 세계 여러 나라의 풍습과 정치, 종교에 대해서도 알게 되었어. 행동이 굼뜬 아시아인들 이야기며, 놀라운 그리스인들의 재능과 지적인 성과, 초기 로마인들의 용맹함과 미덕에 이은 타락과 제국의 몰락, 기사도와 기독교 신앙 그리고 왕조의 쇠락에 대해 들었지. 아메리카 대륙의 발견과 그곳 원주민들의 불행한 운명에 대해 들으며 사피와 함께 울기도 했어.

---

23 『제국의 몰락, 또는 제국의 혁명에 대한 고찰』(1791)은 프랑스의 역사학자인 철학자인 콩스탕탱 프랑수아 샤스뵈프(볼네 백작)가 지은 책으로 그리스·로마 제국, 이슬람 제국과 유럽 제국 등 다양한 제국들의 문명과 역사를 다루고 있다. 프랑스 혁명기에 지어진 이 책은 세상의 모든 지배 이념을 비판하고 그의 폐지를 주장하는 급진적인 생각을 담고 있으며, 이 소설의 작가인 메리 셸리에게도 큰 영향을 끼쳤다.

이 책에 담긴 놀라운 이야기는 나에게 묘한 감정을 불러일으켰어. 인간은 이토록 강하고, 고결하고, 위대한 반면 또 어떻게 이렇게 사악하고 비열할 수 있단 말인가? 인간이 어떨 때는 악의 상속자로, 또 어떨 때는 신처럼 고귀한 존재로 느껴졌어. 위대하고 고결한 사람이 되는 것이 이 복잡한 생명체가 획득할 수 있는 최고의 영예라고 생각했고, 반대로 역사에 남은 수많은 사람처럼 비열하고 사악한 존재가 되는 것은 눈먼 두더지나 무해한 곤충보다도 더 치욕적이고 비참한 상태라고 생각했어. 나는 오랫동안 어떻게 인간이 다른 인간을 죽일 수 있는지, 법과 정부라는 것이 왜 존재하는지 이해할 수 없었어. 하지만 피와 악행으로 얼룩진 역사 이야기들을 듣고 나자 의아함 대신 혐오와 역겨움만 남게 되었지.

오두막집 사람들이 하는 모든 말이 경이롭게 들렸어. 펠릭스가 아라비아 여인에게 해주는 설명을 통해 나는 인간 세상의 기이한 제도들에 대해서도 알게 되었지. 또 나는 재산의 분배, 빈부의 극심한 차이, 계급과 출신과 신분에 관해서도 들었어.

이런 얘기들은 나에게 많은 생각을 하게 했지. 당신 인간들이 최고로 중요시하는 것은 부와 직결된 고결하고 순수한 혈통이라는 사실을 알게 되었어. 부와 혈통 이 두 가지 중 하나만 있어도 존경받을 수 있지만, 둘 다 없는 사람은 대부분 떠돌이나 노예로 전락해 특별한 소수를 위해 헌신해야 할 운명이라는 것을! 그렇다면 나는 어디에 속할까? 나를 만든 창조주나 나의 출생에 대해서는 아무것도 모르지만 내게는 돈도, 친구도, 재산도 없다는 사실은 잘 알고 있었어. 나는 소름 끼칠 만큼 흉측하고 혐오스러운 모습으로 태어 난 데다 특성도 인간과 달랐어. 나는 그들보다 민첩했고, 저급한 음 식으로도 살 수 있었으며, 극심한 날씨 변화도 잘 견디고, 몸에 상 처가 잘 나지 않고, 몸집도 그들보다 훨씬 컸어. 주위를 둘러보아도 나 같은 존재는 본 적도 들은 적도 없었어. 그렇다면 나는 괴물일 까? 나는 모든 사람이 피하고 외면하는 세상의 오점 같은 것일까?

이런 생각들은 내게 말로 표현할 수 없는 고통을 주었어. 이런 생 각을 떨쳐 버리려고 애써도 아는 게 많아질수록 서러움도 커졌어. 아, 차라리 내 고향 숲에 영원히 머물면서 배고픔, 목마름, 더위 말 고는 아무것도 느끼지 않고 살았더라면!

알려는 욕구는 얼마나 이상한 본능인지! 바위에 붙은 이끼처럼 한번 달라붙으면 떨어지질 않으니. 모든 생각과 감정을 떨쳐 버리고 싶었지만, 이 고통을 극복할 방법은 한 가지뿐이라는 걸 깨달았어. 그것은 바로 두렵고도 도무지 이해할 수 없는 죽음이란 상태였지. 나는 선과 행복을 동경했고, 오두막집 사람들의 다정함과 따뜻함을 사랑했지만, 몰래 따라 하는 것을 빼면 그들과의 교류는 철저히 차 단되어 있었어. 이런 처지는 그들과 섞이고 싶다는 욕구를 더욱 증 폭시켰지. 아가사의 상냥한 말과 아라비아 여인의 아름다운 미소는 나를 위한 것이 아니었어. 노인의 따뜻한 위로와 나의 멘토 펠릭스 의 활기찬 말투도 마찬가지였어. 나는 참으로 비참하고 불행한 괴물 에 불과했던 거야!

다른 수업은 더욱 인상 깊었어. 남녀의 차이와 아이들의 탄생과 성장에 대해서도 배웠고, 갓난아이의 미소와 활기차게 뛰노는 아이가 아버지에게 얼마나 사랑스러운지, 어머니가 얼마나 큰 희생으로 목숨을 바쳐 아이를 돌보는지도 배웠지. 또, 젊은이들이 어떻게 지식을 배우고 사고를 넓히는지, 형제나 자매, 친구 같은 인간의 관계가 어떻게 사람들을 결속해 주는지에 대해서도 배웠어.

그런데 나의 친구와 가족은 어디 있지? 나는 어린 시절 보살펴 준 아버지도, 따뜻한 미소와 손길로 축복해 준 어머니도 없었어. 설령 있었다 해도 내 모든 과거는 희미한 얼룩이나 컴컴한 어둠으로만 남아 있었지. 첫 기억을 더듬어 보아도 내 키와 비율은 지금과 똑같았어. 나와 닮았거나 나와 관계가 있다고 말하는 존재도 본 적이 없어. 대체 나는 무엇이었을까? 묻고 또 물어보았지만, 대답은 탄식뿐이었어.

이런 감정들이 나중에 어떤 결과를 가져왔는지에 대해서는 곧 설명하겠지만, 일단은 다시 오두막집 이야기로 돌아가 보지. 이런 에피소드들은 내게 분노, 기쁨, 경이로움 같은 여러 감정을 불러일으켰지만, 어쨌든 나는 내 보호자들(순진하고 뼈아픈 착각이었지만 나는 그들을 그렇게 불렀지)을 더 사랑하고 존경하게 되었지.

제14장

내 벗들의 사연을 알게 된 것은 시간이 조금 더 흐른 뒤였어. 나처럼 세상 경험이 없는 자의 마음속에는 이렇게 놀랍고 흥미로운 사연은 깊이 새겨질 수밖에 없지.

노인의 이름은 드 라세였어. 프랑스의 명문가 출신으로, 대대로 유복하게 살면서 윗사람들에게는 존중받고 동료들에게는 사랑받는 인물이었지. 아들인 펠릭스는 자라서 나랏일을 하게 되었고, 딸인 아가사는 사교계에서 촉망받는 여성이었어. 내가 도착하기 몇 달 전까지만 해도 그들은 파리라는 크고 화려한 도시에서 친구들에게 둘러싸여 상당한 재산과 미덕, 세련된 교양과 취향이 주는 모든 기쁨을 누리며 살았어.

한데, 사피의 아버지가 그들을 파멸로 몰아넣은 원흉이 된 거야. 터키 상인이었던 그는 수년 동안 파리에 살았는데, 알 수 없는 어떤 이유로 프랑스 정부의 눈에 나고 말았어. 그는 사피가 콘스탄티노

플에서 아버지를 만나러 오기로 한 날 체포되어 감옥에 갇히게 되었어. 그리고 재판을 거쳐 결국 사형 선고를 받게 되었지. 너무 과한 형량이라서 파리 사람들이 모두 분개할 정도였어. 모두들 범죄가 아니라 그의 종교와 재산이 판결의 원인이라고 생각했지.

그날 우연히 재판에 참석했던 펠릭스는 법원의 판결에 경악했고 분노를 느꼈어. 그를 구출하겠다고 마음 깊이 다짐한 뒤 방법을 찾았지. 감옥에 접근하려고 여러 번 시도했지만 실패한 끝에 그는 경비원의 눈이 미치지 않는 건물 구석에서 창살이 박힌 창문을 하나 발견했어. 빛이 드는 창문을 통해서 그는 지하 감방 안에서 사슬에 묶인 채 형 집행을 기다리는 무함마단을 발견할 수 있었어. 펠릭스는 밤중에 찾아가 창살 너머의 죄수에게 도와주고 싶다는 뜻을 알렸지. 터키인은 기쁨과 놀라움에 돈과 보상을 약속하며 구원자의 열의를 부추기려 했지. 처음에 펠릭스는 단호하게 이 제안을 거절했어. 하지만 아버지와 접견을 허락받고 몸짓으로 감사를 표현하는 아름다운 딸을 본 순간, 젊은이는 죄수가 모든 수고와 위험을 보상하고도 남을 보물을 가지고 있다는 걸 인정하지 않을 수 없었어.

펠릭스가 딸에게 마음을 빼앗긴 것을 알아챈 터키인은 안전한 곳으로 피신시켜 주는 즉시 딸과 결혼시켜 주겠다며 그를 자기편으로 끌어들이려고 했어. 펠릭스는 이 제안에 난처해 했지만, 마음 한편으로는 이번 기회에 행운을 얻을 수 있을지도 모른다는 생각을 품게 되었어.

상인을 탈출시키려는 계획이 진행되는 동안에도 이 사랑스러운 여인은 프랑스어를 할 줄 아는 하인의 도움을 받아 마음을 표현하는 편지를 보내면서 펠릭스의 열정을 더욱 불타게 했어. 그녀는 부모를 도와주는 것에 대해 깊은 감사를 표시하는 동시에 조심스럽게 자신의 운명을 한탄하기도 했지.

나는 이 편지의 사본을 간직하고 있어. 헛간에서 생활할 때 글쓰기를 연습할 종이를 찾다가 발견했지. 나는 종종 펠릭스나 아가사의 편지를 가져다 쓰곤 했어. 떠나기 전에 맡겨 두지. 이 편지들이 내 말이 진실임을 증명해 줄 거야. 하지만 이제 해가 많이 기울었으니 편지 내용을 간단히 들려줘야겠군.

사피의 어머니는 기독교계 아랍인이었어. 터키인들에게 붙잡혀 노예가 되었는데, 미모 때문에 사피의 아버지의 마음을 사로잡아 결혼하게 되었지. 사피는 어머니가 자유로운 사람이었고 자기에게 운명 지워진 노예의 삶을 거부했다는 사실을 강조하곤 했어. 어머니는 딸에게 기독교 교리를 가르치고 이슬람 여성들에게 금지된 지성의 힘과 정신의 자유를 꿈꿀 수 있게 해 주었지. 어머니가 죽은 뒤에도 그녀의 가르침은 사피의 마음속에 지워지지 않고 남아 있었어. 이런 사피가 다시 터키로 돌아가 하렘의 벽에 갇힌 채 어리석은 환락에 빠져 지내는 것은 그녀의 높은 이상이나 고결한 미덕을 추구하는 그녀의 정신과 맞지 않았어. 기독교인과 결혼해서 여성도 사회적 지위를 지닐 수 있는 나라에 남고 싶다는 희망을 마음속에 품고 있었지.

마침내 터키인의 처형 날짜가 정해졌지만, 전날 밤에 그는 감옥을 탈출했고, 동이 트기 전에 파리에서 몇 마일 떨어진 곳에 도착할 수 있었어. 펠릭스는 아버지와 여동생, 그리고 자기 이름으로 된 통행 증을 만들어 주고 이 계획을 아버지에게 설명했어. 아버지와 아가사는 여행을 가는 척 위장하고 집을 나서 파리의 은밀한 장소에 몸을 숨겼어.

펠릭스는 도망자들을 이끌고 프랑스를 가로질러 리옹으로 갔고, 몽스니를 거쳐 리보르노로 향했어. 그곳에서 상인은 터키 땅으로 들어갈 기회를 기다리기로 했지.

사피는 아버지가 떠나는 순간까지 함께 머물기로 했고, 터키인은 딸을 펠릭스와 결혼시키겠다는 약속을 다시 한번 확인했어. 펠릭스도 그날을 기대하면서 그들과 함께 남아 있었지. 그러는 동안에 그는 변함없는 애정을 보여준 아라비아 여인과 즐거운 시간을 보냈어. 둘은 통역을 동반하거나 표정으로 대화를 나눴고, 사피는 성스러운 음률의 자기 나라 노래를 들려주었어.

터키인은 둘이 가까이 지내는 것을 허락하여 펠릭스가 희망을 품게 해주었지만, 마음속에는 딴생각을 품고 있었어. 그는 자기 딸이 기독교인과 결혼하는 것을 못마땅하게 생각했어. 다만 내색을 하면 펠릭스의 분노를 살까 봐 두려워했던 거지. 여차하면 펠릭스가 자신을 지금 있는 이탈리아의 정부에 넘겨 버릴 수도 있었으니까. 그는 마지막까지 숨기고 있다가 몰래 딸을 데리고 떠날 수 있도록 여러 계략을 마련해두었어. 이 계획은 파리에서 온 소식 때문에 손쉬워졌지.

프랑스 정부는 그의 탈옥에 크게 분노해 도와준 자를 색출해 엄벌하겠다고 별렀어. 곧 펠릭스의 범행이 밝혀졌고, 드 라세와 아가사는 감옥에 갇히게 되었지. 이 소식은 펠릭스에게 전해졌고, 그의 달콤한 꿈도 깨지고 말았어. 눈멀고 나이든 아버지와 착한 여동생이 더러운 지하 감옥에 갇혀 있는 동안 자기는 자유롭게 공기를 마시며 사랑하는 여자와 밀회를 즐겼다는 생각에 고통스러워했지. 펠릭스는 재빨리 자신이 이탈리아로 돌아오기 전에 터키인이 운 좋게 탈출에 성공하면 리보르노의 수녀원에 사피를 남겨두기로 약속한 뒤 파리로 향했어. 자신이 법의 심판을 받는 대신 드 라세와 아가사를 풀어주려고 했던 거야.

하지만 이 계획은 성공하지 못했지. 재판을 받을 때까지 그들 모두 5개월이나 감금되어 있었고, 재산을 몰수당하고 나라에서 영구 추방한다는 판결을 받았기 때문이지.

추방당한 뒤 그들은 독일의 허름한 오두막집에 은신처를 마련할 수 있었는데, 바로 그곳에서 내가 그들을 보았던 거야. 이후 펠릭스는 가족들을 고난으로 몰아넣은 터키인이 자신들이 재산을 모두 빼앗기고 몰락한 사실을 알고는 딸과 함께 이탈리아를 떠났다는 소식을 듣게 되었지. 가증스럽게도, 펠릭스에게 생계에 보태라며 약간의 돈을 남겨두고 말이야.

이런 일련의 사건은 펠릭스에게 충격을 주었고 그의 마음을 피폐하게 했어. 내가 그를 처음 보았을 때 가족 중에서 유독 불행해 보였던 것은 그 때문이었지. 가난이야 그럭저럭 견딜 만했고, 고통을 자신의 선함을 증명하는 영광스런 훈장처럼 여길 수도 있었어. 하지만 터키인의 배신과 사랑하는 사피를 잃었다는 상실감이 그를 견딜 수 없는 불행으로 몰아넣었지. 그런 차에 사피가 돌아와 그의 영혼에 다시금 활기를 불어넣어 준 거야.

펠릭스가 재산과 지위를 모두 박탈당했다는 소식이 리보르노까지 전해졌을 때 상인은 딸에게 애인을 잊고 고국으로 돌아갈 것을 종용했었지. 평소에 고분고분했던 사피는 아버지의 이런 명령에 분노했어. 그녀가 아버지에게 반항하자 터키인은 강압적인 태도로 거듭 종용하며 자리를 떴어.

며칠 뒤, 터키인은 딸을 찾아와 리보르노에 있는 자기 거처가 프랑스 당국에 발각된 것 같으니 지금 떠나지 않으면 붙잡히게 될 거라고 다급하게 말했어. 이미 콘스탄티노플로 가는 배를 마련했고 몇 시간 안에 떠날 예정이라면서 말이야. 그는 몰래 믿을 만한 하인 한 명과 딸을 남겨두었다가 아직 리보르노로 가져오지 못한 대부분의 재산을 가져오게 할 계획이었어.

혼자 남겨진 사피는 이런 상황에서 어떻게 행동해야 할지 알고 있었어. 그녀에게 터키에서의 삶은 끔찍했고, 종교적으로나 정서적으로 맞지 않았어. 사피는 아버지의 메모를 통해 연인이 추방당했다는 소식과 함께 그가 정착한 마을의 이름도 알아냈어. 그녀는 잠시 고민했지만 결국 결심을 굳혔지. 가지고 있던 보석 몇 개와 얼마간의 돈을 가지고 터키어를 할 줄 아는 리보르노 출신의 하녀를 구해 이탈리아를 떠나 독일로 향했어.

그녀는 드 라세의 오두막에서 약 20리그 떨어진 마을까지 무사히 도착했어. 그런데 하필 하녀의 건강이 위독해진 거야. 사피가 지극정성으로 간호했지만 안타깝게도 하녀는 죽고 말았어. 그 나라의 언어나 관습을 전혀 모르는 아라비아 여인은 그렇게 홀로 남겨졌어. 하지만 여인은 운이 좋았지. 하녀가 죽기 전 주소지를 미리 얘기해 둔 덕분에 신세를 졌던 곳의 여주인이 사피를 애인의 집까지 무사히 데려다줄 수 있었어.

제15장

 이것이 내가 사랑했던 오두막집 사람들의 사연이야. 이 사연은 내게 깊은 감명을 주었고, 선을 찬양하고 악을 미워하는 인간 사회의 통념을 배우게 되었지.

 그때까지는 내가 범죄와 거리가 멀다고 생각했어. 그래서 나에게도 여러 훌륭한 자질을 갖추고 세상의 주인공이 될 수 있는 은혜로운 길이 열려있다고 생각했지. 하지만 내가 큰 깨달음을 얻게 된 계기를 얘기하려면 그해 8월 초에 일어난 사건을 언급하지 않을 수 없군.

 어느 날 밤, 식량과 오두막 식구들을 위한 땔감을 구하기 위해 자주 다니던 주변 숲에 갔다가 옷가지와 책 몇 권이 들어있는 가죽 가방을 발견했어. 나는 물건들을 모두 주워 헛간으로 돌아왔지. 책들은 다행히 내가 오두막 사람들에게서 배운 언어로 쓰여 있었고, 『실낙원』, 『플루타르코스 영웅전』, 『젊은 베르테르의 슬픔』 같은 제목들이 붙어 있었어. 보물을 손에 쥔 나는 얼마나 기뻤는지 몰라. 오두막 식구들이 일상적인 일에 전념하는 동안 나는 이 이야기들을 읽고 또 읽어 마음에 새겼지.

이 책들이 내게 준 영향은 말로 표현할 수 없을 정도야. 책장을 넘길 때마다 새로운 이미지와 감정이 솟아오르면서 때로는 나를 황홀경에 빠트렸고 그보다 자주 깊은 우울감에 빠트리곤 했지. 특히 『젊은 베르테르의 슬픔』[24]은 이야기가 단순한데도 감동과 재미를 동시에 선사했어. 그것은 내 안에 잠들어 있던 생각을 깨우고 모호했던 주제를 명확히 밝혀 주면서도 끊임없이 새로운 생각거리와 깨달음을 안겨 주었어. 책 속에 묘사된 부드럽고 헌신적인 태도와 상대를 생각하는 고결한 감정은 오두막 사람들에게 내가 느꼈던 감정이나 마음속 욕구와도 일치했어. 베르테르는 내가 만나거나 상상했던 어떤 인물보다도 거룩한 존재로 여겨졌어. 가식 대신 자신에게 깊이 침잠하는 법을 알고 있었기 때문이지. 죽음과 자살에 대한 그의 고찰은 나를 경탄케 했고, 주인공의 처지를 완전히 이해하지는 못해도 그의 생각에 공감할 수 있었어. 그리고 그의 죽음 앞에서 나는 죽음이 뭔지도 모르면서 함께 눈물을 흘렸어.

---

24 1744년 괴테가 발표한 『젊은 베르테르의 슬픔』은 감성적이고 예민한 청년 베르테르의 내면의 고통과 슬픔을 다룬 작품이다. 주인공 베르테르는 발하임에서 로테라는 여인을 만나 사랑에 빠지지만, 그녀는 이미 다른 사람과 약혼한 상태이다. 삼각관계 속에서 베르테르는 절망과 고통에 빠지고 결국 자살을 선택한다는 내용이다. 이 작품은 괴테의 뛰어난 인물 묘사와 상황 서술로 당시 청년들의 아픔을 생생하게 그렸으며, 서간체 형식을 통해 독자들에게 감정 이입을 이끌어내어 주인공을 따라 자살하는 젊은이들이 속출할 정도로 큰 반향을 일으켰다.

어쨌든, 책을 읽으면서 내가 느끼는 감정이나 처지에 대해 많이 생각하게 되었어. 더불어 읽거나 대화를 듣는 상대들과 내가 비슷하면서도 묘하게 다르다는 것을 알게 되었지. 공감하고 어느 정도 이해할 수는 있었지만, 아직 내 자아는 덜 성숙했고 비교하거나 연결해볼 대상도 없었기 때문이야. '내가 떠나는 길은 자유로웠고'[25] 내가 사라진다고 슬퍼할 사람은 없었어. 내 몰골은 흉측했고 몸집은 거대했지. 세상은 무슨 의미일까? 나는 무엇일까? 나는 어디에서 왔을까? 나는 어디로 가는 걸까? 이런 질문들을 되풀이해 던져 보았지만, 그 답은 찾을 수 없었어.

내가 가지고 있던 『플루타르코스 영웅전』[26]에는 고대 공화국을 건설한 자들의 이야기가 담겨 있었어. 이 책은 내게 『젊은 베르테르의 슬픔』과는 전혀 다른 영향을 주었지. 베르테르의 상상력이 내게 절망과 우울을 가르쳐 주었다면 플루타르크는 내게 고귀한 정신을 가르쳐 주었고, 비루한 내 처지를 넘어 과거 영웅들에 대한 존경과 사랑을 품게 해 주었어. 책의 내용은 내 지식과 경험을 뛰어넘는 것이었어. 나는 왕국이나 넓은 영토, 거대한 강, 끝없는 바다 등에 대해서는 혼란스러운 관념만을 가지고 있었고, 도시나 거대한 집단에 대해서는 전혀 아는 게 없었지. 내게는 오두막집 식구들이 인

---

25 앞의 10장에서 인용한 퍼시 비시 셸리의 시 〈무상〉 중 마지막 장의 한 구절을 주어만 바꿔 인용한 것이다.

26 『플루타르코스 영웅전』은 고대 그리스와 로마의 역사가인 플루타르코스가 카이사르, 알렉산드로스 대왕, 폼페이우스 등 고대 영웅 50명에 대해 서술한 전기이다. 한니발의 카르타고 군대와 로마 군대가 벌인 포에니 전쟁 등에 대해 상세히 다루고 있어, 고대 유럽의 정치와 전쟁의 역사를 이해하는 데 꼭 필요한 자료다.

간의 본성에 대해 가르쳐주는 유일한 학교였지만, 이 책에서는 그와는 다른 엄청난 이야기들이 펼쳐지고 있었어. 나는 인간 집단에 대해 관심을 갖게 되었고, 종족을 다스리거나 학살한 사건에 대해 배웠어. 선에 대한 열망과 악에 대한 증오가 마음속에 솟구치는 게 느껴졌어. 물론 내가 선과 악을 이해한 것은 그것이 쾌락 또는 고통과 관련되어 있을 때뿐이었지만 말이야. 나는 이런 감정에 이끌려 로물루스나 테세우스보다 평화로운 법을 만든 누마, 솔론, 리쿠르고스 등을 존경하게 되었지. 가장을 중심으로 돌아가는 오두막 사람들의 생활이 내 마음속에 깊이 박혀 있었기 때문일 거야. 만약 내가 처음 접한 인류가 명예욕이나 살인 본능에 불타는 젊은 군인이었다면 나는 아마 다른 감정에 지배되었겠지.

『실낙원』[27]은 이와 다르면서도 훨씬 깊은 감정을 불러일으켰어. 나는 이 책도 내가 가진 다른 책들처럼 역사적인 사건을 이야기하고 있다고 생각했어. 전지전능한 신이 피조물과 전쟁을 벌이는 이야기는 무서우면서도 경이로웠지. 몇몇 장면들은 내 처지를 떠올리게 했어. 아담은 나처럼 주변의 어떤 존재와도 연결고리가 없었지만 그는 모든 면에서 나와 달랐어. 신의 손에 의해 탄생한 완벽한 피조물인 그는 창조주의 특별한 보살핌 아래 행복과 번영을 누리고 우월

---

27 존 밀턴(John Milton)이 1667년에 발표한 『실낙원』은 구약성서의 창세기에 기술된 인간의 타락 이야기를 상세히 그린 대서사시이다. 영어로 쓰인 가장 뛰어난 서사시이자 서양 문학사에서 기념비적인 작품으로 여겨지는 이 작품은 종교 개혁에도 큰 영향을 미쳤다. 『실낙원』에서 악의 화신인 사탄은 지옥에서 타락한 천사들을 소집하여 신에게 복수를 꾀하는데, 이는 소설 『프랑켄슈타인』의 모티브가 된 것으로 보인다.

한 존재와 대화하고 배울 수도 있었던 반면에 나는 흉측한 데다 무력했고 혼자였으니까. 나는 종종 사탄이 나와 성격이 비슷하다고 생각했어. 왜냐면 내 보호자들이 행복해하는 것을 볼 때 질투로 분노가 솟아오를 때가 많았으니까.

또 다른 경험이 이런 감정을 확인시키고 강화해 주었어. 오두막에 정착한 뒤, 당신의 연구실에서 가져온 옷 주머니에서 서류 몇 장을 발견했어. 처음에는 무시했지만, 그 종이 위의 글자를 해독할 수 있게 되자 그것을 열심히 연구하기 시작했어. 내가 세상에 나오기 전 4개월 동안 당신이 쓴 일기였지. 이 일기에는 계획의 상세한 진척 상황과 함께 간간이 당신 집안에 대한 이야기도 적혀 있었어. 당신도 이 종이를 분명히 기억할 거야. 잘 봐! 나의 저주받은 탄생까지의 역겨운 과정이 상세히 적혀 있으니까. 나에 대한 생생한 묘사에는 당신이 느꼈을 공포가 그대로 전해지더군. 그것을 읽으면서 나는 구역질이 났어. 나는 괴로운 마음으로 외쳤지. '내가 생명을 얻은 그 날을 저주하노라, 빌어먹을 창조주여! 자신도 혐오하고 내팽개칠 끔찍한 괴물을 왜 만들었는가? 신은 자신의 형상을 본떠 가장 매력적인 모습으로 만들었지만, 나는 당신네 인간들의 추악한 모습만 본떠서, 아니 그보다 더 끔찍한 모습으로 만들어졌어. 사탄에게는 서로 칭찬하고 격려할 친구들이라도 있지만 나는 혼자이고 멸시만 당하지 않는가?'

이것이 몇 시간 동안의 절망과 고뇌 끝에 내 머릿속에 떠오른 생각이야. 하지만 나는 오두막집 사람들의 선하고 상냥하고 자비로운 성품을 생각하며 스스로를 위로했지. 내가 그들의 선함을 동경하고 있다는 것을 알면 불쌍히 여겨 내 흉측한 모습을 받아들여 줄 거라고 생각하면서 말이야. 아무리 흉하게 생겼어도 우정과 연민을 갈구하는 자를 설마 문전박대할까? 나는 낙담하지 않고 그들과의 운명적인 만남을 준비하기로 했어. 하지만 그 시도는 몇 달 더 미뤄져야 했어. 꼭 성공해야 하기에 실패에 대한 두려움이 컸었던 거지. 더불어 나의 이해력이 나날이 향상하면서 몇 달 뒤에는 더욱 똑똑해진 상태에서 일을 시작할 수 있으리라고 믿었어.

그동안에 오두막에도 몇 가지 변화가 있었어. 사피의 등장은 집 안에 행복한 기운을 불러왔고 형편도 전보다 넉넉해졌지. 펠릭스와 아가사는 더 많은 휴식과 대화의 시간을 가질 수 있었고 일을 도와줄 머슴까지 구했어. 그들은 부유하지는 않지만 만족스럽고 행복해 보였고, 마음도 고요하고 평화로운 듯했어. 하지만 나의 마음은 갈수록 시끄러워졌지. 아는 것이 많아지면서 내 처지가 얼마나 비참하고 외로운지 더욱 선명해졌기 때문이지. 아직 희망을 품고 있었지만, 물에 비친 내 모습이나 달빛에 비친 그림자를 볼 때마다 그 희망은 흔들리는 물결이나 어둠처럼 사라지곤 했어.

하지만 나는 이러한 두려움을 뒤로하고 몇 달 뒤에 있을 시험에 대비했어. 때로는 고삐 풀린 생각들이 상상의 낙원에서 나를 맘껏 뛰놀 수 있도록 해 주었어. 상냥하고 사랑스러운 존재들이 내 마음을 이해한다며 격려해 주는 상상도 해 보았지. 천사 같은 그들의 얼굴을 떠올리면 내 마음이 진정되고 얼굴에 저절로 미소가 돌았어.

하지만 모두 꿈일 뿐이었지. 내 슬픔을 달래주거나 생각을 나눌 이 브는 없고 나는 여전히 혼자였어. 아담이 창조주인 신에게 했던 간청을 떠올려 보기도 했어. 하지만 내 창조주는 어디에 있는 걸까? 그는 나를 버렸고, 나는 비통한 마음으로 그를 원망할 수밖에!

그렇게 가을이 갔어. 나뭇잎이 시들어 떨어지는 것을 보면 상심과 고통이 가슴을 짓눌렀지. 자연은 내가 처음 숲에서 아름다운 달을 마주했을 때의 황량하고 쓸쓸한 모습을 되찾았어. 하지만 나는 더위보다 추위에 강한 체질이라 날씨가 쌀쌀해지는 것은 별로 신경이 쓰이지 않았어. 나에게 큰 즐거움을 주었던 꽃과 새와 초록의 여름 풍경이 사라지자, 내 관심은 오두막 사람들에게 더욱 집중되었어. 여름이 지나도 그들의 행복에는 변함이 없었어. 그들은 서로 사랑하고 그런 감정을 나누었지. 서로 의지할 수 있었기에 주변에서 일어나는 어떤 일도 그들의 행복을 방해하지 못했어. 그들과 가까이 있을수록 보호와 관심을 바라는 나의 희망은 더욱 커졌어. 이 다정한 존재들이 날 알아보고 사랑해 주기를 간절히 바랐고, 그들의 따뜻한 시선이 나에게 향하기를 소원했어. 그들이 경멸과 증오의 태도로 나를 외면할 거라는 생각은 전혀 들지 않았어. 그들이 자기 문 앞에 찾아온 불쌍한 사람들을 쫓아낸 적은 없었어. 사실 내가 약간의 음식이나 쉴 곳보다 더 큰 것을 바라고 있긴 하지만 말이야. 나는 친절과 동정을 요구하고 있었지. 하지만 내가 그럴 자격이 전혀 없다는 생각은 해 보지 않았어.

내가 생명을 얻고 계절이 한 바퀴 돌아 마침내 겨울이 찾아왔어.

나는 오로지 오두막집으로 쳐들어갈 생각에만 몰두해 있었지. 여러 가지 계획을 짰지만, 결국은 눈먼 노인이 혼자 있을 때 들어가기로 했어. 이전에 보았던 사람들이 내 흉측한 몰골을 가장 무서워하는 것을 알기에 그런 결정을 한 거야. 내 목소리는 거칠어도 무섭지는 않거든. 자녀들이 없는 사이에 드 라세 노인의 환심을 살 수만 있다면 결국엔 모두가 나를 받아주리라 생각했지.

햇살이 땅 위에 쌓인 붉은 낙엽을 비추던 어느 날이었지. 날씨가 따뜻하지는 않았지만, 사피와 아가사 그리고 펠릭스는 산책하러 멀리 나갔고 노인만 자원해 오두막에 남아 있었어. 자식들이 떠나자 노인은 기타를 들고 슬프지만 감미로운 곡들을 몇 곡 연주했어. 연주는 듣던 것보다 더 감미롭고 애절했어. 처음에는 그의 표정이 행복해 보였지만, 생각이 복잡했는지 연주를 계속할수록 슬퍼 보였어. 마침내 노인은 악기를 내려놓은 채 사색에 잠겼지.

심장이 빠르게 뛰었어. 드디어 희망이나 절망 중 하나와 마주할 절체절명의 순간이 온 거야. 하인들은 인근 장터에 나가고 없었고, 오두막 안팎이 모두 고요했지. 절호의 기회였지만 막상 계획을 행동으로 옮기려니 다리에 힘이 풀려 그만 땅바닥에 주저앉고 말았어. 다시 일어난 나는 임전무퇴의 각오로 헛간 앞을 가렸던 판자를 치워 버렸어. 신선한 공기를 들이키자 다시 기운이 솟아났어. 나는 마음을 다잡은 뒤 오두막집 문 앞으로 다가갔지.

문을 두드리자 노인이 대답했어. "누구요? 들어오시오."

나는 들어갔어. "불쑥 들어와서 죄송합니다. 여행자인데 잠시 쉴 곳이 필요합니다. 잠시만이라도 난로 앞에 머물 수 있으면 정말 고맙겠습니다."

드 라세가 말했어. "들어오시오. 손님을 맞이하고 싶지만, 안타깝게도 아이들은 밖에 나가 있고 난 눈이 멀었으니 음식을 대접하기는 힘들 것 같소."

"음식은 됐어요. 그저 따뜻한 곳에서 잠시 쉬고 싶을 뿐입니다."

자리에 앉은 후 잠시 침묵이 흘렀어. 중요한 순간이었지만, 노인이 내게 말을 걸었을 때는 어떻게 대답해야 할지 망설여졌어.

"말하는 걸 듣자니 우리 동포인 것 같소만, 혹시 프랑스인이시오?"

"아닙니다. 하지만 프랑스인 가정에서 자라나 프랑스어를 할 줄 압니다. 이제 몇몇 친구들에게 몸을 의지할 생각입니다. 진심으로 좋아하는 친구들이고, 저도 그 친구들에게 사랑받고 싶거든요."

"그 친구들은 독일인이오?"

"아니요, 프랑스인들입니다. 그보다 잠시 다른 얘기를 해 보죠. 저는 불행하게 버림받은 고아입니다. 주변을 둘러봐도 아는 친척이나 친구도 없고요. 사실 제가 찾아가는 친절한 사람들은 저를 본 적이 없고 저에 대해 거의 알지 못합니다. 그래서 너무나 두렵습니다. 그들에게조차 버림받으면 세상에서 영원히 버림받게 되는 거니까요."

"낙담하지 마시오. 친구가 없다는 건 불행한 일이지만, 사람들의 마음은 이기심과 편견에 싸여있을 때를 빼면 형제애와 자비로 가득 차 있다오. 그러니 희망을 가져요. 친구들이 착하고 다정하다면 좌절할 필요가 없소."

"친절한 사람들입니다. 세상에서 가장 훌륭한 사람들이지만, 안타깝게도 저에 대한 편견을 가지고 있지요. 저는 선의를 가지고 살았습니다. 지금까지 도움을 주면 주었지 누구를 해쳐본 적이 없어요. 하지만 편견이 그들의 눈을 가려 다정한 친구 대신에 혐오스러운 괴물만 보게 되었죠."

"참으로 불행한 일이오. 하지만 당신에게 정말 잘못이 없다면 그 사람들을 설득하지 못할 이유도 없지 않겠소?"

"그렇습니다. 지금 그 일을 하려고 합니다. 그래서 이렇게 떨고 있는 거지요. 저는 그 사람들을 진심으로 좋아하고, 몇 개월 동안 몰래 친절을 베풀기도 했지요. 하지만 그들은 제가 자신들을 해칠 거라고만 생각하고 있어요. 제가 깨고 싶은 것은 바로 그런 편견입니다."

"그 친구들은 지금 어디에 살고 있소?"

"이 근처에 있습니다."

노인은 잠시 말을 멈추고 생각에 잠겨 있다가 다시 말했습니다. "내게 솔직하게 자초지종을 털어놓는다면 그들을 설득하는 데 도움이 될 게요. 나는 눈이 멀어 그대의 얼굴을 볼 수 없지만, 그대의 말에는 진심이 담겨 있는 것 같소. 나는 가난한 망명객에 불과하지만 어떤 식으로든 누군가에게 도움이 된다면 진정 기쁠 것 같소."

"정말 감사합니다, 어르신! 이렇게 손을 내밀어 주시니 고마울 따름입니다. 어르신 덕분에 저는 흙바닥에서 일어나 사람들에게 쫓겨다니지 않아도 될 것 같습니다."

"하늘이 그렇게 두지 않을 거요! 그대가 정말로 범죄를 저질렀다고 해도, 그건 그대가 지레 포기하여 올바른 길로 인도되지 못했기 때문일 거요. 나와 내 가족은 죄가 없는데도 유죄 판결을 받았소. 그러니 내가 그대의 불행한 처지를 이해하지 못할 리가 없지 않겠소?"

"어르신께서 이렇게 큰 호의를 베풀어 주시니 어떻게 감사드려야 할지 모르겠습니다. 이렇게 친절한 말씀을 해 주신 건 어르신이 처음입니다. 이 은혜는 영원히 잊지 않겠습니다. 어르신의 성품을 보니 제가 만날 친구들도 절 받아줄 것이라고 확신합니다."

"그 친구들의 이름과 사는 곳을 알려주겠소?"

나는 잠시 머뭇거렸어. 지금 내리는 결정이 나의 행복을 영원히 바꿀 수도 있다는 생각이 들었지. 대답하려고 마음을 다잡았지만, 힘이 빠지는 바람에 의자에 주저앉아 큰 소리로 흐느끼고 말았어. 그때 세 사람이 집으로 돌아오는 소리가 들렸어. 망설일 시간이 없었어. 나는 노인의 손을 붙잡으며 소리쳤어. "그게 바로 지금이에요! 부디 저를 구원하고 받아 주세요! 어르신과 가족분들이 바로 제가 찾는 친구들이에요. 이 시련의 순간에 저를 버리지 마세요!"

"세상에!" 노인이 외쳤어. "대체 누구시오?"

그 순간 오두막집 문이 열리고 펠릭스와 사피와 아가사가 들어왔어. 나를 보았을 때 그들의 표정에 나타난 놀람과 공포는 말로 표현하기 힘들 정도야. 아가사는 기절했고, 사피는 동료를 돌볼 겨를도 없이 밖으로 뛰쳐나갔어. 펠릭스는 나에게 달려들어 아버지 앞에 무릎을 꿇은 나를 초인적인 힘으로 밀어 쓰러뜨리고는 막대기로 마구 두들겨 패기 시작했어. 사자가 영양을 찢어발기듯 그를 갈기갈기 찢어버릴 수도 있었지만, 내 마음이 너무 아프게 무너져 그렇게 할 수 없었어. 나는 계속 때리는 펠릭스를 바라만 보다가 오두막을 뛰쳐나왔고, 마음의 고통을 곱씹으며 헛간이 보이지 않을 때까지 달렸어.

제16장

저주받을 창조주여! 왜 나에게 생명을 주었나? 왜 그때 당신이 무책임하게 불어넣은 생명의 불씨를 꺼뜨리지 않았나? 알 수 없지만, 그때만 해도 이렇게 절망에 사로잡혀 있지는 않았지. 내가 느낀 건 분노와 복수심이었어. 나는 기꺼이 오두막집과 그곳 사람들을 파괴하고, 그들의 비명과 고통을 즐길 수 있을 것 같았어.

밤이 되자 나는 은신처를 떠나 숲속을 헤매고 다녔어. 누구에게 들킬 염려도 없으니 맘대로 울부짖으며 괴로움을 토로할 수 있었지. 마치 덫에서 풀려난 야수처럼 길 앞에 놓인 모든 것을 부수며 수사슴처럼 빠르게 숲속을 헤매 다녔어. 아, 얼마나 절망적인 밤이었는지! 별들마저 나를 경멸하듯 차갑게 반짝였고 나무들은 앙상한 가지를 흔들어댔어. 이따금 정적 속에서 감미로운 새소리가 터져 나오기도 했지. 나만 빼고 모두 즐겁게 휴식을 취하는 것 같았어. 사탄의 우두머리처럼 마음속에 지옥을 품고 동정 받지 못할 육신

186

으로 저 나무들을 갈기갈기 찢고 주위의 모든 것들을 파괴한 뒤 그 처참한 광경을 즐기고 싶었어.

하지만 내겐 그런 감정의 사치조차 허락되지 않았어. 몸은 극도로 피곤했고, 절망감으로 무기력해지며 축축한 풀밭에 주저앉고 말았어. 세상 누구도 나를 불쌍히 여기거나 도와주지 않는데, 내가 그들에게 호의를 베풀 이유가 어디 있단 말인가? 그래, 그럴 필요가 없지! 그 순간 나는 인간이라는 종에게 영원한 전쟁을 선포했어. 무엇보다도, 날 만들어 이토록 비참한 이 세상에 내던져 버린 자를 향해서.

해가 떠오르고 사람들의 목소리가 들려 왔어. 낮에는 은신처로 돌아가면 안 된다는 것을 알았기에 나머지 시간은 커다란 덤불에 몸을 숨기고 내 처지를 돌아보는 수밖에 없었지.

밝은 햇살과 맑은 공기가 내 마음을 어느 정도 진정시켜 주었어. 오두막에서의 일을 떠올리니 내가 너무 성급했던 것 같았어. 그래 분명 경솔했어. 분명 노인은 대화를 통해 나에게 관심을 보인 것 같았지만, 그의 자녀들에게 내 흉측한 모습을 보인 것은 어리석었어. 드 라세 노인과 좀 더 친해지고 난 뒤 어느 정도 시간을 두고 나머지 가족들과도 접근해야 했어. 하지만 나는 내 잘못이 돌이킬 수 없는 것이라고 믿지 않았고, 고민 끝에 다시 오두막으로 돌아가 노인을 내 편으로 끌어들이기로 했지.

이런 생각으로 마음을 달랜 뒤 나는 오후에 깊은 잠에 빠졌어. 하지만 아직 피가 식지 않았는지 편한 잠을 자지는 못했지. 여인들이 혼비백산하고, 분노한 펠릭스가 나를 아버지로부터 떼어내던, 전날의 끔찍한 장면이 계속 꿈에 나타났어. 진이 빠진 채로 잠에서 깨어나니 어느새 밤이 었고, 나는 숨어 있던 곳에서 기어 나와 먹을 것을 찾아 나섰어.

허기를 달래고 난 뒤에 난 익숙한 길을 따라 오두막으로 향했어. 사방은 평화로웠어. 나는 헛간으로 기어 들어가 가족들이 일어나는 시간까지 조용히 기다렸어. 그런데 시간이 지나 해가 중천에 떴는데도 아무도 나타나지 않는 거야. 뭔가 잘못되었다는 생각에 소름이 돋았어. 오두막 안은 캄캄했고 아무 인기척이 없었어. 불안감이 몰려오더군.

마을 사람 두 명이 지나가다가 오두막 근처에서 잠시 멈추더니 격렬한 몸짓으로 말을 주고받았어. 그러나 그들이 쓰는 언어가 오두막 사람들의 것과 달라서 무슨 말인지 알아들을 수가 없었어. 한데, 조금 뒤에 펠릭스가 다른 남자와 함께 다가오고 있었어. 그가 아침에 오두막을 떠난 적이 없었기에 나는 놀라 귀를 세우고 그들의 대화를 엿들었지.

"3개월 치 집세를 내야 해요. 텃밭의 농작물도 다 잃게 될 거고요. 그래도 괜찮습니까? 나도 부당한 이득을 취하고 싶지 않으니, 며칠 고민해 보는 게 어때요?" 상대방이 말했어.

펠릭스가 대답했지. "그럴 필요 없습니다. 더는 이 오두막에 살 수 없어요. 어제의 끔찍한 사건 때문에 아버지는 목숨을 잃으실 뻔했어요. 내 아내와 여동생도 평생 충격에서 헤어나지 못할 거예요. 저를 설득하려 하지 마세요. 집을 비워줄 테니 더는 말리지 마세요."

그렇게 말하면서 펠릭스는 심하게 몸을 떨었어. 그리고 동행했던 사람과 오두막집에서 몇 분 더 대화를 나누다가 떠나 버렸지. 그 뒤로 다시는 드 라세 가족을 볼 수 없었어.

나는 망연자실한 채 헛간에서 하루를 보냈어. 내 보호자들이 떠나고 나를 세상과 연결해 주던 유일한 고리가 끊어져 버린 거야. 처음으로 복수와 증오의 감정이 밀려왔고, 나는 그것을 애써 억누르려 하지 않고 물결에 휩쓸리듯 몸을 맡겼어. 가족 같던 드 라세의 다정한 목소리와 아가사의 상냥한 눈빛, 아라비아 여인의 우아한 모습을 생각하면 나쁜 감정은 사라지고 눈물이 솟구쳤지만, 그들이 나를 버리고 떠났다는 생각을 하면 다시 분노가 치밀어 올랐어. 차마 인간을 해칠 수는 없어서 다른 것들에게 화풀이를 했지. 나는 깊은 밤 오두막 주변에 불이 잘 붙는 물건들을 모아 놓았고 텃밭의 식물들도 모조리 뽑아 버렸지. 그리고 계획을 진행하기 위해 달이 질 때까지 기다렸어.

밤이 깊어지자 흘러가던 구름이 순식간에 흩어질 정도로 사나운 바람이 숲으로부터 불어왔어. 산사태라도 일으킬 만큼 어마어마한 폭풍이 몰아치자 내 모든 이성과 성찰의 끈이 끊어지고 광기가 되살아났지. 나는 마른 나뭇가지에 불을 붙이고 제물이 될 오두막 주변에서 분노의 춤을 추었어. 내 시선은 달이 내려앉은 서쪽 지평선에 고정되어 있었지. 달의 일부가 지평선 아래로 가라앉을 무렵 나는 횃불을 흔들었어. 그리고 마침내 달이 완전히 사라졌을 때 크게 소리를 지르며 모아 놓은 짚불과 덤불과 관목에 불을 붙였어. 바람의 부채질로 오두막은 빠르게 불길에 휩싸였고, 오두막에 달라붙은 불길은 갈라진 혀를 날름거리며 맹렬히 타올랐어.

무엇으로도 오두막을 되살려낼 수 없다는 확신이 들자 나는 그곳을 떠나 숲속의 피난처를 찾아 들어갔어.

이 광막한 세상에서 나는 어디로 발길을 옮겨야 할까? 불행의 현장에서 되도록 멀리 달아나고 싶었지만, 미움과 멸시를 받는 나에게는 어디든 끔찍하긴 마찬가지였지. 그때 당신이 떠올랐어. 일기를 통해 나는 당신이 내 아버지이자 창조주라는 것을 알고 있었지. 나에게 생명을 준 사람 아니면 또 누구를 찾아간단 말인가? 펠릭스가 사피에게 가르쳐준 과목 중에는 지리학이 있었어. 나는 이 수업을 통해 세계 여러 나라의 위치에 대해 배웠지. 당신의 고향 마을 이름이 제네바라 했던 것이 생각나서 나는 그곳으로 가기로 마음먹었지.

하지만 어느 쪽으로 가야 하지? 남서쪽으로 가야 한다는 건 알고 있었지만 내게 길잡이가 될 만한 것은 태양뿐이었어. 앞으로 지나쳐야 할 마을의 이름도 몰랐고 누구에게 길을 물을 수도 없었지. 하지만 난 좌절하지 않았어. 증오 외에는 다른 어떤 감정도 느낄 수 없었지만, 그래도 날 도와줄 줄 유일한 존재는 당신뿐이었으니까. 아, 얼마나 비정한 창조주란 말인가! 내게 생각과 감정을 불어넣어 놓고 인간들의 경멸과 공포의 먹잇감으로 세상에 내던져 버리다니. 그러나 동정과 구원을 요구할 상대가 당신밖에 없었기에, 인간의 모습을 한 다른 존재들에게서 찾으려 했던 정의를 당신에게서 구하기로 결심했지.

여행은 길고 험난했어. 내가 오래 머물렀던 거처를 떠난 건 늦가을이었어. 혹시라도 인간과 마주칠까 봐 밤에만 돌아다녔지. 주변의 생명은 시들어 가고 태양은 식고 있었어. 비와 눈이 휘몰아치고 거대한 강은 얼어붙어 있었지. 땅은 단단하고 차가웠으며, 풀도 자라지 않아 내가 쉴 곳이 없었어. 오 대지여! 내가 태어난 근원인 그대를 얼마나 원망했는지! 내 본래 심성의 온화함은 사라지고, 내 안의 모든 것이 쓰디쓴 괴로움으로 바뀌어 있었어. 당신 집에 가까워질수록 복수심이 타올랐지. 눈이 내리고 강이 얼어도 쉬지 않고 나아갔어. 우연한 사건이 나를 인도했고 그 나라의 지도도 가지고 있었지만 때로는 길을 잃고 헤매야 했어. 마음속 고통이 나를 잠시도 쉬지 못하게 했어. 모든 것이 내 분노와 고통의 연료가 되었지. 햇볕이 따사로워지고 대지가 푸릇푸릇해질 무렵 나는 스위스 국경에 도착할 수 있었고, 내 마음속에는 새로운 형태의 쓰라림과 공포가 솟아났어.

낮에는 쉬고 사람들의 눈에 띄지 않는 밤에만 움직였어. 그러던 어느 날 아침, 깊은 숲을 지나면서부터는 해가 떴을 때도 여행을 계속했어. 봄이 오고 있었고 따스한 햇살과 향긋한 공기가 마음을 들뜨게 했지. 오랫동안 잊고 있던 관대함과 기쁨이 가슴에서 되살아나는 느낌이었어. 새롭게 솟아난 감정에 조금 놀라긴 했지만, 나는 흠뻑 취한 채로 외로움과 비참함을 잊고 행복해질 수 있었지. 눈물이 다시 흘러내렸고, 그런 기쁨을 준 태양에 감사하며 나는 젖은 눈으로 하늘을 보았어.

숲길을 따라 나아간 끝에 나는 숲을 둘러싸고 흐르는 강가에 다다를 수 있었어. 강에 그림자를 드리운 나무들이 새봄을 맞아 싹을 틔우고 있었어. 어디로 가야 할지 몰라 잠시 쉬고 있는데 목소리가 들려와 삼나무 아래 몸을 숨겼어. 한 어린 소녀가 술래잡기라도 하는지 까르르 웃으며 내가 숨어 있는 쪽으로 달려오고 있었어. 한데, 강가의 가파른 경사면을 달리던 아이가 갑자기 발을 헛디뎌 미끄러지며 급류에 빠지고 만 거야. 나는 숨어 있던 곳에서 뛰어나와 거친 물살을 헤치고 아이를 강가로 끌어냈지. 소녀는 의식이 없었어. 나는 온갖 수단을 동원해 소녀를 살리려고 했어. 그때 아마도 아이를 쫓아 달려왔을 촌부와 마주치고 말았어. 그는 나를 보자마자 달려들어 소녀를 내 팔에서 빼내더니 숲속 깊은 곳으로 달아났어. 나는 이유도 모른 채 그들을 따라갔어. 하지만 내가 따라오는 걸 본 농부가 가지고 있던 총을 내게 겨누고 발사했어. 나는 땅바닥에 주저앉았고, 총은 쏜 자는 걸음아 날 살려라 숲속으로 도망쳤어.

내 친절에 대한 보답이 이런 것이었어! 죽을 뻔한 걸 구해줬는데, 그 보답으로 나는 뼈와 살이 부서지는 끔찍한 고통을 겪어야 하는 거야. 조금 전까지의 관대함과 상냥함은 사라지고 분노에 치를 떨어야 했어. 나는 고통 속에서 인간들에 대한 영원한 증오와 복수를 맹세했지. 하지만 극심한 통증과 함께 맥박이 느려지면서 나는 정신을 잃고 말았어.

몇 주 동안 나는 숲속에서 고통스럽게 상처를 치료했어. 총알을 어깨에 맞았는데, 아직 박혀 있는 건지 뚫고 지나간 건지 알 수 없었어. 나로선 그걸 뽑아낼 방도가 없었어. 파렴치하고 배은망덕한 그들에 대한 나의 분노는 커져만 갔어. 나는 매일 복수를 다짐했지. 내 분노와 고통을 보상할 치명적이고도 결정적인 복수를!

몇 주가 지나자 상처는 아물었고 나는 여행을 계속했어. 이제는 밝은 햇살이나 부드러운 봄바람도 내 고통을 덜어주지 못했어. 모든 기쁨은 버림받은 나에 대한 조롱처럼 여겨졌고 그럴수록 어떤 기쁨도 허락받지 못하는 존재라는 사실이 뼈저리게 느껴졌어.

하지만 나의 고생은 거의 끝나 가고 있었지. 두 달 후에 나는 제네바 근교에 도착할 수 있었어.

저녁 무렵에 제네바에 도착한 나는 근처 들판에 은신처를 마련하고 당신에게 접근할 방법을 생각했어. 그때는 피로와 배고픔에 지쳐서 저녁의 산들바람이나 거대한 쥐라산맥 너머로 지는 노을을 감상할 여유도 없었어.

설핏 잠이 들었던 덕분에 나는 머리 아픈 생각에서 조금 벗어날 수 있었어. 그런데 예쁘장한 아이 하나가 다가와 내 단잠을 방해하는 거야. 어린아이다운 호기심이 아이를 내 안식처로 뛰어들게 한 거지. 아이를 바라보다가 문득 이 조그만 아이는 아직 어려서 내 흉측한 모습에 공포를 느끼지 않을 거라는 생각이 들었어. 이 아이를 붙잡고 가르쳐서 친구로 만들면 더는 인간 세상에서 외톨이가 되지 않아도 될 거라고 생각한 거지.

나는 그런 생각에 지나가던 소년을 붙잡아 내 쪽으로 끌어당겼어. 소년은 내 모습을 보자마자 두 손으로 눈을 가리고 새된 비명을 질렀어. 나는 아이의 얼굴에서 강제로 손을 떼어내며 말했지. "얘야, 왜 그러는 거니? 널 해칠 생각이 없으니 내 말을 들어보렴."

아이는 거세게 반항했어. "뇌, 괴물아! 흉측한 놈! 날 갈기갈기 찢어 잡아먹으려는 거지? 날 놔주지 않으면 아빠에게 이를 거야." 소년은 그렇게 소리쳤어.

"얘야, 넌 다시는 아버지를 볼 수 없어. 나와 함께 가야 하니까 말야."

"날 놔줘, 흉측한 괴물아! 우리 아빠는 장관이야. 프랑켄슈타인 씨라고. 우리 아빠가 널 혼내줄 거야. 날 잡아갈 순 없을걸?"

"뭐? 프랑켄슈타인이라고? 내 원수의 가족이었군! 난 그자에게 영원한 복수를 다짐했지. 그러니 네가 나의 첫 번째 희생자가 되어주어야겠어."

아이는 여전히 몸부림치며 내 가슴을 후벼 파는 저주를 퍼부어 댔어. 나는 아이의 입을 다물게 하려고 목을 움켜잡았는데, 순식간에 아이의 숨이 끊어지고 몸이 축 늘어지더군.

희생자를 바라보는 내 가슴은 악마 같은 승리감과 희열로 부풀어올랐어. 나는 손뼉을 치며 외쳤지. "나도 사람을 죽일 수 있어. 내 적은 불사신이 아니야. 이 죽음이 그에게 절망을 가져다주고 수천 가지 다른 불행이 그를 괴롭히고 무너뜨릴 것이다!"

아이를 유심히 보다가 가슴에 반짝이는 무언가를 발견했어. 나는 그걸 낚아챘지. 어떤 아름다운 여인의 초상화였어. 그 모습은 내 악한 마음을 누그러뜨리고 매료시켰지. 나는 잠시 짙은 속눈썹이 드리운 그녀의 검은 눈동자와 사랑스러운 입술을 흐뭇하게 바라보았지만, 곧 다시 분노가 솟구쳤어. 그런 아름다운 생명체가 주는 기쁨을 나는 영원히 누릴 수 없다는 사실이 생각난 거야. 그처럼 온화하고 인자한 분위기를 풍기는 여인도 나를 보면 혐오와 공포에 질린 눈을 할 것이 뻔하니까.

이런 생각이 날 분노로 몰아넣었다는 사실이 놀라운가? 아니, 그 순간 내가 죽음을 무릅쓰고 사람들 세상으로 뛰어가 모조리 파괴해 버리지 않았다는 것이야말로 진정으로 놀라운 일이지.

그런 감정에 휩싸여 있던 나는 살인 현장을 떠나 더 인적이 드문 피신처를 찾았고, 사람이 없을 듯한 헛간으로 들어갔어. 그런데 안에서 한 여자가 짚을 깔고 자고 있는 거야. 내가 가지고 있던 초상화처럼 아름답지는 않았지만 젊고 생기발랄한, 보기만 해도 기분이 좋아지는 젊은 여자였어. 그러나 이 여자도 나를 제외한 모두에게 상냥한 미소를 지어주겠구나 하는 생각이 들었지. 나는 그녀에게 몸을 굽히고 속삭였어. "일어나요, 아름다운 아가씨, 당신의 연인이 여기 있어요. 당신의 애정 어린 눈길 한 번에도 목숨을 바칠 수 있는 사람이에요. 그러니 일어나요, 사랑스러운 아가씨!"

그때 잠자던 여자가 몸을 뒤척였고, 갑자기 두려움이 밀려왔어. 그녀가 깨어나서 날 보고 욕설을 퍼붓고 살인자라고 소리치면 어떡하지? 그녀가 나를 본다면 분명 그렇게 할 것 같았어. 그 생각이 내 안에 있는 악마를 일깨웠어. 고통받아야 하는 건 내가 아니라 그녀다. 내가 그녀에게 받을 수 있는 모든 것을 영원히 박탈당했기에 나는 살인을 저지른 것이다. 내가 범죄를 저지른 것이 이 여인의 탓이니 그녀가 벌을 받아야 하는 거다! 펠릭스의 교훈과 인간들의 피비린내 나는 법칙을 통해 나는 흉계를 꾸미는 법을 터득했지. 나는 여인을 향해 몸을 굽히고 그녀의 치마 주름 사이에 초상화를 끼워 넣었어. 그녀가 다시 몸을 뒤척이는 걸 보고 나는 도망쳤지.

며칠 동안 나는 사건 현장을 맴돌았어. 때로는 당신을 보려고, 때로는 이 고통스러운 세상을 영원히 뜨겠다는 결심으로 말이야. 그러다가 이 산으로 발걸음을 향했고, 당신만이 채워줄 수 있는 갈망에 목말라하며 계곡을 헤매 다녔지. 당신이 내 요구를 들어주겠다고 약속할 때까지 우리는 갈라설 수 없어. 나는 외톨이고 비참한 존재이니 사람들은 받아주지 않을 거야. 하지만 나와 마찬가지로 흉측하고 혐오스러운 존재라면 날 거부하지 않겠지. 내 짝은 나와 같은 부류여야 하고 나와 같은 결함을 가지고 있어야 해. 그리고 그런 존재를 당신이 창조해야만 해.

제17장

　말을 마친 놈은 대답을 기다리는 듯 나를 바라보았습니다. 하지만 나는 당황스럽고 혼란스러워 그의 제안을 제대로 이해할 수 없었습니다. 놈은 말을 이었습니다.

　"나와 마음을 함께하며 살 수 있는 여자를 만들어 달라는 얘기야. 그것을 만드는 건 당신만이 할 수 있으니, 이건 당신이 거부할 수 없는 내 권리야."

　후반부에 그가 들려준 이야기는 오두막 사람들의 평화로운 삶에 대해 듣는 동안 사그라들었던 내 노여움에 다시 불을 지폈습니다. 그가 말하는 동안 나는 속에서 타오르는 분노를 억누를 수 없었습니다.

　"네 제안을 거부한다." 내가 대답했습니다. "네가 무슨 흉악한 짓을 저질러도 좋아. 하지만 난 네 말을 따르지 않을 거야. 네가 날 세상에서 가장 비참하게 만들 수 있어도 날 가장 비열한 인간으로 만들 수는 없어. 너 같은 존재를 또 만들어서 함께 세상을 망치도록 놔두라고? 꺼져! 나는 이미 대답했어. 너에게 괴롭힘을 당할지언정 결코 네 말에 따르지 않을 거야."

"실수하는 거야." 악마가 대답했습니다. "나는 당신을 협박하려는 게 아니라 단지 알려주려는 것뿐이야. 이미 구렁텅이에 빠진 나는 악밖에 남지 않았어. 모든 인간이 나를 피하고 증오하지. 창조주인 당신은 날 갈기갈기 찢어버리고도 승리감에 취할 할 수 있겠지. 하지만 잘 생각해 봐. 인간들은 나에게 동정심을 보이지 않는데, 내가 그들에게 동정심을 가져야 할 이유가 있을까? 당신이 날 얼음 계곡에 던져 자기 손으로 만든 이 몸뚱이를 부숴버린다 해도 당신은 그걸 살인이라고 부르지 않겠지. 그런데 내게 손가락질하는 인간을 왜 나는 존중해야 하는 거지? 만약 우리가 서로에게 호의를 베풀며 살아간다면 나는 그들에게 아무런 해도 끼치지 않아. 오히려 그들이 나에게 베푼 은혜에 감동하여 뭐든 다해주려 하겠지. 하지만 그런 일은 일어나지 않을 거야. 인간들이 우리와 넘을 수 없는 마음의 벽을 세우려 할 테니까. 하지만 비굴하게 엎드려 빌 생각은 없어. 난 내 상처를 반드시 갚아줄 거야. 내가 사랑받을 수 없는 존재라면 공포라도 줄 거야. 특히 가장 큰 원흉인 당신에게 말이야. 난 나를 만든 당신을 영원히 증오하기로 결심했으니까. 조심해. 당신을 파멸시키는 일이라면 무엇이든 할 거고, 당신의 정신이 피폐해질 때까지 멈추지 않을 거야. 당신이 태어난 것을 스스로 저주할 때까지 말이야."

그의 말 속엔 사나운 분노가 이글거리고 있었습니다. 그의 얼굴은 인간의 눈으로는 도저히 쳐다볼 수 없을 정도로 기괴하게 일그러져 있었습니다. 하지만 그는 곧 차분하게 말을 이어 갔습니다.

"나는 단지 내 뜻을 전달하려고 하는 것뿐이야. 흥분해 봐야 나만 손해겠지. 당신은 내 분노가 자기 때문이라고 생각하지 않을 테니까. 누군가 내게 자비심을 베푼다면 나는 그것을 백 배, 천 배로 보답하고 그 한 사람 때문에 모든 인간과 평화롭게 지내게 될 거야! 하지만 그건 꿈에 불과하겠지. 내 요구는 합리적이고 온당해. 나처럼 못생긴 이성을 만들어 달라는 거야. 작은 보상일지라도 나에게는 그것이 전부이고 거기에 만족할 수 있어. 세상과 완전히 단절되어 괴물로서 살아가겠지만, 그래서 우리는 더 친밀해질 수 있겠지. 비록 우리 삶이 어렵더라도 아무에게도 해를 끼치지 않을 거고 적어도 지금 느끼는 불행에서는 벗어날 수 있을 거야. 오! 나의 창조주여, 나를 행복하게 해줘! 딱 한 번만 은혜를 베풀어 감사함을 느끼게 해 주길! 세상 누구에게라도 동정받길 바라는 내 간청을 부디 외면하지 말아 주길!"

나는 마음이 흔들렸습니다. 그의 요구에 응했다가 무슨 일이 일어날지 모른다는 생각에 몸서리쳤지만 그의 주장에도 일리가 있다는 생각이 들었습니다. 그의 이야기와 감정 표현을 듣고 보니 상당히 섬세한 감정을 지닌 존재라는 생각이 들었습니다. 게다가 그를 창조한 자로서 그를 행복하게 해 줄 의무가 있지 않을까요? 내 감정의 변화를 알아챘는지 그가 말을 이어 갔습니다.

"이 제안을 받아들인다면 당신을 포함한 어떤 인간의 눈에도 띄지 않도록 남아메리카의 광활한 땅으로 떠나겠소. 나는 사람들이 먹는 음식을 먹지 않아. 식욕을 채우려고 어린 양이나 염소를 죽일 필요가 없지. 도토리와 열매만으로도 충분히 먹고 살 수 있어. 내 짝도 나와 같은 체질을 가질 것이니, 같은 음식으로 만족하겠지. 마른 나뭇잎으로 침대를 만들 것이고 태양은 사람과 똑같이 우리를 비추어 식량이 무르익도록 도와줄 거야. 내 제안은 이처럼 평화롭고 인간적이니 만약 이를 거절한다면 당신이 무자비하고 잔인한 사람이라는 걸 인정해야겠지. 당신의 차갑기만 하던 눈빛에서 연민이 보이기 시작하는군. 마음을 연 김에 내 간절한 소원을 들어주길."

"인간들이 사는 곳을 떠나 들짐승 가득한 야생에서 살겠다고?" 내가 대답했습니다. "인간들에게 그렇게 사랑과 동정심을 갈구하면서 어떻게 외딴곳에 살 수 있다는 거지? 너는 다시 돌아와서 인간의 친절을 갈구하다가 다시 멸시를 받을 거야. 그러면 너는 또 사악한 마음을 품고 짝과 더불어 인간 세상을 뒤집어 놓겠지. 그렇게 만들 수는 없어. 네 말을 들어줄 수 없으니 그따위 소린 집어치워."

"변덕스럽기 짝이 없군! 조금 전만 해도 내 말에 솔깃하더니 왜 다시 외면하는 거지? 내가 사는 이 땅과 나를 만든 당신에게 맹세하지. 당신이 만들어준 짝과 함께 인간 세상을 떠나 가장 인적 드문 땅에서 살겠다고. 연민할 상대를 만나면 내 악한 마음도 사라질 거야! 나는 조용히 살아갈 것이고 죽는 순간까지 내 창조주를 저주하지 않을 거야."

묘하게도 그 말이 내 마음을 움직였습니다. 동정심이 일면서, 그를 위로해주고픈 마음까지 들었습니다. 하지만 놈을, 그 움직이고 말하는 오물 덩어리를 바라보고 있노라면 구역질과 함께 나의 감정은 곧 살 떨리는 증오로 바뀌었습니다. 나는 그런 감정을 누르려고 애썼습니다. 그에게 공감할 수 없지만, 줄 수도 있는 작은 행복까지 빼앗을 권리도 없다고 생각했습니다.

"너는 아무도 해치지 않겠고 맹세했지만, 믿을 수 없을 정도의 악한 모습을 벌써 보여주지 않았나? 이게 더 큰 복수로 날 이겨보려는 속셈인지 누가 알아?"

"그럴 리가? 난 헛소리 따윈 하지 않아. 나는 확답을 원할 뿐이야. 인연도 애정도 내 몫이 아니라면 증오와 악행만이 내 몫이 되겠지. 누군가에게 사랑을 받는다면 범죄를 저지를 이유도 없고 내 존재를 아무도 몰라도 괜찮아. 나의 악행은 강요된 고독이 낳은 삐뚤어진 자식일 뿐이고, 나의 선행은 날 닮은 이와 교감하게 되면 자연스레 생겨날 거야. 감정을 지닌 존재로부터 사랑을 받는다면 나를 배척하는 이 세상과도 연결될 수 있겠지."

나는 잠시 놈이 늘어놓은 주장들을 깊이 생각해 보았습니다. 애초 선했던 놈의 모습과 오두막집 사람들이 보여준 혐오와 경멸로 인해 놈의 인간성이 메말라 갔던 것을 떠올렸지요. 아무도 발을 들이지 못하는 빙하의 얼음 동굴에 살고 깎아지른 절벽을 오르내리는 그를 막을 방법은 없어 보였습니다. 오래 생각한 끝에 나는 그와 인류 전체를 위해 요구에 응하기로 결심했습니다. 나는 그를 돌아보며 말했습니다.

"네 요구를 들어주지. 다만 함께 떠날 여성을 넘겨주는 즉시 유럽 대륙은 물론 다른 인간이 사는 곳 어떤 곳에도 절대 나타나지 않겠다고 맹세해라."

"태양과 푸른 하늘, 내 가슴에 타오르는 사랑의 이름으로 맹세한다. 내 간청을 들어준다면 인류가 사라질 때까지 그들의 눈에 띄지 않겠어!" 그가 외쳤습니다. "집으로 돌아가서 작업을 시작하시오. 간절한 마음으로 진행 상황을 기다리다가 준비가 다 되면 나타날 테니 걱정하지 말고."

내 마음이 바뀔까 봐 두려웠는지, 그는 이런 말을 남기고 급히 사라졌습니다. 나는 그가 독수리보다도 빠르게 산을 내려가 어느새 설산 너머로 사라지는 모습을 바라보았습니다.

그의 이야기는 꼬박 하루가 걸렸고 그가 떠났을 때는 이미 해가 지평선에 걸려 있었습니다. 골짜기가 어둠에 휩싸이기 전에 서둘러 내려가야 한다는 걸 알았지만 마음은 무거웠고 발걸음은 느렸습니다. 산속으로 굽이굽이 난 오솔길을 걸을 때는 두 다리를 똑바로 가누기가 힘들었고, 좀처럼 낮에 겪은 사건의 여운에서 벗어날 수가 없었습니다.

중간 휴식처에 도달해 샘물가에 앉았을 때는 이미 밤이 깊어져 있었습니다. 구름이 지나면서 간간이 빛나는 별들이 보였습니다. 시커먼 소나무들이 눈앞에 솟아 있고 부러진 나뭇가지들이 땅바닥에 널브러져 있었습니다. 그 광경이 놀라울 만치 장엄해서 신비롭다는 생각까지 들었습니다. 나는 서럽게 울며 두 손을 모으고 외쳤습니다. "아! 별들과 구름과 바람아, 너희도 나를 비웃는구나. 너희가 정말로 나를 불쌍히 여긴다면 내 감각과 기억을 모조리 지워버리고 무의 상태로 되돌려 다오. 그럴 게 아니라면 차라리 이 어둠 속에 나를 내던져 다오."

황량하고 비참했던 그 기분은 말로는 설명할 수 없는 것이었습니다. 머리 위에서 반짝이는 별들이 나를 짓누르는 것 같았고, 불어오는 바람 소리가 무겁고 축축한 열풍이 되어 나를 휘감는 것 같았습니다.

샤모니의 마을에 도착하자마자 아침이 밝았고 나는 곧바로 제네바로 떠났습니다. 말할 수 없이 무거운 감정이 내 마음을 짓눌렀고, 너무 무거워 그 밑에 깔린 고통마저 깔아뭉갤 듯했습니다. 나는 돌아와 가족들에게 도착을 알렸습니다. 거칠고 초췌해진 내 모습에 가족들은 몹시 놀랐지만, 나는 그들이 묻는 말에 아무 대답 없이 굳게 입을 다물었습니다. 마치 저주라도 내려진 것 같았습니다. 식구들에게 어떤 동정도 얻지 못하고 다시 그들과 어울릴 수도 없을 것 같았습니다. 하지만 숭배에 가까울 만큼 그들을 사랑했기에 그들을 구하기 위해 가장 혐오스러운 일이라도 최선을 다하기로 마음먹었습니다. 앞에 놓인 숙제를 생각하니 내 인생의 다른 모든 것은 꿈이고 그것만이 유일한 현실인 것만 같았습니다.

제18장

제네바로 돌아오고 나서 쉴 새 없이 시간이 흘러갔지만, 일을 다시 시작할 엄두가 나지 않았습니다. 실망한 괴물이 보복이라도 할까 봐 두려웠지만, 강요된 숙제에 대한 거부감을 떨쳐내기 힘들었습니다. 몇 달 동안 다시 깊은 공부와 고된 작업을 거쳐야만 괴물이 원하는 짝을 만들어낼 수 있다는 걸 알고 있었기 때문입니다. 그런데 잉글랜드의 한 철학자가 중요한 발견을 했다는 소식을 들었습니다. 그 발견은 내 작업을 완수하는 데 중요한 정보였기에 아버지의 승낙을 얻어 잉글랜드를 방문해 볼까도 생각해 보았지만, 결국 온갖 핑계를 대며 내키지 않은 일을 시작하기를 망설였습니다. 그동안 나에게도 많은 변화가 있었습니다. 쇠약해졌던 건강도 제법 회복되었고, 그와의 불길한 약속만 떠올리지 않으면 괜찮은 기분을 유지할 수 있었습니다. 아버지는 나의 변화에 기뻐하셨습니다. 그리고 생각을 돌려 내리쬐는 햇살마저 어둠으로 덮어버리는 내 우울감을 없앨 방법을 찾는 데에 골몰하셨습니다. 우울감이 찾아오면 나는 완전한 고립 속으로 숨어들곤 했습니다. 하루 종일 작은 배를 타고 호수에서 구름을 바라보거나 일렁이는 잔물결 소리를 들으며 조용하고 무기력하게 시간을 보냈습니다. 신선한 공기와 밝은 태양은 내가 평정심을 회복하는 데 도움이 되었고, 집으로 돌아오면 밝은 미소와 쾌활한 기분으로 식구들과 마주할 수 있었습니다.

그렇게 휴식을 취하고 돌아온 어느 날에 아버지가 나를 조용히 불러 말씀하셨습니다,

"네가 예전처럼 행복을 되찾고 원래 모습으로 돌아오는 것 같아서 기쁘구나. 그래도 아직은 불행해 보이고 사람들을 피하는 것 같아 걱정이다. 한동안 그 이유에 대해 생각해 봤는데 어제 한 가지 생각이 떠오르더구나. 내 말이 타당한 것 같으면 솔직히 말해주기 바란다. 숨겨 봐야 쓸데없는 짓이고 우리만 더 힘들어질 테니 말이야."

아버지의 말씀을 듣는 내 몸이 심하게 떨렸습니다. 아버지가 말씀을 이어 갔습니다.

"나는 항상 가정의 평안과 내 노후를 위해 네가 엘리자베스와 결혼하기를 바랐단다. 너희는 어릴 적부터 늘 붙어 다니고 공부도 함께 한데다 성향이나 취향도 맞지 않니? 하지만 사람의 연륜이란 것도 부질없어서, 딴에는 최선이라고 생각한 계획이 오히려 일을 망쳐버릴 수도 있지. 어쩌면 너는 엘리자베스를 여동생으로만 생각하고 결혼할 생각은 없는지도 모르지. 아니면 다른 사랑하는 사람이 있을 수도 있고 말이야. 그래서 네가 엘리자베스의 명예를 지켜주려고

전전긍긍하다가 이렇게 병이 난 게 아닌가 하는 생각도 들어."

"아버지, 그런 걱정은 하지 마세요. 저는 제 사촌을 진심으로 사랑해요. 엘리자베스처럼 절 아끼고 사랑해 주는 사람은 세상에 없는걸요. 저도 우리 둘의 결혼을 바라고 또 그렇게 될 거라고 믿고 있어요."

"네가 그렇게 말해주니 정말 기쁘구나, 빅토르. 그렇게 생각한다면 비록 우리가 지금은 불행해도 행복해질 날이 반드시 올 거야. 하지만 나는 네 마음을 사로잡은 이 어둠에서 벗어나도록 해주고 싶어. 그러니 말해 다오. 지금 당장 결혼을 하는 건 어떻겠니? 최근 우리에게 닥친 시련 때문에 나는 황혼에 누려야 할 일상의 평온함을 빼앗기고 말았단다. 너는 젊지만 넉넉한 재산도 가지고 있으니 일찍 결혼한다고 명예나 지위를 얻는 데 방해가 되지는 않을 거야. 결혼을 강요하거나 늦어질까 봐 초조해한다고 생각하지는 말아라. 내 말을 그대로 받아들이고 망설임 없이 솔직하게 대답하면 돼."

조용히 듣고 있던 나는 한동안 아무 대답도 못했습니다. 머릿속이 바빠지고 변명거리를 생각해 내려고 애썼습니다. 엘리자베스와 당장 결혼한다는 것이 너무 두렵고 당황스러웠습니다! 완수해야만 할, 감히 깰 수 없는 중대한 약속이 아직 남아 있었기 때문입니다. 만약 지금 당장 결혼하면 나와 사랑하는 가족에게 어떤 불행이 닥칠지 알 수 없는 겁니다! 목에 굴레를 두르고 치명적인 짐을 짊어진 채 식장에 들어갈 수는 없는 일 아닙니까? 소망하던 대로 기쁘고 평화로운 신혼을 맞으려면, 이전에 약속을 완수하고 괴물을 짝과 함께 떠나보내야만 했습니다.

영국으로 떠나거나 일에 꼭 필요한 정보를 가진 그곳의 철학자들과 서신을 주고받을 생각도 해 보았습니다. 서신을 주고받는 일은 더디고 불만족스러울 것입니다. 더구나 사랑하는 가족들과 평화롭게 지낼 집에서 가장 싫어하는 일에 몰두해야 한다는 건 끔찍스러웠습니다. 무슨 일이 발생할지 모르고, 작은 사고만 일어나도 일이 만천하에 알려져 주변 사람들이 모두 공포에 떨게 될 것입니다. 더구나 그런 무시무시한 작업을 하는 동안 비참한 감정을 숨기고 자제력을 유지할 자신이 없었습니다. 그 일을 하는 동안에는 사랑하는 모든 것들과 떨어져 있어야 했습니다. 일단 일을 시작하면 일사천리로 진행될 것이고, 그 뒤에는 평화롭고 행복하게 가족의 품으로 돌아올 수 있을 것입니다. 약속만 이행하면 괴물도 영원히 사라질 테고 말입니다. 아니, 혹시 (내 바람대로) 괴물이 죽어버리기라도 하면 날 옭아매던 사슬에서 영원히 벗어날 수도 있을 것입니다.

이렇게 대답할 말들이 머릿속에 정리되었습니다. 나는 진짜 이유는 숨긴 채 진심에서 우러나온 것마냥 영국에 가고 싶다는 바람을 이야기했습니다. 이런 간절함을 담아 아버지를 설득하자 아버지는 쉽게 허락해 주셨습니다. 오랜 시간 광기에 가까운 우울증을 보였던 내가 여행 생각에 그토록 즐거워하는 걸 보고 아버지는 기뻐하셨습니다. 환경이 바뀌고 즐거운 경험을 하면 돌아올 때쯤엔 완전히 회복되어 있을 것이라고 기대하셨던 겁니다.

여행 기간은 내 결정에 맡겨졌습니다. 나는 몇 달, 길어야 1년 정도를 예상했습니다. 아버지는 걱정스러운 마음에 내 동행자를 알아보셨고, 나와는 상의도 없이 엘리자베스와 짜고 스트라스부르에서 클레르발이 합류하도록 계획을 세우셨습니다. 혼자서 일에만 전념하리라는 생각에는 차질이 생겼지만, 여행을 시작할 때 친구와 함께하면 혼자 고뇌하는 시간을 줄일 수 있다는 점에서 오히려 기뻤습니다. 아니, 어쩌면 앙리가 그놈으로부터 나를 보호해줄지도 모를 일이었습니다. 혼자 있으면 이따금 놈이 흉측한 얼굴을 들이밀며 명령을 하거나 일이 진척되고 있는지 감시할지도 모르니까요.

그렇게 잉글랜드행이 결정되었습니다. 돌아오면 곧장 엘리자베스와 결혼식을 올린다는 조건이었습니다. 연로하신 아버지는 일이 늦춰질까 봐 크게 걱정하셨습니다. 이 끔찍한 고생이 끝나면 스스로에게 한 가지 보상을 해줄 수 있을 테니, 고통 속에서도 그것은 하나의 위안이었습니다. 그날이 오면 나를 옭아매던 구속에서 벗어나 엘리자베스와 함께 과거를 잊고 살 수 있게 되는 것입니다.

여행 준비를 모두 마쳤지만, 여전히 두려움과 불안이 나를 괴롭혔습니다. 내가 없는 동안에 가족들은 날뛰는 놈의 공격에 무방비 상태로 남겨질 것입니다. 하지만 놈은 내가 어디를 가든 따라다니겠다고 약속했으니 잉글랜드까지 따라오지 않을까요? 끔찍한 상상이었지만, 가족의 안전을 생각하면 위안이 되기도 했습니다. 놈이 반대로 행동할까 봐 두려웠지만, 나는 괴물의 노예 상태로 있는 동안에는 충동에 몸을 맡기기로 했습니다. 그리고 그때는 직감적으로 괴물이 나를 따라와 가족들은 안전할 것이라는 생각이 강하게 들었기 때문입니다.

내가 다시 고향을 떠난 것은 9월 하순이었습니다. 엘리자베스는 여행을 떠나기로 한 내 결정을 존중해 주었습니다. 하지만 그녀는 내가 자신을 떠나 멀리 있는 동안 계속 슬픔과 괴로움에 시달릴까 봐 걱정했습니다. 클레르발이 나를 따라가도록 한 것도 그녀의 계획이었습니다. 남자들은 무심히 넘어가는 일도 세심히 챙기고 또 챙기는 것이 여자들이니까요. 엘리자베스는 내가 빨리 돌아오기만을 바랐지만, 만감이 교차하는 듯 말없이 눈물만 흘리며 나를 보냈습니다.

나는 어느 쪽으로 가는지, 주변에 무엇이 지나가는지도 모른 채 마차에 몸을 맡겼습니다. 예전의 쓰고 괴로운 기억과 함께 화학실험 도구를 챙겨야 한다는 다짐만 계속했습니다. 머릿속이 불길한 상상으로 가득 차 있어서 아름답고 장엄한 풍경이 전혀 눈에 들어오지 않았습니다. 지루한 여행이 계속되는 동안 머릿속에는 도착해서 무얼 해야 할지에 대한 생각뿐이었습니다.

무기력한 상태에서 며칠에 국경을 여러 개 건너다보니 어느새 스트라스부르였습니다. 그곳에서 이틀을 머물며 클레르발을 기다렸고, 그리고 마침내 그가 도착했습니다. 아아, 우리의 모습은 얼마나 대조적이든지! 그는 새로운 풍경을 볼 때마다 눈을 반짝였고, 아름다운 노을을 보며 기쁨의 탄성을 내질렀으며, 아침 해가 떠올라 새로이 하루를 시작할 때마다 행복해했습니다. 시시각각 색깔을 바꾸는 풍경과 하늘을 가리키며 그는 말했습니다. "그래, 이게 사는 거지." 그리곤 이렇게 외쳤습니다. "살아있는 게 너무 행복해! 그런데 너는 왜 그렇게 시무룩하지, 프랑켄슈타인?" 사실 나는 우울한 생각에 사로잡힌 나머지 저녁별이 기우는 것도, 일출이 라인강을 황금빛으로 물들이는 것도 보지 못했습니다. 그러니 선장 당신도 내 얘기를 듣는 것보다 풍경을 있는 그대로 느끼고 즐기며 감상한 클레르발의 일기를 읽어 보는 게 훨씬 재미있을 겁니다. 나는 기쁨으로 통하는 길이 모두 막혀버린 채 저주에 사로잡혀 버린 가련한 상태였으니까요.

우리는 스트라스부르에서 배를 타고 라인강을 따라 로테르담까지 내려가고, 거기서 다시 런던으로 가는 배를 타기로 했습니다. 배를 타고 우리는 버드나무가 무성한 섬을 지났고 아름다운 마을들을 구경했습니다. 만하임에서 하루를 머무른 뒤, 스트라스부르를 떠난 지 5일 만에 마침내 마인츠에 도착했습니다. 마인츠 아래쪽의 라인 강은 어느 곳보다도 아름다운 풍경을 자랑합니다. 높지는 않지만 깎아지른 듯한 절벽들 사이를 강물이 굽이치고, 검은 숲에 둘러싸인 높다란 절벽 끝에 폐허가 된 고성들이 우뚝 서 있습니다. 험준한 언덕과 아찔한 절벽, 폐허의 고성들, 그리고 그 아래로 흐르는 검은 라인 강. 거기서 모퉁이만 돌면 초록의 언덕과 굽이치는 강, 그리고 사람이 사는 마을과 포도밭이 펼쳐져 있습니다.

포도 수확기였기 때문에 강을 따라 내려가면 농사꾼들의 노랫소리가 들려 왔습니다. 우울하고 불안했던 내 마음은 그 노랫소리에 한결 즐거워졌습니다. 배 바닥에 누워 구름 한 점 없는 하늘을 바라보니 오랫동안 느껴 보지 못한 평온함이 찾아왔습니다. 나도 이런데 앙리의 기분은 어땠을까요? 앙리는 마치 요정의 나라에 온 듯 쉽게 맛보지 못할 행복을 만끽하고 있었습니다. "우리 고향에서도 웬만큼 아름다운 풍경은 다 구경했지. 루체른과 우리(Uri)에 걸쳐 있는 호수에는 눈 덮인 산이 새까만 그림자를 거의 수직으로 드리우고 있어. 눈을 즐겁게 해주는 푸른 섬들이 없다면 그곳 풍경은 아마 우울하고 슬프기만 했을 거야. 호수 위로 폭풍우가 몰아치는 것도 보았는데, 바람이 물기둥을 일으키는 걸 보면 너른 바다에 이는 소용돌이가 어떤 모습일지 상상이 가더군. 사제가 자기 정부와 함께 눈사태로 깔려 죽었다는 산기슭에서는 폭풍우가 잦아들 때마다 죽어가는 이들의 목소리가 들려온다고 하지. 라발레(La Valais)의 산맥이나 보(Vaud) 지방에도 가 보았지만 나는 이곳의 풍경이 가장 마음에 들어. 물론 스위스의 산들이 더 웅장하고 기이하긴 하지. 그러나 이곳 강기슭에는 이전엔 본 적 없는 매력이 있어. 저기 절벽 위에 매달려 있는 성들과 저 섬의 나무에 가려진 성들, 산기슭에 가려진 마을에서 포도 수확을 마치고 돌아오는 농부들을 봐. 이곳을 지키는 정령은 빙하를 쌓아 올리는 정령이나 까마득한 산봉우리에 숨어 있는 정령들보다 인간과 더 친한 것 같아."

나의 친구 클레르발, 너의 말을 기록하고 네가 받아 마땅한 찬사를 바칠 수 있어 얼마나 기쁜지! 클레르발은 "타고난 시인"이었습니다. 거칠고 열정적인 그의 상상력은 풍부한 감성에 의해 정제되었고, 그의 영혼은 애정으로 넘쳐흘렀죠. 세속적인 사람들은 꿈도 꾸지 못할 헌신적인 우정은 그의 본성에서 우러나온 것이었습니다. 하지만 그의 공감은 인간에게만 한정되지 않았습니다. 다른 사람들은 감탄으로만 바라볼 풍경에도 그는 다음과 같이 열렬한 사랑을 바칠 줄 알았습니다.

> 소리 내며 쏟아지는 폭포
> 격정으로 그를 사로잡았네, 커다란 바위
> 산과 깊고 음산한 숲.
> 그 색채와 형상들이 그에게는 갈망으로 다가왔네.
> 그것은 감각의 배고픔이자 사랑의 배고픔
> 더는 멀리서 유혹을 찾을 필요가 없었네.
> 그 어떤 사색이나 흥밋거리도
> 그의 눈을 돌릴 수는 없네.[28]

그는 지금 어디에 있을까요? 이 너그럽고 유쾌한 존재는 영원히 사라져 버린 걸까요? 새로운 생각으로 세상을 만들어 나가던 이 창조자의 기발하고 멋진 상상력은 이제 영영 사라진 걸까요? 그 정신은 이제 내 기억 속에만 있는 걸까요? 아니요, 그렇지 않습니다. 고귀하게 빚어져 아름답게 빛나던 그의 몸은 썩어 없어졌지만, 그의 영혼은 여전히 불행한 그의 친구를 찾아와 위로하고 있습니다.

이렇게 갑자기 슬픔을 쏟아내는 저를 이해하시기 바랍니다. 이

---

28 영국 시인 윌리엄 워즈워스의 시 〈틴턴 수도원(Tintern Abbey)〉 중 일부에서 '나'를 '그'로 주어만 바꾸었다.

두서없는 말들은 앙리의 비할 데 없는 소중함에 대한 작은 헌사에 불과하지만, 이렇게라도 그를 추억하며 괴로운 마음을 달래야 할 것 같습니다. 이제 다시 하던 이야기를 계속해 보죠.

퀼른을 지나 네덜란드 평야로 내려갔습니다. 역풍과 느린 유속 때문에 배를 타고 갈 수 없어 우리는 마차를 타고 이동하기로 했습니다.

아름다운 경치를 보았지만 더 이상 감흥이 없었습니다. 어쨌든 며칠 뒤에는 로테르담에 도착했고, 그곳에서 우리는 배를 타고 잉글랜드로 향했습니다. 12월 말의 어느 맑은 아침, 나는 도버 해협의 하얀 절벽을 처음 보았습니다. 템즈 강변은 새로운 풍경을 선사했습니다. 그곳의 땅은 평평하지만 비옥했고, 대다수의 마을 이름들은 들어본 적이 있는 이야기를 담고 있었습니다. 우리는 틸버리 요새를 보며 스페인 함대를 떠올렸고, 그레이브젠드나 울위치, 그리니치 등은 우리 고장에서도 들어본 적이 있는 곳이었습니다.

그리고 우리는 런던의 수많은 첨탑들과, 그중에서도 가장 높이 솟아 있는 세인트 폴 대성당, 그리고 잉글랜드 역사를 통틀어 가장 유명한 런던타워를 보았습니다.

제19장

런던은 우리의 기착지였습니다. 이 멋지고도 유명한 도시에서 몇 달을 머물기로 했습니다. 클레르발은 당대의 천재적인 인물들을 만나 보고 싶어했습니다. 하지만 나에게 그 일은 2순위였습니다. 내 임무를 완수하는 데 필요한 정보를 줄 사람들을 찾아내는 게 급선무였기 때문에 나는 소개장을 들고 저명한 자연과학자들을 찾아다녔습니다.

공부만 하던 시절이었다면 이 여행은 말할 수 없이 즐거웠을 것입니다. 하지만 이미 내 인생에는 어두운 그림자가 드리워 있었고, 내가 매달리고 있는 끔찍한 계획에 필요한 정보를 얻으러 돌아다닐 뿐이었습니다. 사람을 만나는 일은 지겨웠습니다. 혼자 있을 때는 하늘과 땅의 경치가 내 마음을 채워주고 앙리의 목소리가 나를 달래주어 잠시 평화를 얻을 수 있었습니다. 하지만 분주하거나, 지루하거나, 즐거운 표정들을 마주할 때마다 절망감이 찾아왔습니다. 그들과 나 사이에서 넘을 수 없는 장벽이 느껴졌습니다. 그 장벽은 윌리엄과 쥐스틴의 피로 봉인되어 있었고, 그 이름과 관련한 사건을 떠올리면 내 가슴은 고통으로 가득해졌습니다.

클레르발을 보면서 나는 예전의 호기심 많고, 뭐든 하고 싶고, 뭐든 배우고 싶던 내 모습을 떠올릴 수 있었습니다. 관습의 차이를 관찰하는 것은 그에게 무한한 배움이었고 기쁨의 원천이었습니다. 그에게는 오랫동안 품어 온 꿈이 있었습니다. 인도의 다양한 언어에 대한 지식과 인도 사회에 대한 견해를 바탕으로 유럽의 식민지와 무역로 개척을 위해 인도로 갈 계획이었습니다. 그의 계획을 이루기 위해서는 영국을 거쳐 가야만 했습니다. 클레르발은 늘 분주했고, 그의 즐거움을 방해하는 것은 나의 침울함뿐이었습니다. 나는 걱정이나 쓰라린 기억 없이 새로운 삶을 시작하려는 젊은이가 마땅히 누려야 할 즐거움을 빼앗지 않기 위해 가능한 한 내 기분을 숨기려고 했습니다. 나는 종종 다른 약속을 핑계로 혼자 있곤 했습니다. 이제 나는 새 작품을 위한 재료들들을 모으기 시작했는데, 이는 끊임없이 머리 위로 한 방울씩 물을 떨어뜨리는 고문과도 같았습니다. 작업을 생각할 때마다 고통이 밀려왔고, 관련된 이야기를 할 때마다 입술이 떨리고 심장이 두근거렸습니다.

런던에서 머문 지 몇 달이 지났을 무렵, 전에 제네바로 우리를 찾아왔던 한 스코틀랜드인이 편지를 보냈습니다. 그는 자기 나라가 얼마나 아름다운지 강조하면서 여행 일정을 조금 늘려 자신이 사는 퍼스를 방문할 계획이 없냐고 물었습니다. 클레르발은 몹시 가고 싫어했습니다. 나는 사람들을 만나는 건 싫었지만 산이며 개울이며 자연이 빚어낸 경이로운 작품들을 다시 보고 싶었습니다.

잉글랜드에 도착한 것이 10월 초였는데 어느덧 2월이었습니다. 다음 달에 우리는 북쪽으로 방향을 잡아 여행하기로 결정했습니다. 이번에는 에든버러로 가는 큰길을 따라가지 않고 윈저, 옥스퍼드, 매틀록, 컴벌랜드 호수를 돌아 7월 말경에 여정을 마칠 계획이었습니다. 나는 스코틀랜드 북부 고지대의 외딴곳에서 연구를 마무리하기로 결정하고 실험 도구와 그동안의 모든 자료들을 챙겼습니다.

3월 27일에 우리는 런던을 떠나 윈저로 향했고, 그곳에서 며칠을 머물며 아름다운 숲길을 걸었습니다. 장엄한 떡갈나무와 짐승들, 위엄 있는 사슴의 무리가 산길에서 우리에게 새로운 풍경을 선사했습니다.

우리는 다시 옥스퍼드로 향했습니다. 이 도시에 들어서니 1세기 반 전에 이곳에서 벌어진 사건들에 대한 추억이 가득했습니다. 이곳에서 찰스 1세가 군대를 모았습니다.[29] 모든 주가 의회와 자유의 편에 서서 찰스 1를 탄핵했을 때도 이 도시만큼은 끝까지 충성했습니

---

29 1625년 잉글랜드, 스코틀랜드, 아일랜드의 국왕으로 즉위한 찰스 1세는 군주의 특권을 제약하려는 잉글랜드 의회와 갈등을 빚었다. 그는 왕의 권한이 신으로부터 부여받았다는 왕권신수설을 주장하며 의회의 간섭이 없이 통치하려 하였으나 동의 없는 징세를 폭정으로 여긴 의회가 크게 반발하면서 갈등이 커져 갔다. 이런 갈등은 1642년 마침내 잉글랜드 내전으로 번졌다. 결국 내전에서 패한 찰스 1세는 반역죄로 기소되어 1649년에 단두대에서 처형되었다.

다. 불행한 왕과 그의 동료들, 다정한 포클랜드[30]와 건방진 고링[31] 그리고 왕비와 왕자에 대한 생각에 한때 그들이 살았을 도시 전체에 애정이 갔습니다. 우리는 과거의 영혼이 아직도 살아 숨 쉬는 도시의 발자취를 즐거운 마음으로 따라갔습니다. 이런 상상의 만족감이 없었더라도 도시는 그 자체로 감탄할 만큼 아름다웠습니다. 대학 건물들은 고풍스럽고 아름다웠으며 거리는 웅장했습니다. 그 옆으로는 아름다운 아이시스 강이 신록의 초원 사이로 유유히 흐르고, 호수처럼 펼쳐진 잔잔한 수면은 고목들 사이에 숨어 있는 웅장한 망루와 첨탑, 돔 지붕들을 비추고 있었습니다.

경치를 즐기면서도 내 마음은 과거의 기억과 미래에 대한 걱정으로 편치 않았습니다. 그 동안의 내 삶은 평화롭고 행복했습니다. 어린 시절에도 불만 같은 것은 알지 못했습니다. 권태감에 사로잡힐 때는 아름다운 자연을 감상하거나 인간의 작품에서 탁월함이나 숭고함을 발견함으로써 영혼에 생기를 불어넣었습니다. 하지만 지금의 나는 벼락을 맞고 불에 탄 나무 같아서, 남들이 보기에는 가련하고 자신이 보기에는 치욕스러운 인간의 처절한 모습을 보여주기 위해 살아있는 듯했습니다.

---

30 '다정한 포클랜드'는 포클랜드 자작 루시우스 케어리 2세를 가리킨다. 그는 잉글랜드 내전 중에 왕과 의회의 싸움을 중재하기 위해 노력했지만 실패했다. 왕과 의회 모두에게 존경받는 인물이었던 그는 1643년에 전투 중에 사망했다.

31 조지 고링은 찰스 1세의 가장 충실한 지지자 중 하나였으며, 잉글랜드 내전에서 왕당파의 군사 지도자로 활약했다. 전쟁에서 많은 공을 세웠지만, 내부 암투에 골몰하고 자신의 부대가 약탈을 일삼도록 방관하는 등 도덕성과 지휘관으로서의 능력에서 비판을 받았다.

우리는 옥스퍼드에서 많은 시간을 보냈습니다. 옥스퍼드 근교를 돌아다니며 잉글랜드 역사상 가장 융성했던 시대의 자취를 찾아보려고 했습니다. 이런 발견의 여정은 많은 볼거리들이 이어지며 연장되곤 했습니다. 우리는 애국자 햄프턴[32]의 무덤과 그가 쓰러졌던 전쟁터에도 들렀습니다. 이곳에서 내 영혼은 끔찍한 두려움에서 벗어나 이곳이 기념하는 자유와 희생의 숭고한 정신을 기리고 있었습니다. 잠시만이라도 사슬을 벗어던지고 자유롭고 고귀한 정신으로 주위를 둘러보려고 했지만, 속박의 사슬이 내 살을 파고들어 다시 본래의 비참한 모습으로 돌아오고 말았습니다.

우리는 아쉬운 마음으로 옥스퍼드를 출발해 다음 여행지인 매틀록으로 향했습니다. 이곳 주변의 풍경은 규모가 작다는 것과 푸른 언덕 뒤에 하얀 봉우리를 왕관처럼 이고 있는 알프스가 없다는 것을 빼면 스위스의 풍경과 매우 흡사했습니다. 우리는 기이한 동굴과 작은 규모의 자연사 박물관도 방문했습니다. 세르보나 샤모니의 박물관과 같은 방식으로 유물들이 전시되어 있었는데, 앙리가 샤모니를 언급했을 때는 내 온몸이 떨렸습니다. 나는 그때의 끔찍한 장면을 떠오르게 하는 매틀록을 서둘러 떠났습니다.

더비에서 북쪽으로 올라가던 중에는 컴벌랜드와 웨스트모어랜드에서 두 달을 보냈습니다. 그곳의 풍경은 내가 스위스의 산맥 가운

---

32 존 햄프턴은 영국의 정치인으로, 찰스 1세가 임의로 부과한 선박세 징수에 반대함으로써 혁명의 불씨를 당겼다. 청교도혁명 때 의회군의 지휘관으로 참여하였다가 옥스퍼드서 전투에서 사망했다.

데 와 있나 착각할 정도였습니다. 산 북쪽에 남아 있는 빙설과 호수들, 바위 위로 흐르는 계곡물이 모두 눈에 익어 친근했습니다. 그곳에서 우리는 몇몇 친구들을 사귀었는데, 그들 사이에서는 내가 마치 행복한 사람처럼 여겨졌습니다. 클레르발은 나보다 훨씬 즐거웠습니다. 그는 재능 있는 인물들과 어울리면서 지식을 넓혔고, 평범한 사람들과 어울리면서 자기의 숨은 능력과 재주를 발견했습니다. "여기서 여생을 보내도 좋을 것 같아. 이 산과 함께 있으면 스위스와 라인 강도 그립지 않을 거야." 그는 말했습니다.

하지만 클레르발은 여행자의 삶이 즐거움 속에서 많은 고충을 수반한다는 사실을 깨달았습니다. 그의 감각은 항상 긴장 상태에 놓여 있었고, 새로운 관심거리가 나타나면 그것을 위해 다른 즐거움을 포기해야 했습니다.

컴벌랜드와 웨스트모어랜드의 호수들을 찾아다니던 중 스코틀랜드 친구와 약속했던 날짜가 다가왔습니다. 우리는 이미 친해진 친구들과 아쉽게 작별해야 했습니다. 내 입장에는 별 아쉬움이 없었습니다. 괴물과 약속한 뒤 오랜 시간이 지났고, 놈이 실망하여 무슨 일이라도 벌이지 않을까 두려웠습니다. 스위스에 남아 내 가족들에게 복수할 수도 있다는 생각이 나를 괴롭히며 마음의 평화와 휴식을 방해했습니다. 나는 편지를 기다리며 초조해했고, 편지가 늦어지면 절망적인 두려움에 휩싸였습니다. 편지가 도착하고 엘리자베스나 아버지의 이름을 볼 때마다 내 운명을 확인하는 것이 두려웠습니다. 때로는 괴물이 나를 따라다니며 감시하다가 친구를 죽일지도 모른다는 생각이 들었습니다. 이런 걱정에 나는 그림자처럼 앙리 곁에 붙어 있으면서 그를 보호했습니다. 내가 마치 큰 죄라도 지은 것처럼 느껴졌고, 그런 죄책감이 나를 괴롭혔습니다. 나는 죄가 없었지만, 끔찍한 형벌의 저주가 내 이마 위에 내려진 것 같았습니다.

눈과 마음이 모두 지친 채로 에든버러에 왔습니다. 나처럼 불운한 자에게는 흥미로운 도시였습니다. 클레르발은 이 도시를 옥스퍼드만큼은 좋아하지 않았는데, 그건 옥스퍼드와 같은 고풍스러움이 없었기 때문입니다. 그럼에도 불구하고 신도시 에든버러의 낭만적인 성곽과 생기 넘치는 주변 풍경, 아서스 시트[33], 세인트 버나드 우물[34], 펜틀랜드 언덕을 보고 감탄하면서 마음의 위안을 얻을 수 있었습니다. 하지만 나는 목적지로 서둘러 가고 싶은 마음이 컸습니다.

에든버러에서 일주일을 보낸 후, 우리는 쿠파와 세인트 앤드류스를 지나 테이 강을 따라 친구가 기다리고 있는 퍼스로 향했습니다. 그러나 나는 낯선 사람과 웃고 떠들며 손님으로서 기분을 맞춰 줄 상태가 아니었습니다. 그래서 클레르발에게 스코틀랜드에서는 혼자 여행하고 싶다고 말했습니다. "이젠 너 혼자서 여행을 즐기고 나중에 여기서 다시 만나자. 나는 한두 달 동안 혼자 지내고 싶어. 잠시 조용히 고독을 즐기고 싶으니 내가 무얼 하든지 신경 쓰지 마. 다시

---

33 고대의 화산 분출로 형성된 에든버러 한가운데 있는 언덕. 이름의 기원은 알 수 없지만 아서 왕의 전설에서 유래한 것으로 추정된다.

34 에든버러 시내 북서쪽의 딘 빌리지에 있는 샘물로, 1760년에 발견되었으며 치유력이 있다고 알려져서 관광객을 끌어모았다. 1789년에는 알렉산더 네이스미스가 설계한 그리스 로마 양식의 건축물이 지어졌다.

만났을 때는 마음이 가벼워져서 함께 즐길 수 있기를 바라."

앙리는 날 설득하려고 했지만, 마음이 정해진 걸 알고는 더 이상 반대하지 않았습니다. 그는 자주 편지를 보내라고 당부하며 이렇게 말했습니다. "나도 잘 모르는 스코틀랜드 사람들과 어울리는 것보다 너와 함께 있는 게 좋아. 그러니까 내가 마음을 놓을 수 있도록 빨리 돌아와야 해."

친구와 이별한 뒤, 나는 스코틀랜드의 외딴곳으로 가서 홀로 일을 끝내기로 했습니다. 나는 분명 괴물이 나를 쫓고 있으며, 일이 거의 끝나갈 때쯤이면 나타나서 자기 짝을 데려갈 것이라고 확신했습니다.

결심이 서자 나는 북부 고원지대 너머 오크니 제도의 한 외딴 섬을 작업 장소로 택했습니다. 높은 바위 절벽으로 둘러싸인 섬이라 내 작업에는 가장 적합했습니다. 척박한 땅은 여윈 소 몇 마리를 먹이기도 힘들었고 주민들 먹을 귀리나 겨우 공급할 수 있을 정도였습니다. 초췌한 얼굴에 앙상한 팔다리를 드러낸 다섯 명의 주민들은 그대로 곤궁함을 보여주고 있었습니다. 채소와 빵, 심지어 신선한 물마저도 5마일이나 떨어진 본토에서 가져와야 했습니다.

섬 전체에는 허름한 오두막집 세 채가 전부였고, 내가 도착했을 때는 한 채가 비어 있었습니다. 나는 그 집을 빌렸습니다. 방은 두 개뿐이었는데 궁핍한 오두막의 불결함이 그대로 드러나 있었습니다. 초가지붕은 주저앉았고, 회반죽도 바르지 않은 벽에 달린 문은 경첩이 떨어져 있었습니다. 나는 사람들을 시켜 그곳을 수리하고 가구를 사서 들여놓았습니다. 궁핍과 불결함에 익숙해진 그들은 나의 이런 행동에도 별로 놀라지 않았습니다. 음식이나 옷을 주어도 고마워하는 법이 없으니 눈에 띄거나 방해받을 일도 없었습니다. 가난이란 이렇게 인간의 가장 기본적인 감정조차 무디게 만드는 법입니다.

은신처에서 머무르며 나는 오전에는 작업에 전념하고 저녁에는 날씨에 따라 자갈이 깔린 해변을 걸으며 발아래서 울려 퍼지는 파도 소리를 들었습니다. 풍경은 단조로우면서도 변화무쌍했습니다. 스위스를 떠올렸지만, 스위스는 이렇게 황량하고 살풍경하지는 않습니다. 언덕은 포도나무로 가득하고 평원에는 오두막집들이 점점이 흩어져 있었죠. 푸르고 고요한 하늘을 비추는 맑은 호수는 바람이 불면 소란스럽긴 해도 바다의 포효에 비하면 어린아이 놀이에 불과했습니다.

처음에 왔을 때는 시간을 정해서 일했지만, 작업을 진행하면서 일은 더욱 끔찍하고 힘들어졌습니다. 때로는 며칠 동안 실험실에 발도 들여놓지 않았고, 때로는 작업을 완료하기 위해 밤낮을 잊어버리고 일했습니다. 정말로 끔찍한 작업이었습니다. 처음 시도 때는 광기 같은 것에 사로잡혀 성공만을 바라보며 과정의 끔찍함에는 눈을 감았지만, 일을 차분히 다시 시작하려 하니 내 손으로 하는 일에 구역질이 일곤 했습니다.

이렇게 혐오스러운 일에 혼자서 몰두하다 보니 기분이 들쭉날쭉해졌습니다. 나는 점점 불안하고 초조해졌고, 매 순간 놈이 올까 봐 두려웠습니다. 고개를 들면 혹시라도 놈과 마주칠까 봐 눈을 들지 못하고 바닥만 보고 있었습니다. 혼자 있으면 놈이 와서 짝을 내놓으라고 억박지를까 봐 사람들의 눈에서 벗어나는 것을 두려워했습니다.

그런 가운데도 작업은 계속되었고, 나의 작업은 상당한 진전을 보였습니다. 간절하고 가슴 떨리는 희망으로 완성을 향해 나아갔지만, 그 희망에는 가슴을 짓누르는 불길한 예감이 섞여 있었습니다.

제20장

　그날 저녁도 나는 실험실에 앉아 있었습니다. 해가 지고 바다에
는 달이 떠올라 있었습니다. 등불을 밝힐 연료가 부족해서 밤일을
그만둘지 아니면 집중해서 빨리 끝낼지 고민하며 앉아 있었습니다.
그러다가 문득 내가 지금 하는 일이 어떤 결과를 낳을지에 대해 생
각하게 되었습니다. 3년 전에도 나는 같은 방식으로 악마를 창조했
고, 놈의 잔악함으로 인해 내 마음은 황폐해지고 쓰라린 후회로 가
득 차게 되었습니다. 이제 또 다른 생명체를 만들려고 하는데 그것
이 어떨지는 전혀 알 수 없습니다. 그녀가 자신의 짝보다 훨씬 사악
해서 살인과 폭력을 즐기게 될지도 모르는 일 아닙니까? 놈은 인간
세상을 떠나 조용히 살겠다고 약속했지만 그녀는 그런 약속을 한
적이 없습니다. 아마도 사고하고 추리할 줄 아는 존재일 그녀는 자
신이 창조되기 전에 맺은 계약을 따르지 않을 수도 있습니다. 지금
의 그도 흉측한 자기 모습에 몸서리를 치는데, 그것이 여자라면 얼

마나 더 끔찍스러워 할까요? 어쩌면 그녀는 그에게 혐오감을 느끼고 훨씬 아름다운 인간에게 마음을 줄지도 모릅니다. 그녀가 떠나면 놈은 다시 혼자가 될 것이고, 그때는 동료에게조차 버림받았다는 생각에 더 분노하고 더 포악해질 수도 있습니다.

설사 그들이 유럽을 떠나 신대륙의 오지에 숨어 산다고 해도 괴물이 갈망하는 첫 번째 결과물은 자식일 겁니다. 그렇게 되면 인류 전체를 위협하고 공포로 몰아넣는 악마의 종족이 이 땅에 번식할 수도 있습니다. 이렇게 나 하나의 이익을 위해 후대 사람들에게 이런 저주를 내리는 것은 옳은 선택일까요? 지난번에는 내가 만든 생명체의 궤변과 협박에 마음이 흔들렸지만, 이런 약속이 애초부터 잘못되었다는 생각이 머리를 스쳤습니다. 미래 세대가 내가 저지른 짓을 저주하고, 자기의 안위를 챙기기 위해 인류의 생존을 위협한 이기적인 인간이라고 비난할지도 모른다는 생각에 몸서리가 쳐졌습니다.

문득 고개를 들었을 때 나는 심장이 멈추는 것 같았습니다. 괴물이 달빛을 받으며 창가에 서 있었던 것입니다. 놈은 자신이 준 임무를 수행하고 있는 나를 바라보면서 입가를 일그러뜨리며 미소 지었습니다. 그는 나를 따라왔던 겁니다. 숲속을 배회하거나, 동굴 속이나 광활한 초원에 숨어 있다가 진행 상황을 확인하고 결과물을 요구하기 위해 나타난 것입니다.

놈의 얼굴은 악의와 배신으로 가득 차 있었습니다. 갑자기 놈과 똑같은 생명체를 만드는 것이 미친 짓이라는 생각이 들었고, 나는 분노를 이기지 못하고 그동안 만들어온 것들을 산산이 부숴 버렸습니다. 자기의 행복을 보장해 줄 생명체가 파괴되는 것을 본 괴물은 절망감과 복수심으로 끔찍하게 울부짖으며 물러났습니다.

나는 실험실에서 나와 문을 잠갔습니다. 그리고 다시는 작업을 하지 않겠다고 마음속으로 다짐하며 비틀거리는 걸음으로 방으로 돌아갔습니다. 나는 혼자였습니다. 내 우울함을 달래주고 끔찍한 상상에 짓눌린 나를 구해 줄 사람은 주변에 아무도 없었습니다.

몇 시간 동안 나는 창가에 앉아 바다를 바라보고 있었습니다. 바람이 잠잠해 바다는 거의 멈춰 있는 듯 보였고 달빛 아래 만물도 잠들어 있는 것 같았습니다. 몇 척의 어선들이 물 위에 점점이 떠 있고, 가끔 어부들이 서로를 부르는 목소리가 미풍에 실려 왔습니다. 의식하지는 않았지만 깊은 적막감을 느끼고 있었습니다. 그때 갑자기 해안 근처에서 노 젓는 소리가 들리며 누군가 집 근처에 배를 댔습니다.

잠시 후, 삐그덕 하고 조심스럽게 문 여는 소리가 들렸습니다. 머리끝부터 발끝까지 전율이 느껴졌습니다. 누구인지 직감하고 가까운 오두막에 사는 농부를 깨우려고 했지만 마치 가위눌린 것처럼 그 자리에서 움직일 수 없었습니다.

그때 통로를 따라 발자국 소리가 들렸고, 문이 열리더니 내가 그토록 두려워하던 괴물이 나타났습니다. 놈은 문을 닫고 나에게 다가와 헐떡거리는 목소리로 말했습니다.

"시작한 일을 스스로 망쳐버리다니, 대체 무슨 생각을 한 거지?

약속을 깨겠다는 건가? 당신이 스위스를 떠날 때 함께 출발해 라인 강 기슭과 버드나무 섬들, 언덕 꼭대기를 기어 쫓아다녔어. 잉글랜드의 숲 덤불과 스코틀랜드의 황야에서 몇 달을 견디기도 했지. 상상도 할 수 없는 피로와 추위와 굶주림을 견뎌냈는데, 감히 내 희망을 짓밟다니!"

"꺼져라! 약속 따위는 없어. 다시는 너처럼 흉측하고 사악한 놈을 창조하지 않을 거야."

"이성적으로 대화하려고 했는데, 그런 친절 따위는 필요 없다는 걸 스스로 증명하는구나. 자신이 불행하다고 생각하나? 하지만 난 당신을 더 처참하게 망가뜨려 세상의 빛조차 싫어지게 만들 수 있어. 나를 만든 건 당신이지만 이제 당신의 주인은 나야. 그러니 복종해!"

"나는 이미 마음을 굳혔으니 마음대로 해. 아무리 협박해도 다시는 그런 사악한 짓을 하지 않을 거야. 내가 살인과 악행을 일삼는 악마를 세상에 풀어놓을 정도로 양심 없는 줄 아나? 꺼져! 나는 이미 마음을 굳혔고, 네가 무슨 말을 해도 내 화만 부추길 뿐이야."

내 단호한 표정을 본 괴물은 분을 이기지 못하고 이를 바득바득 갈았습니다. "모든 사내들이 품어줄 아내를 찾고, 짐승들도 짝을 찾는데 나만 혼자 살라는 말인가? 내게도 사랑의 감정이 있는데, 돌아오는 건 늘 혐오와 경멸뿐이었어. 그래, 듣기 싫더라도 명심해. 앞으로 넌 걱정과 불행으로 하루하루를 보내게 될 것이다. 그리고 곧 네 행복을 영원히 앗아갈 날벼락이 떨어질 거야. 나를 이렇게 끔찍한 불행 속에 몰아넣고 혼자 행복하겠다고? 내 열망을 모조리 꺾는다고 해도 내 복수심은 꺾지 못할 거야. 이제 나에게 복수는 햇빛이나 음식보다 더 소중한 것이 되었어! 나는 죽을지 모르지만, 그 전에 나의 폭군이자 압제자인 너는 자신의 불행을 지켜보는 태양을 저주하게 될 것이다. 조심해라, 무서울 것이 없는 나는 더욱 강해졌으니. 뱀의 교활함으로 너를 지켜보다가 독이 든 이빨로 물어버릴 것이다. 언젠가 내게 상처를 준 것을 뉘우치게 될 거야."

"그만 지껄여, 악마 같은 놈. 사악한 목소리로 공기를 더럽히지 마라. 내 결심은 분명히 알려주었다. 난 협박 따위에 머리를 조아리는 겁쟁이가 아니야. 내 결심은 확고하다."

"좋아, 사라져 주지. 하지만 네 신혼 첫날밤에 내가 함께하리라는 걸 잘 기억해."

내가 달려들며 소리쳤습니다. "고약한 놈! 내 손에 죽게 될 네 목숨부터 걱정하는 게 좋을 거다."

내가 잡으려 했지만, 그는 재빨리 피한 뒤 황급히 집을 빠져나갔습니다. 얼마 지나지 않아 그가 배를 타고 바다 위를 쏜살같이 달려 파도 너머로 사라지는 모습이 보였습니다.

다시 적막이 찾아왔지만 내 귓가엔 아직 그놈의 말이 맴돌고 있었습니다. 분노가 치밀어 내 평화를 파괴한 그를 당장 쫓아가 바다에 처넣고 싶었습니다. 나는 불안과 초조로 안절부절못하고 방안을 서성거렸습니다. 수천 가지 상상이 머릿속에 떠오르며 나를 괴롭혔습니다. 왜 놈을 끝까지 쫓아가 사생결단을 내지 못했을까? 하지만 이미 그를 놓쳤고, 그는 육지를 향해 떠났습니다. 그의 집요한 복수가 누구에게 향할지 생각하니 온몸이 떨렸습니다. 그러다 문득 "네 신혼 첫날밤에 너와 함께할 것이다"라는 그의 말이 떠올랐습니다. 그때가 바로 내 운명의 시간이 될 것입니다. 그때는 내가 죽어서라도 그의 저주를 사라지게 할 것입니다. 죽는 건 두렵지 않았지만, 사랑하는 엘리자베스가 무참히 죽어간 연인을 위해 끝없이 슬퍼하며 눈물을 흘릴 생각을 하니 몇 달 만에 내 눈에서 하염없이 눈물이 흘러내렸습니다. 나는 적 앞에서 쓰러지기까지 죽을힘을 다해 싸우기로 결심했습니다.

밤이 지나고 수평선 위로 해가 떠올랐습니다. 내 마음은 다시 평온해졌습니다. 날뛰던 분노가 깊은 절망으로 가라앉을 때, 그것을 평온이라고 부를 수 있다면 말입니다. 나는 지난 밤의 끔찍한 현장을 떠나 바닷가를 거닐었습니다. 바다는 나와 다른 생명체들 사이에 가로놓인 넘을 수 없는 장벽처럼 느껴졌습니다. 아니, 사실은 그런 벽이 정말 있었으면 좋겠다고 생각했습니다. 나는 이 황량한 바위섬에서 여생을 보내고 싶었습니다. 고단한 삶이지만 갑자기 충격적인 소식이나 불행이 닥쳐올 일이 없는 곳에서 말입니다. 만약 육지로 돌아간다면 내가 희생되거나 가장 사랑하는 사람들이 내가 만든 괴물의 손아귀에 죽는 꼴을 보게 될 것입니다.

나는 모든 사랑하는 이들로부터 버림받은 원통한 유령처럼 섬을 떠돌아다녔습니다. 정오가 되어 해가 더 높이 솟았을 때는 잔디밭에 누워 깊은 잠을 잤습니다. 전날 내내 한숨도 자지 못했기에 신경이 날카로웠고 피로와 고민 때문에 눈이 뻑뻑했습니다. 잠을 자고 나니 기분이 좀 나아졌습니다. 깨어났을 때는 내가 여느 사람들과 같아 보였고, 한결 평온한 마음으로 지난 일들을 떠올릴 수 있었습니다. 하지만 악마의 말은 아직도 내 귓가를 조종(弔鐘)처럼 맴돌고 있었습니다. 마치 꿈인 듯했지만, 그 말이 주는 압박감만은 생생한 현실이었습니다.

해가 저물고 한참이 지났습니다. 그때까지도 나는 귀리빵으로 허기진 배를 채우며 해변에 앉아 있었습니다. 그때, 어선 한 척이 가까운 곳에 정박했고, 남자가 내게 소포 하나를 가져다주었습니다. 제네바에서 온 편지와 빨리 돌아오라고 재촉하는 클레르발의 편지가 들어 있었습니다. 클레르발은 할 일이 없어 빈둥거리고 있던 중에 런던에서 사귄 친구들이 인도에서의 사업을 의논하고 싶으니 빨리 오라는 편지를 보냈다고 했습니다. 더 이상 출발을 미룰 수 없고, 런던으로의 여행이 앞당겨질 수 있으니 되도록 빨리 만나 함께 시간을 보내자는 것이었습니다. 그는 내가 외딴 섬을 떠나면 퍼스에서 만나 함께 남쪽으로 내려갈 수 있을 거라고 했습니다. 편지를 보니 조금 힘이 났고 나는 이틀 뒤에 섬을 떠나기로 했습니다.

하지만 떠나기 전에 해야 할 일이 있었습니다. 그것은 생각만 해도 몸서리쳐지는 일이었습니다. 화학 실험 기구들을 챙겨야 하는데, 그러려면 작업을 했던 방에 들어가서 역겨운 도구들을 만져야만 하는 것입니다. 다음 날 동틀 무렵, 나는 용기를 내 연구실 문을 열었습니다. 내가 찢어버린, 반쯤 완성되었던 생명체의 잔해가 바닥에

뒹굴고 있었습니다. 내 손으로 산 사람을 난도질한 기분이었습니다. 방으로 들어가기 전 나는 잠시 멈춰 마음을 가다듬어야 했습니다. 떨리는 손으로 도구들을 옮기다가 문득 흔적을 남겨 마을 사람들이 놀라거나 의심하게 만들어선 안 된다는 생각이 들었습니다. 나는 그날 밤에 도구들을 무거운 돌과 함께 바구니에 넣어 바다에 던져 버리기로 결심했습니다. 밤이 오기까지 나는 바닷가에 앉아 실험 도구들을 청소하고 정리했습니다.

괴물이 나타났던 그날 밤 이후, 내 심경에는 큰 변화가 있었습니다. 전에는 절망적인 심정에 무슨 일이 있어도 약속은 지켜야 한다고 생각했지만 이제는 눈을 가리고 있던 콩 꺼풀이 벗겨진 것처럼 모든 것이 또렷이 보이기 시작했습니다. 작업을 다시 시작해야겠다는 생각은 전혀 들지 않았습니다. 놈의 협박이 마음에 걸렸지만, 어차피 내가 나서서 수습할 수 없는 상황이라고 생각했습니다. 전에 그랬듯이 악마를 다시 만들겠다는 끔찍한 이기심은 다시 보여주지 않겠다는 결심과 함께 나는 다른 모든 생각을 마음속에서 지워 버렸습니다.

새벽 2시에서 3시 사이, 달이 떠오르자 나는 작은 배에 바구니를 싣고 해안에서 약 4마일 떨어진 지점으로 갔습니다. 육지로 돌아오는 배들이 몇 척 있었지만, 나는 그들의 눈에 띄지 않기 위해 멀찍이 돌아서 갔습니다. 마치 끔찍한 범죄라도 저지른 듯한 불안감에 어떤 생명체와도 마주치고 싶지 않았습니다. 밝은 달이 짙은 구름에 가려진 틈을 타서 나는 바구니를 바다에 던졌습니다. 바구니가 가라앉는 소리가 들렸고, 나는 그 자리를 떠났습니다. 날씨는 흐렸지만 마침 북동풍이 불어와 공기는 차고 상쾌했습니다. 기분이 좋아져서 물 위에 잠시 더 떠 있기 위해 방향타를 육지 쪽으로 고정하고 보트 바닥에 몸을 누였습니다. 구름이 달을 가려 천지를 분간하기 힘든 가운데 배의 용골에 물살이 스치는 소리만 들렸고, 그 소리를 자장가 삼아 나는 곧 깊은 잠에 빠져들었습니다.

그런 상태로 얼마나 있었는지 모르겠습니다. 깨어났을 때는 이미 해가 꽤 높이 떠 있었습니다. 바람이 세차게 불며 파도가 내 작은 배를 흔들어댔습니다. 바람이 북동쪽으로 부는 바람에 출발했던 해안에서 꽤 멀어졌다는 사실을 알게 되었습니다. 항로를 바꾸려고 해봤지만 계속했다간 순식간에 배에 물이 들이찰 기세였습니다. 이럴 때 유일하게 취할 수 있는 조치는 바람에 떠밀려 가는 것뿐이었습니다. 솔직히 조금은 무서웠습니다. 나침반도 없었고 이곳 지리를 잘 아는 것도 아니라서 태양도 별로 도움이 되지 않았습니다. 드넓은 대서양으로 떠밀려가 굶주림에 시달릴 수도 있고, 깊이를 알 수 없는 물살에 빨려 들어갈 수도 있었습니다. 몇 시간 동안이나 밖에만 있던 터라 갈증으로 목이 타 들어갔습니다. 하지만 그것은 시작에 불과했습니다. 위를 올려다보니 하늘을 덮은 구름이 끊임없이 밀려오고 있었습니다. 바다를 바라보았습니다. 아마도 그곳이 제 무덤이 될 것 같았습니다. "악마야, 이제 네가 할 일이 없겠구나!" 나는 외쳤습니다. 엘리자베스와 아버지, 그리고 클레르발의 모습이 떠올랐습니다. 괴물의 잔인한 복수가 남겨진 그들을 향할 수도 있었습니다. 이런 생각이 나를 끔찍한 절망 속으로 몰아넣었습니다. 그런 장면이 영원히 불가능해진 지금도 그 생각만 하면 몸서리가 쳐집니다.

몇 시간이 지났을까, 해가 점점 수평선으로 가라앉으면서 바람은 산들바람으로 바뀌었고 거칠었던 파도도 점차 잦아들었습니다. 하지만 이번에는 물결이 더욱 격렬하게 출렁거렸습니다. 방향타조차 잡을 수 없을 정도로 속이 울렁거렸는데, 그 순간 남쪽으로 길게 누운 땅의 능선이 눈에 보였습니다.

몇 시간 동안의 피로와 극도의 긴장감으로 힘이 거의 다 빠져나갈 무렵이었습니다. 갑자기 살았다는 확신이 따뜻한 물처럼 밀려왔고, 눈에서는 눈물이 쏟아졌습니다.

사람의 마음이란 얼마나 변덕스러운지! 최악의 상황에서도 솟아나는 삶에 대한 집착은 또 얼마나 기이한지! 나는 옷을 잘라 또 하나의 돛을 만들고 열심히 육지를 향해 나아갔습니다. 거친 바위 땅이었지만 가까이 다가가니 농사를 짓던 흔적이 보였습니다. 바닷가에 배들이 보일 때, 마치 문명 세계로 되돌아온 듯한 기분이었습니다. 나는 구불구불한 해안선을 따라가다가 작은 곶 뒤에 솟은 첨탑을 발견했습니다. 몸이 몹시 쇠약해진 상태라 곧장 먹을 것을 구할 수 있는 마을을 찾았습니다. 다행히 돈을 가지고 있었습니다. 곶을 끼고 돌자 작고 깔끔한 마을과 번듯한 항구가 보였습니다. 예상치 못한 탈출에 벅찬 기쁨을 느끼며 나는 항구로 들어섰습니다.

내가 배를 정박시키고 돛을 정리하고 있을 때 몇몇 사람이 몰려왔습니다. 그들은 내 모습을 보고 많이 놀란 것 같았지만, 도움을 주기는커녕 신경을 거스를 만한 태도로 수군거리기만 했습니다. 나는 그들이 영어를 사용한다는 것을 알아채고 말을 걸었습니다. "실례지만, 이 마을의 이름이 뭐고 여기가 어디인지 알려주겠소?" 내가 물었습니다.

"곧 알게 되겠지." 한 남자가 쉰 목소리로 대답했습니다. "어쨌든 당신이 원하는 곳은 아닐 거요. 내 장담하는데, 여기 댁이 머무를 곳은 없을 것 같소."

나는 낯선 이의 무례한 대답에 깜짝 놀라고 일행의 찌푸린 얼굴과 성난 표정에 당황했습니다. "왜 그리 퉁명스럽게 대답하는 거요?" 내가 대꾸했습니다. "낯선 사람에게 불친절하게 대하는 것은 잉글랜드 사람의 관습이 아닐 텐데."

"잉글랜드 사람의 관습이 뭔지는 모르겠지만, 악당을 미워하는 건 아일랜드인의 관습이오." 그 남자가 말했습니다.

이런 이상한 대화가 계속되는 동안 나는 사람들이 몰려드는 것을 보았습니다. 그들의 얼굴에는 호기심과 분노가 뒤섞여 있었습니다. 불쾌하면서도 조금은 불안했습니다. 여관으로 가는 길을 물었지만 아무도 대답해 주지 않았습니다. 내가 앞으로 걸어갈 때도 군중들은 내 옆을 따라오며 큰 소리로 웅성거렸습니다. 그때 인상이 험악해 보이는 사내 하나가 다가와 내 어깨를 두드리며 말했습니다.

"선생, 나를 따라가서 커윈 씨에게 진술을 해야겠습니다."

"커윈 씨가 누구요? 왜 내가 진술을 해야 하는 거지? 여긴 자유 국가가 아니오?"

"네, 선량한 사람들에게는 충분히 자유로운 나라죠. 커윈 씨는 치안 판사이고, 선생은 어젯밤 여기서 살해당한 신사의 죽음에 대해 설명해 주어야 합니다."

이 대답을 듣고 놀랐지만 나는 이내 평정심을 되찾았습니다. 나는 죄가 없었고, 그건 증명하기 쉬운 일이라 생각했습니다. 조용히 안내인을 따라가 마을에서 가장 좋은 집 중 한 곳으로 안내받았습니다. 피로와 배고픔으로 쓰러지기 일보 직전이었지만, 사람들에게 둘러싸여 있었고, 불안이나 죄책감 때문에 위축되었다고 오해받지 않으려면 온 힘을 쥐어짜야 했습니다. 그때까지도 곧 닥쳐올 재앙이 죽음마저 덮어버릴 만한 공포와 절망으로 나를 몰아갈 것이라고는 상상조차 하지 못했습니다.

여기서 잠시 이야기를 쉬어가야 할 것 같습니다. 지금부터 이야기할 끔찍한 사건을 하나하나 정확히 기억해내기 위해서는 모든 용기를 쥐어 짜내야 하니까요.

제21장

나는 곧 차분하고 온화한 인상에 친절해 보이는 늙은 치안 판사 앞으로 불려갔습니다. 그는 꽤 엄한 표정으로 나를 바라보더니, 나를 안내한 사내에게 누가 증인으로 참석했는지 물었습니다.

6명 정도의 남자들이 앞에 섰고, 그중 치안 판사의 지목을 받은 한 명이 증언했습니다. 전날 밤 그는 자기 아들과 처남인 다니엘 뉴전트와 함께 낚시를 하러 갔는데, 10시경에 북쪽에서 큰 돌풍이 일길래 항구로 되돌아왔다고 했습니다. 아직 달이 뜨지 않아 매우 어두운 밤이었습니다. 그들은 항구에 내리지 않고 평소처럼 거기서 2마일 정도 밑에 있는 해안에 상륙했습니다. 그가 낚시 도구들을 들고 앞장섰고 아들과 처남은 어느 정도 거리를 두고 뒤따랐습니다. 모래밭을 따라 걷던 그는 무언가에 발을 부딪혀 바닥에 넘어지고 말았습니다. 아들과 처남이 도와주려고 다가왔다가 손전등을 비춰 보고는, 그가 죽은 듯 보이는 한 남자의 몸 위에 쓰러져 있다는 것을 발견했습니다. 처음엔 익사한 뒤 해안가로 떠밀려 온 시신이라고 생각했지만, 살펴보니 옷이 젖지 않았을 뿐더러 몸도 차갑지 않다는 것을 알게 되었습니다. 그들은 즉시 근처에 있는 한 노파의 오두막집으로 사람을 옮겨 되살리려고 노력했지만 헛수고였습니다. 시신은 스물댓 살 정도의 잘생겨 보이는 청년이었습니다. 목에 난 검은 손가락 자국을 제외하면 폭행의 흔적이 없었기 때문에 분명 누군가에게 목이 졸려 죽은 것 같았다고 했습니다.

처음에 이 증언은 내게 조금의 관심도 불러일으키지 못했습니다. 그러나 손가락 자국이 언급되었을 때는 내 동생이 살해당한 것이 떠오르면서 극도로 혼란스러워졌습니다. 팔다리가 떨리고 눈앞이 하얘져서 의자에 몸을 기대지 않고는 버틸 수 없었습니다. 치안 판사는 예리한 눈으로 나를 관찰했고, 당연히 내 행동에서 미심쩍은 점을 읽어냈습니다.

아들은 자기 아버지의 증언을 확인해 주었습니다. 다니엘 뉴전트가 불려 나와 매형이 넘어지기 직전에 근처 해안에서 한 남자가 배를 타고 있는 것을 보았고, 별빛 몇 개밖엔 비치지 않았지만 자기가 판단하기엔 아까 내가 내렸던 것과 같은 배가 틀림없었다고 장담했습니다.

한 여인은 자신이 바닷가 부근에 사는데, 시신이 발견되었다는 소식을 듣기 약 한 시간 전에 돌아오는 어부들을 기다리며 집 문 앞에 서 있다가 남자 한 명만 태운 배가 시신이 발견된 해안을 떠나는 것을 봤다고 증언했습니다.

어부들이 시신을 옮겼던 집의 여인은 몸이 차갑지 않았다는 것을 재차 확인해 주었습니다. 그들이 사람을 침대에 눕힌 뒤 문질렀고, 다니엘은 마을로 가서 약방을 찾았지만 결국은 숨을 거두고 말았다고 했습니다.

내가 배에서 내리는 것을 보았다는 몇몇 다른 사람들은 내가 밤새 불어온 강한 북풍에 몇 시간 동안 떠돌다가 처음 출발 지점에서 멀지 않은 곳으로 돌아왔을 가능성이 높다는 데에 의견을 같이했습니다. 심지어 내가 다른 곳에서 시체를 옮겨온 것 같으며, 내가 그 해안을 잘 모르는 눈치인 것으로 보아 시체를 유기한 곳에서 OO마을까지의 거리를 모르는 상태에서 항구로 되돌아온 거라고 추측하기도 했습니다.

증언을 들은 커윈 판사는 시신이 안치된 방으로 나를 데려가 보기를 희망했습니다. 시신을 보았을 때 내가 어떤 반응을 보이는지 보려는 것이었습니다. 아마 살해 방법을 설명할 때 내가 크게 동요한 것을 보고 떠올린 생각 같았습니다. 그래서 나는 치안 판사를 필두로 몇몇 사람들과 함께 시체 안치실로 들어갔습니다. 파란만장했던 그 밤 동안의 이상한 우연들에 충격을 받긴 했지만, 시체가 발견될 시간에는 내가 살던 섬사람 여럿과 이야기를 나누었기에 이 사건의 결과에 대해서는 불안함이 없었습니다.

나는 시신이 있는 방에 들어가 관 앞에 섰습니다. 시체를 보았을 때 내 심정을 어떻게 설명할 수 있을까요? 내 심장은 아직도 충격에 쿵쾅거리고 끔찍한 순간을 떠올릴 때마다 고통과 함께 몸서리가 처집니다. 내 앞에 누운 앙리 클레르발의 시신을 본 순간부터 치안 판사와 증인들이 입회한 가운데 진행된 조사는 내 기억 속에서 꿈처럼 사라졌습니다. 나는 숨을 헐떡이며 시신으로 몸을 던지며 울부짖었습니다. "내 무모한 계획이 사랑하는 앙리, 네 목숨까지 빼앗아 갔구나! 이미 두 명이 죽었고 다른 희생자들이 그들의 운명을 기다리고 있지만, 내 소중한 친구 클레르발 너마저……"

사람의 몸으론 견뎌낼 수 없는 괴로움으로 인해 나는 심한 발작을 일으키며 밖으로 끌려나갔습니다.

그 뒤로 열병이 이어졌습니다. 나는 죽음의 문턱에서 두 달 동안 누워 있어야 했습니다. 나중에 전해 들은 바로는 내가 끔찍한 헛소리를 지껄이며 자신이 윌리엄, 쥐스틴, 클레르발의 살인자라고 외쳤다더군요. 간병인들을 붙잡고 나를 괴롭히는 악마를 없애 달라고 간청하기도 하고, 어떤 때는 괴물의 손가락이 내 목을 조른다며 고통과 공포가 섞인 비명을 질러대기도 했답니다. 다행히 내가 모국어로 말한 탓에 커윈 판사만 알아들을 수 있었지만, 어쨌든 내 몸부림과 비통한 울부짖음은 다른 목격자들을 겁에 질리게 하기에 충분했다고 합니다.

나는 왜 죽지 않았을까요? 이토록 비참한 상태의 나는 왜 망각의 안식에 들지 못했을까요? 죽음은 부모들로부터 유일한 희망인 꽃다운 아이들을 데려가곤 합니다. 얼마나 많은 신랑 신부들과 젊은 연인들이 건강과 희망의 꽃을 피우다가 하루아침에 무덤으로 들어가 벌레의 먹이로 썩어가는지요. 그런데 난 대체 어떻게 만들어졌기에 새로이 반복되는 고통과 충격마저도 이겨내는 걸까요?

그래도 나는 살아있어야 할 운명이었나 봅니다. 두 달 만에 꿈에서 깨어났을 때는 교도관과 철장과 지하 감옥의 끔찍한 풍경에 둘러싸여 초라한 감방 침대에 누워 있었습니다. 내가 정신을 차리고 깨어난 것은 아침이었던 것으로 기억됩니다. 무슨 일이 일어났었는지는 기억이 나지 않고 큰 불행이 있었다는 느낌뿐이었습니다. 하지만 창살로 막힌 창과 내가 누운 더러운 방이 눈에 들어오자 모든 기억이 떠올라 괴로운 신음을 토해내야만 했습니다.

나의 신음 소리가 옆의 의자에서 졸고 있던 노파를 깨웠습니다. 나의 간병인으로 고용된 그녀는 교도관의 아내였습니다. 그녀의 얼굴에는 그런 계층의 사람들이 가지는 모든 나쁜 특징들이 드러나 있었습니다. 표정에는 남의 고통에 공감하지 못하고 모든 것에 무관심해진 사람의 무례함이 그대로 드러났고 말투에서는 차가움이 느껴졌습니다. 그녀는 영어로 말했는데, 내가 아팠을 때 얼핏 들었던 목소리 같았습니다.

"이제 좀 나아지셨나?" 그녀가 말했습니다.

나는 영어로 힘없이 대꾸했습니다. "그런 것 같습니다. 하지만 이모든 것이 꿈이 아니라면, 살아서 이런 비참함과 공포를 다시 느껴야 하는 것이 유감이군요."

"나리가 죽인 신사를 말하는 거라면 같이 죽는 게 더 나았을지도 모르죠. 왜냐면 앞으로 더 힘든 일이 닥칠 테니까요. 하지만 내가 상관할 바는 아니지요. 난 댁을 간호하고 낫게 하라고 여기 보내졌으니까요. 그냥 양심껏 맡은 일만 할 뿐이지요. 모두 나처럼만 일하면 좋으련만."

나는 막 죽음의 문턱에서 살아난 사람에게 그토록 무심하게 대꾸하는 여인에게 진저리를 치며 돌아누웠습니다. 하지만 나에게는 지난 일을 떠올릴 힘도 없었습니다. 내 인생의 모든 일이 꿈처럼 느껴졌고, 그것이 정말 일어났던 일인지도 의심이 들었습니다.

눈앞에 떠다니던 환영이 선명해지고 열이 심해졌습니다. 어둠이 주위를 둘러쌌고, 부드러운 목소리로 나를 위로해줄 사람도 애정 어린 손길로 나를 일으켜줄 사람도 곁에 없었습니다. 의사가 와서 약을 처방하고 노파가 약을 먹여 주었습니다. 하지만 의사는 내게 전혀 관심이 없어 보였고 노파는 냉담한 표정이 역력했습니다. 하긴 돈을 받고 교수형을 집행할 사람이 아니라면 누가 살인자의 운명에 관심을 보일까요?

이것이 나의 처음 생각이었지만 곧 커윈 판사가 나에게 큰 친절을 베풀었다는 것을 알게 되었습니다. 그는 감옥에서 가장 좋은 방을 준비해 주었고(가장 좋다고 해 봐야 형편없었지만), 내게 의사와 간호사를 붙여 주기도 했습니다. 사실 그는 아주 가끔만 나를 보러 왔는데, 아마 인간적인 고통에는 공감해도 살인자의 넋두리는 듣고 싶지는 않았던 모양입니다. 혹시 내가 푸대접을 받고 있지는 않은지 가끔 확인하러 왔지만, 띄엄띄엄 아주 잠깐씩만 들를 뿐이었습니다.

어느 날, 점차 회복 중이던 나는 눈을 반쯤 감은 채 죽음을 앞둔 사람처럼 창백한 얼굴로 앉아 있었습니다. 우울하고 비참한 기분에 나는 고통으로 가득한 이 세상에서 살아남느니 차라리 죽는 게 낫다는 생각을 했습니다. 불쌍한 쥐스틴보다 결백하지 못한 내가 죄를 자백하고 법의 심판을 받았어야 한다는 생각도 했습니다. 감방문이 열리며 커윈 판사가 들어왔을 때도 나는 그런 생각에 빠져 있었습니다. 그의 얼굴에는 동정과 연민의 표정이 가득했습니다. 그가 의자를 내 옆으로 끌어당기며 프랑스어로 말했습니다.

"이런 곳에 있다는 게 자네에게는 큰 충격이겠지. 그래, 어떻게 하면 자네를 더 편안하게 해줄 수 있겠나?"

"감사하지만, 어떤 말씀을 하셔도 제게는 도움이 될 것 같지 않군요. 이 땅에서 제가 받을 수 있는 위안은 없으니까요."

"자네처럼 뜻밖의 불행에 시달리는 사람에게 낯선 사람의 동정심이 별 위안이 되지 못하겠지. 하지만 곧 확실한 증거만 나오면 자네가 이 우울한 곳에서 벗어가게 되리라고 믿네."

"그런 건 제게 사소한 걱정거리일 뿐입니다. 이해할 수 없는 사건들의 연속으로 인해 저는 세상에서 가장 불행한 인간이 되었습니다. 저처럼 핍박과 고통에 시달리는 자에게 죽음이라고 나쁠 게 있을까요?"

"물론 자네가 최근에 겪은 이상한 우연은 더없이 불행하고 고통스러운 일이지. 뜻밖의 사고로 인심 후하기로 유명한 이곳 바닷가 마을에 떨어졌고, 곧바로 체포되어 살인죄로 기소되었고, 즉시 붙잡혀 살인자로 몰렸고, 게다가 느닷없이 눈앞에 살해된 친구의 시신이 던져졌으니. 마치 악마가 자넬 쫓아다니기라도 하는 것처럼 말이야."

커윈 판사의 말은 내 고통을 다시 헤집어 놓았지만, 한편으론 그가 나에 대해 많은 것을 알고 있는 것에 놀랐습니다. 판사가 서둘러 덧붙인 것으로 보아 내 표정에 그런 놀라움이 드러났던 모양입니다.

"자네가 병상에 누워 있던 동안에 가지고 있던 모든 증거 자료들이 내 손에 넘어왔지. 자네가 당한 불행한 사건과 병을 가족에게 알리기 위해 소지품들을 살펴보았고, 거기서 몇 통의 편지를 발견했어. 그중에 자네 아버지가 보낸 것으로 보이는 편지도 있더군. 나는 즉시 제네바로 편지를 보냈고, 그게 벌써 거의 두 달 전의 일이군. 그나저나 자네 몸 상태가 안 좋아 보이니 먼저 안정을 취하는 게 좋겠어. 지금도 떨고 있잖나."

"이런 불안감이 제가 겪은 끔찍한 사건들보다 천 배는 괴롭습니다. 또 누가 살해당한 건가요? 또 누구를 애도해야 합니까?"

"자네 가족들은 아주 잘 있다네. 그리고 아주 가까운 분이 자네를 보러 왔지." 커윈 판사가 부드러운 목소리로 말했습니다.

왜 그랬는지 모르겠지만, 나는 살인자가 클레르발의 죽음으로 충격에 빠진 나를 조롱하고 자기 요구에 따르도록 하기 위해 찾아왔다고 생각했습니다. 나는 손으로 눈을 가리며 고통스럽게 소리쳤습니다.

"오! 돌려보내세요! 절대 그놈을 만나줄 수 없어요. 그를 들여보내지 말아 주세요, 제발!"

커윈 판사는 근심 어린 표정으로 나를 바라보았습니다. 내가 소리치는 것이 죄책감 때문이라고 생각한 그가 다소 엄격한 어조로

말했습니다,

"이봐 젊은이, 아버지를 보면 반가워할 줄 알았는데, 그렇게 격하게 거부할 줄은 몰랐군."

"아버지!" 외치는 동안 모든 이목구비의 근육이 괴로움에서 즐거움으로 옮겨갔습니다. "정말 아버지가 오신 건가요? 감사합니다, 감사합니다! 그런데 어디 계신가요? 왜 빨리 오시지 않는 거죠?"

내 태도의 변화가 판사에겐 놀랍기도 하고 기쁘기도 했던 모양입니다. 아마 조금 전까지 소리를 지른 것이 내 정신 착란이 재발했기 때문이라고 생각했던 모양입니다. 다시 인자한 태도로 돌아온 그가 일어나 간병인과 함께 방을 나갔고, 잠시 뒤 아버지가 방으로 들어오셨습니다.

이런 순간에 아버지가 찾아오는 것보다 더 기쁜 일이 있을까요? 나는 아버지께 손을 뻗으며 소리쳤습니다,

"무사하셨군요, 아버지! 엘리자베스와 에르네스트는요?"

아버지는 모두 잘 지내고 있다고 날 안심시켰습니다. 아버지는 내가 관심을 가질 만한 주제를 꺼내며 낙담해 있는 나를 애써 위로하려고 하셨지만, 곧 감옥이 유쾌할 수는 없는 공간이라는 사실을 깨달은 듯했습니다. "아들아, 어째서 이런 곳에 있느냐!" 아버지는 창살이 처진 창문과 누추한 방을 슬프게 바라보며 말씀하셨습니다. "행복을 찾아 여행을 떠났는데 불행이 너를 쫓아다닌 것 같구나. 그리고 불쌍한 클레르발은……"

살해당한 불쌍한 친구의 이름이 쇠약해진 몸에 감당하기 힘든

흥분을 불러일으켜 눈물이 쏟아져 나왔습니다.

나는 대답했습니다. "맞아요, 아버지! 아주 지독한 운명이 저에게 달라붙었어요. 그 운명이 채워질 때까지 저는 살아 있어야 해요. 그렇지 않았다면 벌써 앙리의 관 앞에서 죽었겠죠."

나의 불안정한 건강 상태 때문에 아버지와는 거기까지밖에 대화를 나눌 수 없었습니다. 커윈 판사가 들어와서 무리하면 안 된다고 말했습니다. 하지만 아버지의 출현은 내 앞에 수호천사가 나타난 것 같았고, 나는 점차 건강을 회복해 갔습니다.

병에서 회복될수록 나는 헤어날 수 없이 깊고 어두운 우울감에 빠져들었습니다. 죽은 클레르발의 창백한 얼굴이 계속 눈앞에 떠올랐습니다. 내가 자주 흥분하는 바람에 주변 사람들은 내 병이 다시 재발할까 봐 몹시 걱정했습니다. 아아! 도대체 왜 그들은 이렇게 비참하고 혐오스러운 나의 삶을 지켜주려고 했을까요? 아마 이제 끝나가고 있는 나의 운명을 완수하라는 뜻이었을 겁니다. 이제 곧, 아주 곧, 죽음이 내 맥박을 끄고 나를 부서지는 듯한 고통에서 해방해 주고, 정의의 심판을 집행하여 나 역시 안식에 들게 해 주겠죠? 나는 그렇게 마음속으로 소망했지만, 죽음은 아직 멀리 있었습니다. 때로는 몇 시간 동안 움직이지 않고 말없이 앉아서 나와 나를 파멸시킨 그놈을 폐허 속에 묻어 버릴 엄청난 격변이 일어나길 기도했습니다.

순회재판 날짜가 다가왔습니다. 감옥에 갇힌 지 석 달이 되어 가던 때였습니다. 나는 여전히 쇠약했고 병이 재발할 위험이 있었음에도 재판이 열리는 마을까지 100마일이나 되는 거리를 가야 했습니다. 커윈 판사는 나를 변호하기 위해 증인을 모으는 등 최선을 다했습니다. 이번 재판이 생사를 좌우하는 것은 아니어서 범죄자로 얼굴이 공개되는 불명예는 피할 수 있었습니다. 대배심에서 친구의 시신이 발견될 당시 내가 오크니 제도에 있었다는 사실이 입증되었고, 덕분에 나는 2주 뒤에 감옥에서 풀려날 수 있었습니다.

아버지는 내 범죄 혐의가 벗겨지고 고국으로 돌아가 자유의 공기를 들이마실 수 있게 된 것에 크게 기뻐하셨습니다. 하지만 어디든 지하 감옥이나 다름없었던 나는 그 기쁨을 함께할 수 없었습니다. 인생의 잔은 독으로 채워져 있었습니다. 태양은 나를 즐겁고 행복한 사람들과 똑같이 나를 비춰 주었지만, 내 주위는 날 노려보는 희미한 눈빛 외에는 어떤 빛도 들어오지 않는 짙고 무서운 어둠뿐이었습니다. 그것은 때로 짙은 눈동자에 길고 검은 속눈썹이 드리운 앙리의 반쯤 열린 눈빛이었고, 때로는 잉골슈타트의 방에서 처음 보았던 괴물의 축축하고 흐린 눈빛이었습니다.

아버지는 내 안에 남은 부드러운 감정을 깨워 주려고 애쓰셨습니다. 아버지는 곧 돌아가게 될 제네바며 엘리자베스, 에르네스트에 관한 이야기를 하셨지만 이에 대한 나의 반응은 깊은 한숨뿐이었습니다. 때로는 다시 행복해지고 싶다는 생각이 들기도 했고, 엘리자베스와의 아련한 추억, 어린 시절 좋아했던 푸른 호수와 론강의 물결을 떠올리기도 했습니다. 하지만 전반적인 기분은 감옥에서나 신성한 자연의 절경 앞에서나 똑같이 무감각했고, 고통과 절망감으로 발작을 일으키지 않는 한 이런 상태가 지속되었습니다. 발작 상태에 서는 이 지겨운 삶을 끝내고 싶은 충동이 일었기 때문에 끔찍한 사 태를 막기 위해 지속적인 보호와 감시가 필요했습니다.

하지만 내겐 아직 한 가지 임무가 남아 있었기에 그것을 생각하 며 이기적인 절망감을 이겨냈습니다. 지체 없이 제네바로 돌아가 사 랑하는 사람들이 살아있는지 확인해야 했습니다. 또한, 그 살인마 를 기다렸다가, 운 좋게 그가 숨어있는 곳을 발견하거나, 나를 파멸 시키기 위해 그가 찾아오면, 날 조롱하던 그 흉악한 영혼을 깨끗이 지워 버려야 했습니다. 아버지는 내가 여행을 견디지 못할 만큼 쇠 약해져 있다고 생각해 일부러 출발을 늦추려 하셨습니다. 정말 나 는 뼈만 앙상하게 남아 있었고, 밤낮으로 오르내리는 열이 가득이 나 약해진 몸을 괴롭히고 있었습니다.

하지만 나는 불안과 초조함 때문에 하루빨리 아일랜드를 떠나고 싶었고 아버지도 내 말대로 하는 것이 최선이라고 생각하셨습니다. 우리는 르아브르로 향하는 배에 올랐고, 아일랜드 바다의 순풍을 받으며 항해를 시작했습니다. 한밤중에 나는 갑판에 누워 별을 바 라보고 파도 소리를 들었습니다. 어둠이 내려 아일랜드가 시야에서 사라지자 기뻤고, 곧 제네바를 볼 수 있으리라는 기대로 가슴이 뛰 었습니다. 하지만 곧 지난 과거가 악몽처럼 떠올랐습니다. 내가 타고 있는 배와 아일랜드의 해안에서 불어오는 바람, 나를 둘러싼 바다 는 어떤 환상도 나를 속일 수 없으며, 내 소중한 친구인 클레르발이 내가 만든 괴물에 의해 희생되었다는 사실을 웅변적으로 말해 주고 있었습니다. 제네바에서 가족과 함께 살았던 평온하고 행복한 시절과 어머니의 죽음, 잉골슈타트로 떠났던 일 등 나의 삶 전체가 기억 속에서 되살아났습니다. 원수 같은 악마를 창조하기 위해 미친 열정으로 스스로를 채찍질하던 시절도 떠올랐고, 놈이 처음 눈을 떴던 밤도 떠올랐습니다. 꼬리를 무는 생각과 수천 가지 감정이 나를 짓누르며 쓰라린 눈물이 쏟아졌습니다.

열병이 다 나은 뒤에도 나는 매일 밤 소량의 아편 팅크제를 복용하고 있었습니다. 이 약을 먹어야만 최소한의 안정을 취할 수 있었습니다. 그날은 여러 불행한 기억에 짓눌려 평소보다 두 배나 많은 양을 복용하고 깊은 잠에 빠졌습니다. 하지만 잠이 들어도 떠오르는 온갖 생각과 불행에서 벗어날 수가 없었습니다. 오만 가지 무서운 것들이 꿈속에 보였습니다. 아침 무렵에는 일종의 가위눌림에 시달렸습니다. 악마가 내 목을 움켜쥔 듯 벗어날 수 없었고 신음과 울음소리가 내 귀에 울렸습니다. 나를 지켜보던 아버지가 악몽에 시달리는 나를 깨우셨습니다. 주위에서 파도 소리가 들리고 머리 위로 구름 낀 하늘이 보였습니다. 악마는 거기 없었습니다. 현재와 거부할 수 없는 운명의 미래 사이에 휴전이 성립되었다는 안도감이 평온함을 받아들이도록 우리 마음에 설계된 망각과 함께 나를 찾아왔습니다.

제22장

    항해가 끝나고 우리는 배에서 내려 파리로 향했습니다. 체력이 고 갈되었고, 여행을 계속하려면 휴식이 필요했습니다. 아버지는 날 쉬 지 않고 보살펴 주었지만 내가 어떤 고통을 겪고 있는지 알지 못하 셨기에 내 병을 치료하기 위해 잘못된 방법을 택하셨습니다. 아버 지는 내가 사람들과 어울리며 즐거움을 찾기를 바랐습니다. 하지만 나는 사람의 얼굴을 보는 것이 끔찍했습니다. 그들을 싫어했다는 것 이 아닙니다! 그들은 내 형제이자 동료였고 천사의 성품과 신의 섭 리로 만들어진 존재들에게 매력을 느끼기도 했습니다. 하지만 나는 그들과 함께할 자격이 없다고 생각했습니다. 그들의 피와 비명에 기 쁨을 느끼는 악마를 그들 사이에 풀어놓았으니까요. 그러니 나의 죄악과 나로부터 비롯된 범죄를 안다면 그들은 날 얼마나 미워하고 비난할까요!

    아버지는 사람들을 피하려는 나를 최대한 배려하면서도 사람들과 친하게 지내라고 조언해 주셨습니다. 내가 살인 혐의를 받았던 일로 인해 마음의 상처를 받았다고 생각하셨는지 때로 아버지는 자존심의 부질없음을 강조하곤 하셨습니다.

"아버지는 저에 대해 아무것도 모르세요!" 저는 말했습니다. "저처럼 비천한 놈에게 자존심이 있다면 인간의 감정과 열정이란 얼마나 타락한 것일까요? 불행한 쥐스틴은 저처럼 결백했지만 의심을 받고 결국 죽었잖아요. 저는 쥐스틴을 죽인 원흉입니다. 윌리엄, 쥐스틴, 앙리 모두 제 손에 죽은 거라고요."

내가 감옥에 있는 동안에도 아버지는 종종 제가 되풀이하는 말을 들으셨습니다. 내가 자책할 때면 아버지는 내가 겪은 일을 궁금해하기도 하셨지만, 보통은 내 정신 착란이거나 병으로 인한 망상 때문이라고 생각하시는 것 같았습니다. 나는 내가 만든 괴물에 대해서는 끝내 침묵을 지켰습니다. 그런 얘기를 했다가는 정말 미친 사람 취급을 당할 것만 같았습니다. 더구나 듣는 사람을 경악하게 만들고 초자연적 공포를 가슴에 심어줄 비밀을 나는 결코 말해 줄 수 없었습니다. 그래서 나는 누가 알아준다면 세상을 다 주었을 비밀을 마음속에 간직한 채, 이 믿기 어려운 사실을 공개할 기회가 와도 끝내 침묵을 지켰습니다. 하지만 가끔 기억에 저장된 말들이 불쑥 튀어나올 때가 있었습니다. 그때는 아무 설명도 해줄 수 없었지만 말할 수 없는 고통의 짐을 조금이라도 덜어내는 느낌이었습니다.

아버지는 의아한 듯 말씀하셨습니다. "빅토르, 그게 대체 무슨 소리냐? 부탁이다. 다시는 그런 소리를 하지 말아다오."

그러면 나는 흥분해 소리쳤습니다. "저는 미치지 않았어요. 제가 한 일을 증언해 줄 하늘과 태양이 있어요. 제가 무고한 사람들을 죽인 범인입니다. 제가 한 짓때문에 그들이 죽었다고요. 그들을 다시 살리기 위해 제 목숨도 바칠 수 있지만, 인류를 멸망시킬 수는 없잖아요."

이 말에 아버지는 내가 망상에 빠졌다고 확신했고, 바로 대화 주제를 바꿔 내 주의를 돌리려고 하셨습니다. 아버지는 아일랜드에서의 기억을 잊게 하려고 애썼고, 그때 겪은 불행을 암시하거나 언급해 내 맘을 아프게 하는 것을 피하셨습니다.

시간이 지나며 나는 조금씩 안정을 되찾았습니다. 마음 깊은 곳에는 여전히 아픔이 남아 있었지만, 전처럼 횡설수설하며 내 죄를 읊어대지는 않았습니다. 내 죄를 알고 있는 것만으로도 충분했습니다. 나 자신을 몰아세우며 자신의 비참함을 호소하지 않았고, 그 결과 설원에서 그놈을 만난 이후로 어느 때보다도 마음이 평화로웠습니다.

파리를 떠나 스위스로 출발하기 며칠 전에 엘리자베스에게서 편지를 받았습니다:

사랑하는 친구,

파리에서 숙부께서 보낸 편지를 받고 얼마나 기뻤는지 몰라. 더는 네가 먼 곳에 있지 않고, 2주 내로 널 볼 수 있다는 희망이 생겼으니까 말이야. 가엾은 내 사촌, 얼마나 고생이 많았을까! 제네바를 떠났을 때보다 훨씬 더 수척해져 있겠지? 이번 겨울은 긴장과 불안으로 너무 힘들게 보냈지만, 그래도 네 얼굴에서 평화가 보이고 마음도 안정되어 평온해져 있기를 바라.

하지만 1년 전에 너를 그렇게 불행하게 만든 감정이 여전히 남아 있을까 봐, 시간이 지나면서 더 커졌을까 봐 두려워. 온갖 불행에 시달리고 있는 널 귀찮게 하고 싶지는 않지만, 숙부가 떠나기 전에 이야기한 게 있어서 만나기 전에 설명해 줘야 할 것 같아.

설명이라! 넌, 내가 뭘 설명할 게 있을까 궁금하겠지? 정말로 그렇게 생각한다면 내 질문에 이미 대답한 것이고 모든 의문도 해결된 셈이야. 하지만 너는 지금 멀리 떨어져 있으면서 이런 말이 나오는 걸 두려워하면서도 좋아할지 몰라. 그걸 생각해서, 네가 없는 동안 말하고 싶었지만 용기를 내지 못했던 것을 적어 보려고 해.

빅토르, 어릴 때부터 부모님의 가장 큰 바람이 우리를 결혼시키는 거였다는 사실은 잘 알고 있지? 우린 어릴 때부터 그런 이야기를 들었고, 우리도 그 결혼을 당연한 것으로 생각했지. 어렸을 때 우리는 다정한 소꿉친구였고, 성장하면서는 서로에게 사랑스럽고 소중한 친구였어. 하지만 남매간에도 적극적으로 애정을 표현하면서도 그 이상의 관계로 발전하지 않는 경우가 많잖아? 혹시 우리도 그런 경우가 아닐까? 빅토르, 솔직하게 대답해 줘. 서로의 행복을 위해서라도 진실을 말해 주었으면 좋겠어. 혹시 다른 사람을 사랑하고 있는 거니?

넌 집을 떠나 잉골슈타트에서 몇 년을 보냈잖아. 그러고 저번 가을에 만났을 때는 사람들과 떨어져 혼자 있으려고 했지. 불행해 보이는 너를 보며 솔직히 나는 네가 우리의 약혼을 후회하고 있는 건 아닐까 하는 생각을 했어. 결혼을 원치 않으면서도 부모님의 소원을 이뤄 드리려고 억지로 끌려다니고 있는 건 아닐까 하는 생각 말이야. 하지만 그건 나의 잘못된 생각일 지도 몰라. 빅토르, 고백하건대 나는 너를 사랑하고, 내 미래의 계획 속에서 너는 변함없는 친구이자 동반자이길 원해. 하지만 진실로 너의 행복을 바라는 마음에서 말하는데, 자유로운 선택에 따른 게 아니라면 우리의 결혼 생활은 결코 행복할 수 없을 거야. 네가 단지 약속 때문에 사랑과 행복의 꿈을 포기했다고 생각하면 나는 눈물이 나. 설마 나의 일방적인 애정이 네 꿈을 방해하고 널 더욱 불행하게 만들고 있는 건 아니겠지? 빅토르, 너의 사촌이자 소꿉친구인 나는 너를 진심으로 사랑하고, 그래서 이런 생각에 괴로울 수밖에 없어. 난 네가 행복하길 바라. 내 마음을 이해해 준다면 세상 어떤 일도 내 마음의 평온을 방해하지 못할 거야.

이 편지가 네 마음을 어지럽히지 않았으면 좋겠어. 대답하기 힘들다면 내일이나 모레, 아니면 네가 도착할 때까지 답장하지 않아도 돼. 네 건강 상태는 숙부께서 편지로 알려주실 거야. 우리

가 만날 때 너의 미소를 볼 수 있다면, 이 편지 때문이건 또는 내
가 한 다른 일 때문이건 나는 더없이 행복할 거야.

17xx년 5월 18일 제네바에서
엘리자베스 라벤자로부터.

이 편지를 읽고 나는 잠시 잊고 있었던 악마의 협박이 생각났습
니다. "너의 신혼 첫날밤에 내가 너와 함께 있을 거야"라고 했던 그
말 말입니다. 그날 밤 악마는 무슨 수를 써서라도 나를 파멸시키고
내 행복한 순간을 빼앗으려고 모든 수를 동원할 것입니다. 그날 밤
놈은 나를 죽임으로써 자기 범죄의 종지부를 찍으려고 합니다. 자,
그렇다면 이제 우리에게는 목숨을 건 싸움이 남았을 뿐입니다. 싸
움에서 그가 승리하면 나는 영원한 안식을 얻을 것이고 놈도 더 이
상 나를 괴롭히지 못할 것입니다. 반대로 그가 패배하면 나는 자유
의 몸이 될 수 있을 것입니다. 맙소사! 자유라니요? 그게 자유라면
가족을 잃고 오두막이 불타고 땅은 초토화되어 비참하게 떠도는
농부도 자유를 누리는 걸까요? 나의 자유도 그와 같을 것입니다. 엘
리자베스라는 보물을 간직하는 대신, 죽을 때까지 날 쫓아다니는
후회와 죄책감의 악몽에 시달리게 되겠죠.

사랑스러운 엘리자베스! 나는 그녀의 편지를 읽고 또 읽었습니다.
따뜻한 감정이 가슴을 채우고 사랑과 기쁨으로 충만한 천국에의

약속을 속삭여 주었습니다. 하지만 나는 이미 선악과를 베어 물었고, 천사는 모든 희망에서 나를 밀어내려 하고 있었습니다. 그럼에도 나는 그녀의 행복을 위해서 기꺼이 죽을 수도 있었습니다. 괴물이 정말 협박을 실행으로 옮긴다면 어차피 죽음은 피할 수 없을 것입니다. 하지만 결혼이 나의 운명을 앞당기는 것은 아닌지 다시 생각해 보았습니다. 나의 파멸은 몇 달 앞당겨질 수 있지만, 협박 때문에 결혼식을 미뤘다고 의심한다면 그 악마는 분명 다른 방법으로 더 끔찍한 복수를 시도할 것입니다. 놈은 내 신혼 첫날밤에 함께하겠다고 맹세했지 그때까지 잠자코 있겠다고는 말하지 않았습니다. 자신이 피에 굶주려 있음을 증명하듯 협박 뒤에 곧바로 클레르발을 살해하지 않았습니까? 그래서 나는 엘리자베스와의 결혼이 그녀와 아버지에게 행복을 가져다준다면 놈이 내 목숨을 노리든 말든 단 한 시간도 결혼을 늦춰서는 안 된다고 결론을 내렸습니다.

이런 마음으로 난 엘리자베스에게 편지를 썼습니다. 진지하고 애정이 담긴 편지였습니다.

"사랑하는 엘리자베스. 이 땅이 우리에게 허락한 행복은 얼마 남지 않았지만 내가 누릴 행복이 있다면 모두 너의 덕분일 거야. 쓸데없는 걱정은 하지 말아 줘. 내 삶과 만족을 위한 노력을 오직 너만을 위해 바칠 것이니. 엘리자베스, 나에게는 한 가지 말할 수 없는 비밀이 있어. 아주 끔찍한 비밀이지. 그걸 알게 되면 너는 아마 공포에 몸서리칠 거야. 그리고 내 비참한 상황에 놀라기보다, 어떻게 내가 지금까지 버텨왔는지 궁금해 할 거야. 사랑하는 엘리자베스. 우리 사이에는 완전한 신뢰가 필요해. 결혼한 다음 날에 그 불행하고 무서운 사연을 들려줄게. 그때까지는 그 얘기를 묻거나 언급하지 말아 줘. 간절한 부탁이야. 네가 내 말을 들어줄 거라고 믿어."

엘리자베스의 편지를 받고 일주일쯤 뒤에 우리는 제네바에 도착했습니다. 이 사랑스러운 여인은 나를 따뜻하게 반겨주었지만, 내 야윈 몸과 열에 들뜬 뺨을 보자 그만 눈물을 쏟고 말았습니다. 엘리자베스도 많이 변해 있었습니다. 더 야위어 있었고 나를 매료시켰던 천사 같은 생기발랄함도 많이 사라진 것 같았습니다. 하지만 그녀의 우아함과 다정한 눈빛은 상처받고 고통받는 나 같은 사람에게는 더없이 어울리는 반려자로 느껴졌습니다.

그러나 마음의 평화는 오래 가지 못했습니다. 내 기억이 되살아나면서 광기도 함께 되살아났습니다. 지나간 일이 떠오르면 발작이 나를 덮쳤습니다. 어떤 때는 분노에 휩싸여 무섭게 화를 내다가도 어떤 때는 낙담해 한없이 가라앉곤 했습니다. 아무와도 말을 나누거나 눈을 마주치지 않았지만, 나를 압도하는 끔찍한 생각에서 헤어날 수 없었습니다.

이런 상황에서 날 구원해줄 수 있는 사람은 엘리자베스뿐이었습니다. 내가 분노에 휩싸일 때는 부드러운 목소리로 나를 달래주었고, 내가 침울해져 있을 때는 사람의 온기를 불어넣어 주었습니다.

그녀는 나와 함께 울고 나를 위해 웃어 주었습니다. 제정신으로 돌아오면 그녀는 나를 나무라며 이제는 내려놓으라고 애원했습니다. 아, 그냥 불행한 사람이라면 체념할 수 있겠지만 죄인에게 평화란 없는 법입니다. 후회의 고통은 과도한 슬픔에 빠지는 사치마저도 허락하지 않으니까요.

아버지는 도착하자마자 엘리자베스와 결혼하라고 재촉하셨습니다. 하지만 나는 침묵을 지켰습니다.

"정말 사랑하는 사람이 따로 있기라도 한 거니?"

"천만에요. 저는 엘리자베스를 사랑하고, 기쁜 마음으로 결혼을 기다리고 있어요. 그러면 먼저 날짜를 잡기로 해요. 그러고 나면 저는 제 삶과 죽음을 엘리자베스의 행복을 위해 바치겠어요."

"빅토르, 그런 말은 하지 말지 마. 우리가 비록 큰 불행을 겪었지만, 이제는 남은 사람들끼리 헌신하며 떠난 이들에 대한 사랑을 살아있는 사람들에게 나누어주어야지. 몇 안 되는 식구지만, 우리의 애정과 공통의 불행이 오히려 우리를 더 끈끈하게 묶어줄 수 있을 거야. 그리고 시간이 흘러 지금의 절망이 사라지면 없는 사람들 대신에 새로 보살펴 줄 소중한 아이도 태어나지 않겠니?"

아버지는 그렇게 나를 타이르셨죠. 하지만 그럴수록 악마의 협박이 새로이 떠오를 뿐이었습니다. 악마의 잔인한 행동이 지금까지 실패한 적이 없는 만큼 나는 그를 무적이라고 생각할 수밖에 없었습니다. 그래서 놈이 "신혼 첫날밤에 너와 함께 있을 거야"라고 말했을 때 그 협박을 피할 수 없는 운명으로 받아들인 것도 당연했습니다. 그러나 엘리자베스를 잃는 것에 비하면 내 죽음 따위는 아무것도 아니었습니다. 나는 만족하고 기쁜 표정을 지으며 엘리자베스만 동의한다면 열흘 안에 결혼식을 치르겠다고 아버지와 약속했고, 그걸로 내 운명을 봉인해 버렸다고 생각했습니다.

오, 하느님! 적의 악랄한 의도가 무엇인지 한순간이라도 생각했다면 나는 이 비참한 결혼에 동의하느니 영원히 고향을 떠나 연고 없는 부랑자로 세상을 떠돌았을 것입니다. 하지만 괴물은 자신의 진짜 의도를 감쪽같이 감추었고, 나는 내 죽음만 준비하면 된다고 생각하며 목숨보다 훨씬 소중한 사람의 죽음을 앞당기고 있었습니다.

비겁함 때문일까요? 아니면 불행을 직감했던 때문일까요? 결혼 날짜가 다가올수록 내 기분이 점점 가라앉는 것을 느꼈습니다. 나는 아버지의 얼굴에 미소와 기쁨을 선사하기 위해 쾌활한 모습으로 감정을 숨겼지만, 예민하고 조심스러운 엘리자베스의 눈은 속일 수 없었습니다. 그녀는 차분하게 결혼을 준비했지만, 과거의 불행이 남긴 발자국 때문에 확실하고 손에 잡힐 것만 같은 행복이 곧 덧없는 꿈으로 사라지고 영원한 후회만 남을지도 모른다는 두려움을 떨쳐 버릴 수 없었습니다.

결혼식 준비가 진행되고 축하객들이 찾아왔습니다. 모두가 웃는 얼굴을 하고 있었습니다. 나는 마음속의 불안을 최대한 숨기고 아버지의 계획에 진지한 척 동참했습니다. 그것이 비록 곧 닥칠 비극의 시작일지언정 말입니다. 아버지가 힘쓴 덕분에 엘리자베스는 오스트리아 정부로부터 유산 일부를 돌려받을 수 있었습니다. 코모 호숫가의 작은 땅이 그녀의 소유가 되었습니다. 우리는 결혼식을 올린 뒤 곧바로 아름다운 호수에 인접한 라벤자 소유의 저택으로 가서 행복한 신혼 첫날을 보내기로 했습니다.

그동안 나는 악마가 공격해 올 것에 대비해 모든 예방조치를 준비해 놓았습니다. 권총과 단검을 늘 지니고 다니며 놈의 책략에 대비해 경계 태세를 갖추었습니다. 그러고 나니 마음이 한결 편했습니다. 시간이 다가올수록 놈의 협박은 결코 내 평화를 흔들지 못할 망상으로 보였고, 내가 꿈꾸었던 행복한 결혼 생활은 그 어떤 사고로도 막을 수 없는 엄연한 사실로 여겨졌습니다.

엘리자베스는 행복해 보였고, 나의 침착한 태도는 그녀의 마음을 안정시키는 데 큰 도움이 되었습니다. 하지만 내가 기다리던 운명의 날이 오자 불길한 예감과 함께 우울감이 그녀를 사로잡았습니다. 아마 내가 결혼 다음 날 밝히겠다던 끔찍한 비밀이 생각났던 모양입니다. 반면에 결혼 준비에 들뜨고 분주했던 아버지는 엘리자베스의 우울함을 그저 신부의 수줍음 정도로만 생각했습니다.

예식이 끝난 뒤 아버지의 집에서 큰 파티가 열렸지만, 배를 타고 여행을 가기로 한 엘리자베스와 나는 그날 밤을 에비앙에서 보내기로 합의했습니다. 날씨는 화창했고 바람도 좋았습니다. 온 세상이 미소를 지으며 우리의 출발을 환영하는 듯했습니다.

그것이 내 인생에서 마지막으로 경험한 행복한 순간이었습니다. 우리가 탄 배는 빠르게 나아갔습니다. 태양은 뜨거웠지만, 일종의 덮개 지붕이 그늘을 만들어 주어 아름다운 풍경을 즐길 수 있었습니다. 호수 저편에 살레브산 봉우리와 몽탈레그르의 푸른 둑, 그리고 이 모든 풍경을 내려다보는 아름다운 몽블랑과, 거기에 어깨를 기댄 눈 덮인 산들이 보였습니다. 호수 반대편에서는 조국을 노리는 침략자들과 조국을 떠나려는 야심가들에게 넘을 수 없는 장벽을 만들어주던 든든한 쥐라산맥이 모습을 드러내고 있었습니다.

나는 엘리자베스의 손을 잡고 말했습니다. "엘리자베스, 슬퍼 보이는군. 그동안 내가 겪었고 지금도 견디고 있는 고통을 안다면, 오늘 하루만은 절망에서 벗어나 평온과 자유를 맛볼 수 있도록 허락해 줄 텐데."

"행복해져야 해, 빅토르." 엘리자베스가 대답했습니다. "아무도 너를 괴롭히지 않았으면 좋겠어. 비록 내 얼굴에 기쁨이 번지지 않아도 내가 만족하고 있다는 걸 알아주었으면 해. 우리의 미래에 대해 너무 많은 기대를 하지 말라고 속삭이는 목소리가 들리지만, 난 그런 불길한 소리에 귀 기울이지 않을 거야. 우리가 얼마나 빨리 나아가고 있는지 한번 봐. 몽블랑 꼭대기까지 솟아 있는 구름이 아름다운 풍경을 얼마나 더 돋보이게 만드는지 좀 봐. 바닥의 조약돌까지 셀 수 있을 정도로 맑은 물속에서 떼 지어 헤엄치는 물고기도 좀 보고 말이야. 얼마나 축복받은 날인지! 자연과 만물은 또 얼마나 행복하고 평화로운지!"

이렇게 엘리자베스는 자신과 내게 떠오르는 모든 우울한 생각들을 몰아내려고 애썼습니다. 하지만 그녀의 감정도 흔들리고 있었습니다. 한순간 기쁨으로 눈을 반짝이다가도 자주 상념과 몽상에 빠지곤 했습니다.

해가 가라앉기 시작했습니다. 우리는 드랑스 강을 지나며 높고 낮은 언덕 사이를 지나는 강줄기를 바라보았습니다. 알프스산맥이 호수에 가까워지면서 우리는 호수 동쪽 경계를 이루는 분지로 다가갔습니다. 겹겹이 우뚝 선 산 아래서 숲에 둘러싸인 에비앙 마을의 교회 첨탑이 빛나고 있었습니다.

우리를 빠르게 실어 나르던 바람이 해 질 무렵에는 산들바람으로 잦아들었습니다. 물가에 가까워지자 부드러운 물결이 일었고 나무들도 기분 좋게 살랑거렸습니다. 물가에서 향기로운 꽃향기와 건초향이 실려 왔습니다. 해가 수평선 밑으로 가라앉았습니다. 물가에 다다르자 다시 걱정과 두려움이 되살아났고, 그 두려움은 나를 붙들고 영원히 놓아주지 않을 것만 같았습니다.

제23장

배에서 내린 것은 8시쯤 되었을 때였습니다. 우리는 잠시 호숫가를 걸으며 마지막 기우는 햇살을 만끽했습니다. 그리고 숙소로 돌아와 어둠 속에서도 여전히 검은 윤곽을 드러낸 바다와 숲과 산의 아름다운 풍경을 감상했습니다.

남쪽에서 바람이 잦아들고 나니 이제는 서쪽에서 거세게 바람이 불어왔습니다. 달은 하늘 꼭대기까지 올라갔다가 기울기 시작했고, 독수리보다도 빨리 스쳐 지나가는 구름이 달빛을 희미하게 만들었습니다. 호수는 분주한 하늘의 풍경을 비추고 있었습니다. 호수 위로 불안한 물결이 일기 시작하면서 풍경은 더욱 분주해졌습니다. 그러다 갑자기 폭풍우가 몰려왔습니다.

낮에는 평화로웠지만, 밤이 되어 사물들의 형체가 가려지자 수만 가지 두려운 생각이 마음속에 떠올랐습니다. 나는 가슴에 숨겨 둔 권총을 오른손으로 만지며 긴장과 경계를 늦추지 않았습니다. 모든 소리가 공포였지만, 적과 나 둘 중 하나가 죽을 때까지 물러서지 않겠다고 다짐했습니다.

엘리자베스는 불안해 하는 내 모습을 걱정하며 말없이 지켜보았습니다. 내 눈빛에서 공포를 읽었는지 엘리자베스는 마침내 떨리는 목소리로 물었습니다. "왜 그렇게 불안해하는 거야, 빅토르? 뭐가 그렇게 두려운 건데?"

"오! 괜찮아, 괜찮아, 엘리자베스. 오늘 밤만 지나면 다 괜찮아질 거야. 하지만 오늘 밤은 정말 떨리는군." 내가 대답했습니다.

그렇게 약 한 시간이 지나고 난 뒤, 문득 곧 격투가 벌어지면 아내가 얼마나 무서워할까 하는 생각이 들었습니다. 놈의 동태를 어느 정도 파악하기 전까지 아내와 떨어져 있기로 마음먹고 나는 아내에게 먼저 들어가 잠을 청하라고 간곡히 부탁했습니다.

그녀가 들어가고 난 뒤 한동안 놈이 드나들거나 숨어 있을 만한 곳을 샅샅이 살펴보았습니다. 하지만 놈의 흔적은 찾을 수 없었습니다. 운 좋게 무슨 일이 생겨 놈의 계획이 틀어진 게 아닌가 하는 생각을 할 즈음, 갑자기 날카롭고 끔찍한 비명이 들렸습니다. 엘리자베스가 쉬러 들어간 방에서 나는 소리였습니다. 그 소리를 듣는 순간, 나는 모든 사태를 예측할 수 있었고, 두 팔이 무거워지면서 온몸의 근육이 굳어 버린 듯했습니다. 피가 혈관을 따라 흐르면서 사지가 따끔거리는 느낌이었습니다. 그렇게 잠시 멈춰 있던 나는 연이어 들려오는 비명에 급히 방으로 달려갔습니다.

하느님 맙소사! 왜 그때 나는 내 삶을 끝내지 못했을까요! 나는 왜 이곳까지 와서 내 가장 큰 소망이자 세상에서 가장 순수했던 한 생명의 죽음을 이야기하고 있는 걸까요? 그녀는 이미 숨이 끊어진 채 고개를 늘어뜨리고 침대 위에 내팽개쳐져 있었습니다. 창백하게 일그러진 얼굴이 머리카락으로 반쯤 가려져 있었습니다. 지금 어디에 눈길을 두어도 피 한 방울 흘리지 않고 팔을 늘어뜨린 채 편안히 신혼의 침대에 누워 있는 그녀의 모습이 생생합니다. 이런 광경을 목격하고도 어떻게 살아있을 수 있었을까요? 아아, 그래서 삶은 그것을 저주하는 자에게 더 끈덕지게 들러붙는다지 않습니까? 그 뒤의 일은 하나도 기억이 나지 않습니다. 의식을 잃고 바닥에 쓰러졌으니까요.

눈을 떴을 때는 숙소 사람들에게 둘러싸여 있었습니다. 그들의 얼굴은 공포로 하얗게 질려 있었지만, 그 공포심은 내가 겪어야 했던 격렬한 감정에 비하면 한낱 어린애 장난 같은 것이었죠. 나는 그들을 헤치고 내 사랑이자 내 아내, 얼마 전까지 숨을 쉬고 있던 내 소중한 엘리자베스의 시체가 놓인 방으로 달려갔습니다. 그녀는 내가 처음 보았을 때와 다른 자세로 누워 있었습니다. 팔로 머리를 베고 얼굴과 목이 손수건으로 덮여 있었는데, 꼭 잠을 자고 있는 것 같았습니다. 달려가 그녀를 힘껏 껴안았지만 이미 축 늘어지고 차가워진 손발은 내 품 안의 그녀가 더는 내가 사랑하고 아끼던 엘리자베스가 아니라는 걸 말해 주고 있었습니다. 그녀의 목에는 악마가 목을 조른 흔적이 남아 있었고 입술에서는 더 이상 숨결이 새어 나오지 않았습니다.

절망으로 괴로워하다가 위를 올려다보았습니다. 방의 창문에는 이미 어둠이 드리워져 있었습니다. 누렇고 창백한 달빛이 방을 희미하게 비추는 것을 보는 순간, 갑자기 머릿속이 하얘졌습니다. 덧창이 뒤로 젖혀져 있었는데, 열린 창문 뒤에서 소름 끼치도록 혐오스러운 얼굴이 보인 것입니다. 괴물은 웃으며 조롱하듯 손가락으로 내 아내의 시신을 가리키고 있었습니다. 나는 창가로 달려가며 가슴에서 권총을 꺼내 발사했지만, 놈은 잽싸게 피하며 밑으로 뛰어내리더니 번개처럼 빠르게 호수로 뛰어들었습니다.

총소리를 듣고 사람들이 방으로 몰려왔습니다. 나는 놈이 사라진 지점을 가리켰고, 우리는 배를 타고 뒤를 쫓았습니다. 그물까지 던져 보았지만 헛수고였습니다. 몇 시간 뒤에는 배를 되돌려야 했고, 함께 갔던 사람들 대부분은 내가 헛것을 보았다고 생각했습니다. 배에서 내린 뒤에 사람들은 숲과 포도밭으로 흩어져 마을을 수색했습니다.

나도 그들과 함께 집 주변을 수색했지만, 머릿속은 빙빙 돌고 걸음은 술에 취한 사람처럼 비틀거렸습니다. 그러다가 마침내 기력이 다해 쓰러지고 말았습니다. 눈에 얇은 막이 씌워진 것처럼 앞이 뿌옇고, 입술은 열로 바싹 타 들어갔습니다. 그 상태로 나는 침대로 옮겨졌고, 그 뒤로는 무슨 일이 일어났는지 하나도 기억할 수 없습니다. 다만 잃어버린 무언가를 찾는 듯 내 눈은 사방을 두리번거리고 있었습니다.

그러다가 나는 본능적으로 벌떡 일어나 사랑하는 아내의 시신이 누워 있는 방으로 기어갔습니다. 여인들이 주위를 에워싼 채 울고 있었습니다. 나는 그들과 함께 시신을 붙들고 눈물을 흘렸습니다. 아무 생각도 떠오르지 않았고, 내 머릿속은 나에게 닥친 불행과 그 이유에 대한 수많은 상념들로 뒤엉켰습니다. 밀려오는 충격과 공포에 나는 꼼짝할 수 없었습니다. 윌리엄의 죽음, 쥐스틴의 처형, 클레르발의 피살, 그리고 마지막으로 아내의 죽음까지……. 하지만 아직 남은 식구들이 악마의 원한으로부터 자유로울지도 알 수 없는 상태였습니다. 지금 아버지가 놈의 손아귀 아래 몸부림치고 있을지도 모르고, 에르네스트가 놈의 발에 짓밟혀 죽었을지도 모릅니다. 이런 생각에 진저리치며 나는 당장 행동에 나서야겠다고 생각했습니다. 자리에서 벌떡 일어난 나는 즉시 제네바로 돌아가기로 결심했습니다.

말을 구할 수 없어 호숫가를 돌아서 가야 했는데, 세찬 바람이 불고 비가 억수같이 쏟아졌습니다. 그러나 아직 동이 트기 전이었으므로 밤까지는 충분히 도착할 수 있을 것 같았습니다. 몸을 움직이는 것으로 마음의 고통을 떨쳐내려 했기에 뱃사공을 구했음에도 직접 노를 저었습니다. 그러나 마음속의 극심한 고통과 혼란으로 인해 아무것도 할 수 없었습니다. 나는 노를 내던지고 손으로 머리를 감싸 안은 채 비관적인 생각에 몸을 맡겼습니다. 고개를 들면 행복했던 시절의 익숙한 풍경이 눈에 들어왔고, 어제까지 함께했지만 지금은 추억 속의 환영이 되어 버린 그녀의 모습도 보였습니다. 눈물이 흘러내렸습니다. 잠시 비가 그치자 불과 몇 시간 전에 엘리자베스가 지켜보던 물고기들이 물속에서 노니는 모습이 보였습니다. 갑작스럽게 닥친 변화만큼 인간을 고통스럽게 하는 것이 또 있을까요? 빛나는 태양도 그 아래 구름도 모든 것이 어제와 같지 않았습니다. 악마가 행복한 미래에 대한 희망을 모조리 빼앗아 가 버린 것입니다. 세상에 나처럼 끔찍한 일을 당한 비참한 존재는 없을 것입니다.

이 사건 이후 일어난 일들에 대해 굳이 이야기해야 할까요? 더없이 끔찍한 사건이었습니다. 이야기는 이미 절정에 이르렀고, 이제부터는 지루한 이야기가 이어질 뿐입니다. 친구들을 한 명씩 잃고 나는 홀로 남겨졌습니다. 체력도 소진되었으니 이제는 이 끔찍한 이야기의 남은 부분만 짧게 들려드리도록 하죠.

나는 제네바로 돌아왔습니다. 아버지와 에르네스트는 아직 살아 있었지만, 내가 전한 소식에 아버지는 그만 쓰러지고 말았습니다. 지금도 아버지의 모습이 눈에 선합니다. 정말 훌륭하고 존경할 만한 노인이었는데! 매력적이던 아버지의 눈은 생기를 잃고 허공을 맴돌았습니다. 엘리자베스는 아버지에게 딸 이상의 존재였습니다. 아버지는 노년의 애정을 모두 끌어모아 그녀를 아껴주었죠. 아버지의 백발을 불행과 절망의 구렁텅이로 몰아넣은 저주받을 악마여! 아버지는 주위에 쌓여 가는 공포를 이기지 못하셨습니다. 아버지가 지닌 생명의 샘이 갑작스레 고갈되었습니다. 결국, 아버지는 일어나지 못하고 며칠 만에 내 품에서 숨을 거두셨습니다.

그 후로 저는 어떻게 됐냐고요? 모르겠습니다. 의식을 잃었고 사슬과 어둠만이 나를 짓눌렀습니다. 어린 시절 친구들과 함께 꽃이 만발한 초원과 아름다운 골짜기를 쏘다니는 꿈을 꾸기도 했지만, 깨고 나면 다시 지하 감옥 안이었습니다. 우울감이 뒤따랐고, 내게 닥친 불행을 똑바로 바라보게 되었을 때쯤 나는 풀려났습니다. 사람들이 나를 미친 사람 취급하는 것으로 보아 몇 달 동안 감옥 같은 곳에 있었던 것 같습니다.

하지만 자유는 내게 쓸모없는 선물이었습니다. 다시 정신을 차린 나는 복수를 결심했습니다. 과거의 불행한 기억이 나를 짓누르자 내가 만든 괴물, 내가 세상에 내보내 파멸을 자초했던 끔찍한 악마가 다시 생각났습니다. 그를 생각하자 미칠 듯한 분노가 일었고, 놈을 손아귀에 쥐고 저주받은 머리통에 강력한 복수의 한 방을 먹여 줄 수 있기만을 간절히 기도했습니다.

앉아서 증오만 불태우고 있을 수는 없었습니다. 나는 놈을 끌어들일 최선의 방법을 궁리했습니다. 석방된 지 한 달쯤 지나서 마을의 치안 판사를 찾아갔습니다. 그에게 내 가족을 몰살한 자를 고발하니 살인자를 체포하기 위한 모든 조처를 해 달라고 애원했습니다.

치안 판사는 내 말에 관심 있게 귀를 기울였습니다. "안심하시오, 선생." 그가 말했습니다. "범인을 찾기 위해 모든 수고와 노력을 아끼지 않겠소."

"감사합니다." 내가 대답했습니다. "그렇다면 제 진술을 들어주십시오. 너무 기이하고 놀라운 이야기라 판사님께서 증거 없이도 믿으실지 모르겠습니다. 하지만 망상으로 치부하기에는 이야기가 일관

된 데다 저도 거짓말을 할 이유가 전혀 없다는 걸 알아주십시오."
그렇게 나는 간절함을 담아 침착하게 이야기를 이어 나갔습니다.
나를 파멸시킨 놈을 죽을 때까지 쫓아가겠다고 다짐한 덕분에 나
는 고통을 가라앉히고 잠시나마 삶의 의지를 되찾을 수 있었습니
다. 나는 지난 이야기를 간결하고 정확하게 전달했습니다. 사건의 날
짜를 정확하게 이야기했고, 중간에 저주나 한탄을 토해내거나 옆길
로 새지도 않았습니다.

판사는 처음엔 내 말을 의심하는 듯했지만, 이야기가 진행될수록
흥미와 관심을 보이며 때론 공포로 몸을 떨기도 하고 때론 얼굴에
경악의 표정을 드러내 보이기도 했습니다.

이야기를 마치고 내가 말했습니다 "이 자가 바로 제가 고발하려
는 그놈입니다. 판사님께서 반드시 범인을 체포하여 처벌해 주시리
라 믿습니다. 판사님께서 아무 사심 없이 공명정대하게 이 사건을
처리하여 주시기를 바랍니다."

여기까지 말하자 판사의 표정이 갑자기 바뀌었습니다. 초자연적
존재에 대한 나의 이야기를 반신반의하며 듣고 있던 그는 공식적인
조치를 요구하자 다시 의구심에 사로잡힌 듯했습니다. 하지만 그는
여전히 친절한 말투로 대답했습니다. "당신이 원한다면 어떤 도움이
라도 주어야겠지. 하지만 듣자니 그 생명체는 내가 손을 쓸 수 없을
만치 강력한 것 같군. 얼음으로 덮인 바다를 건너고, 인간은 들어갈
엄두도 못 내는 동굴과 구덩이에서 사는 생명체를 어떻게 쫓아가
잡을 수 있단 말이오? 게다가 범죄를 저지른 지 벌써 몇 달이 지난

뒤에 그자가 어디를 떠도는지, 어디에 살고 있는지 누가 알겠소?”

“그놈은 틀림없이 제 주변을 맴돌고 있을 겁니다. 그자가 알프스로 도피했다고 해도 영양처럼 사냥해서 맹수들의 먹잇감으로 던져주지 않으면 안 됩니다. 하지만 이제 판사님의 생각을 알겠군요. 판사님은 제 이야기를 믿지도, 그자에게 마땅한 벌을 내릴 생각도 없으신 거죠?”

그 말을 하는 내 눈은 분노로 이글거렸고, 판사는 겁을 먹은 듯했습니다. “그렇지 않소.” 그가 말했습니다. “나는 최선을 다할 것이고 괴물을 잡기만 한다면 죄에 상응하는 벌을 받게 할 것이니 안심하시오. 다만 당신이 말한 그자의 능력으로 보아선 잡는 게 불가능할지도 모르고, 나도 모든 조처를 하겠지만 그쪽도 실망할 각오는 해야 한단 말이오.”

“그럴 수는 없습니다. 더 말해 봐야 소용이 없을 것 같군요. 내 복수가 판사님께는 의미가 없을 테니까요. 하지만 솔직히 말하면 놈에게 복수하는 것이 나의 유일하고도 간절한 소원입니다. 내가 세상에 풀어 놓은 살인마가 돌아다니고 있다는 걸 생각하면 말할 수 없는 분노가 치솟습니다. 판사님이 제 정당한 요구를 거부하신다면 남은 길은 단 한 가지뿐입니다. 죽기 살기로 싸워 놈을 없애버릴 수밖에요.”

이 말을 하는 나의 몸은 분노에 떨리고 있었습니다. 나의 태도는 광기에 가까웠고, 옛 순교자들이 가졌다던 불손한 열정까지 보였습니다. 그러나 소명의식이나 공명심 따위와는 거리가 먼 제네바의 일

개 치안 판사에게 나의 격앙된 모습은 광기로밖에 보이지 않았을 겁니다. 그는 내 이야기를 환각을 본 것으로 치부하며 보모가 아이를 달래듯 나를 진정시키려 애썼습니다.

나는 외쳤습니다. "어리석게도 자기가 지혜롭다고 생각하는군! 됐소. 당신은 자신이 하는 말조차 이해하지 못하고 있소."

격분한 나는 자리를 박차고 나왔고, 다른 방법을 찾기 위해 집으로 향했습니다.

제24장

　이제는 다른 어떤 생각도 떠오르지 않았습니다. 나는 분노에 휩싸여 있었고 복수심만이 힘을 주고 평정심을 찾게 해주었습니다. 복수심은 내 감정을 지배하며 정신 착란이나 죽음에 이를 수 있는 상황에서도 침착하고 계산적으로 행동할 수 있게 해주었습니다.

　나의 첫 번째 결심은 제네바를 영원히 뜨는 것이었습니다. 내가 사랑했고 행복을 주었던 고향은 온갖 역경과 함께 이제 증오의 대상이 되었습니다. 나는 어머니가 물려주신 보석 몇 개와 몇 푼의 돈을 챙겨서 집을 떠났습니다.

　이제 죽어야만 끝날 방황이 시작되었습니다. 나는 세계의 구석구석을 떠돌았고, 사막과 오지를 여행하며 가혹한 시련을 견뎌냈습니다. 내가 어떻게 살아남았는지 모르겠습니다. 모래밭 위에 사지를 뻗고 누워 죽음 달라고 기도한 순간이 한두 번도 아니었습니다. 그러나 복수의 갈망이 나를 살아있게 해주었습니다. 그를 살려 둔 채로 나 혼자 죽을 수는 없었습니다.

제네바를 떠나면서 제일 먼저 한 일은 악마를 뒤쫓을 단서를 찾는 것이었습니다. 하지만 마땅한 계획이 없었고, 어디로 가야 할지 몰라서 마을 주변을 몇 시간 동안 배회했습니다. 밤이 되자 나는 윌리엄과 엘리자베스, 아버지가 잠들어 있는 공동묘지에 도착했습니다. 묘지에 들어가서 묘비 앞에 섰습니다. 나뭇잎이 바람에 수런대는 소리를 빼면 사방이 조용했습니다. 칠흑처럼 어두운 밤이었기에 그 장면은 누가 보아도 엄숙하고 감동적이었을 겁니다. 떠나간 이들의 영혼이 슬픔에 잠긴 내 주위를 둘러싸고 그림자를 드리우는 것 같았습니다.

그런 장면이 불러일으킨 깊은 슬픔은 곧 분노와 절망으로 바뀌었습니다. 그들은 죽었고 나는 살아있습니다. 그들의 생명을 빼앗아 간 놈도 아직 살아있습니다. 그놈을 처단하기 위해서 지친 몸을 이끌고라도 가야 했습니다. 나는 풀밭에 무릎을 꿇고 땅에 입을 맞춘 뒤 떨리는 목소리로 외쳤습니다. "오 밤이여, 그리고 밤을 지배하는 정령들이여, 내가 무릎 꿇고 있는 신성한 땅의 이름으로, 내 곁을 맴도는 그림자의 이름으로, 내 깊고 영원한 상처의 이름으로, 그리고 당신들의 이름으로 맹세합니다. 목숨을 건 싸움에서 둘 중 하나가 죽을 때까지 불행을 안겨준 악마를 뒤쫓겠습니다. 이 목표를 위해 죽지 않고 살아 있겠습니다. 이 달콤한 복수를 완수하기 위해 다시 태양을 마주하고, 죽는다면 영원히 보지 못할 이 땅의 푸르름을 밟겠습니다. 죽은 자들의 영혼과 방랑하는 복수의 화신이여, 부디 내가 하려는 일을 도와주고 인도해 주소서. 그 악마 같은 괴물 놈이 깊은 고통을 겪게 하고, 지금 내가 느끼는 절망을 그대로 맛보게 하소서."

나는 마치 죽은 이들의 영혼이 내 기도를 들어줄 것만 같은 엄숙함과 떨림으로 기도를 시작했지만, 마칠 때쯤에는 분노가 내 말문이 막았습니다.

조용한 밤공기를 뚫고 사악한 웃음소리가 내 말에 응답했습니다. 그 웃음소리는 내 귓가에 길고 무거운 울림을 남겼습니다. 그 소리가 산과 들에 부딪히며 메아리쳤고, 그것은 마치 모든 악마들이 나를 둘러싸고 조롱하는 소리 같았습니다. 그때의 광기로 내 비참한 삶을 끝냈어야 했지만, 이미 놈이 내 서원을 들었고 나는 이미 복수의 준비가 되어 있었습니다. 웃음소리가 사라지고, 익숙하고 소름끼치는 목소리가 귓가를 울렸습니다.

"잘 생각했다. 가엾은 놈! 살기로 결심했다니 잘했어."

소리가 나는 방향으로 달려갔지만, 악마의 모습은 보이지 않았습니다. 그런데 갑자기 크고 둥근 달이 떠오르며 엄청난 속도로 도망치는 놈의 흉악한 몸뚱이를 선명하게 비춰 주었습니다.

나는 그를 추적하기 시작했습니다. 그것이 지난 몇 개월 동안 내가 한 일이었습니다. 작은 단서를 따라 구불구불한 론강을 헤매기도 했습니다. 그러다 푸른 지중해가 눈앞에 펼쳐졌고, 기이한 우연으로 악마가 밤중에 흑해로 가는 배에 몸을 숨기는 것을 목격했습니다. 같은 배에 올랐지만, 놈은 감쪽같이 사라지고 없었습니다.

타타르와 러시아의 황야에서 도망가는 놈을 쫓은 적도 있습니다. 물론 이번에도 놈은 날 따돌렸습니다. 어떤 때는 놈의 기괴한 모습을 보고 놀란 농부들에게 놈이 지나간 길을 듣기도 했고, 어떤 때는 내가 흔적을 모두 놓치고 절망감 때문에 죽어버릴까 봐 걱정한 놈이 직접 흔적을 남기기도 했습니다. 눈이 내리면 하얀 벌판에 놈의 커다란 발자국이 찍혀 있었습니다. 이제 막 세상에 뛰어들어 근심 걱정을 모르는 선장께서 내가 느꼈고 느끼고 있는 감정을 어찌 이해할 수 있겠습니까? 추위나 배고픔이나 피곤함 따위는 견뎌야 하는 고통 중 가장 사소한 것이었습니다. 악마의 저주로 영원한 지옥에 갇힌 것 같았지만 선한 영혼들이 나를 따라다니며 인도해 주었고, 내가 신음하고 있을 때 극복할 수 없을 것 같던 난관에서 나를 구해 주기도 했습니다. 굶주림과 피로에 쓰러지면 사막에서 갑자기 나를 위해 준비된 만찬이 나타나 기력을 회복하기도 했습니다. 시골 농부들의 음식들이 늘 그렇듯이 맛은 형편없었지만, 내가 도움을 청했던 정령들이 내려준 음식이라는 것만은 의심할 수 없었습니다. 내가 갈증에 시달리고 있으면 구름 한 점 없는 건조한 날씨에도 구름이 조금씩 하늘을 덮으며 생명수 같은 빗방울을 흩뿌리고 사라지곤 했습니다.

나는 가능한 한 강줄기를 따라 이동했지만, 괴물은 인구가 밀집해 있는 곳을 되도록 피해 다녔습니다. 대부분은 인적이 없는 곳으로 다녔기 때문에 나는 어쩌다 마주친 야생 동물을 잡아먹으며 근근이 버텨야 했습니다. 가지고 있던 돈을 마을 사람들에게 주고 호의를 얻기도 했고, 내가 사냥한 것들을 가져가 요리에 필요한 불과 도구를 제공한 사람들과 나누어 먹기도 했습니다.

그렇게 지겨운 시간이 흘러갔습니다. 내가 기쁨을 맛볼 수 있는 시간은 오직 잠을 잘 때뿐이었습니다. 그 잠이 얼마나 달콤하던지 너무 힘들 때마다 나는 누워서 잠을 청했습니다. 그러면 꿈이 나를 달래주고 심지어 기쁨의 나라로 안내해 주기도 했습니다. 이 순례를 끝까지 마칠 수 있도록 나를 지켜준 영혼들이 몇 분 또는 몇 시간의 행복을 제공해준 겁니다. 이 휴식마저 없었더라면 나는 고단함을 이기지 못하고 쓰러졌을 것입니다. 낮에는 밤이 오기만을 기다리며 버텼습니다. 잠이 들면 친구와 아내 그리고 사랑하는 고향을 볼 수 있었으니까요. 또, 아버지의 인자한 얼굴도 볼 수도 있었고, 엘리자베스의 맑은 음색도 들을 수도 있었으며, 젊고 건강한 클레르발도 볼 수 있었습니다. 고된 여정에 지칠 때면 이 모든 것이 꿈이라고, 밤이 오면 실제로 사랑하는 이들의 품에 안길 수 있을 거라고 자신을 위로했습니다. 그들을 향한 내 마음이 얼마나 애틋했던지 가끔은 깨어 있을 때에도 사랑하는 그들이 눈앞에 어른거렸고, 나는 그 모습을 붙잡으려고 애쓰며 그들이 여전히 살아있다고 자기최면을 걸기도 했습니다. 그럴 때는 내 안에서 불타오르던 복수심도 식어버렸고, 마음속에 타오르는 욕망보다는 기계적 충동으로 괴물을 무찌르기 위한 발길을 이어 갔습니다.

괴물이 어떤 심정으로 그랬는지는 알 수 없지만, 놈은 때로 나무껍질이나 돌 위에 글자를 새겨서 내 분노를 자극하고 유인했습니다.

"나의 지배는 아직 끝나지 않았다" 놈이 새겨놓은 글자 중에는 이런 문구도 있었습니다. "네가 살아있음으로 내 힘은 완전해진다. 나를 따라와라. 나는 북쪽의 만년 빙설을 찾고 있다. 거기에 있으면 너는 혹한의 고통을 느끼겠지만 나는 끄떡없다. 너무 늦지만 않게 따라오면 이 근방에 죽은 토끼가 있을 것이다. 그걸 먹고 기운을 내라. 어서 와라, 나의 원수여. 아직 우리가 목숨을 걸고 싸운 적은 없지만, 그때까지 힘들고 고통스러운 시간을 수없이 견뎌야 할 것이다."

가소로운 악마 놈! 나는 다시금 복수를 다짐했습니다. 비천한 악마 놈을 고통과 죽음의 구덩이로 내던져 버리리라! 나는 둘 중 하나가 죽을 때까지 결코 추적을 포기하지 않을 것입니다. 그 뒤로는 기뻐 날뛰며 엘리자베스와 떠나간 친구들을 따라갈 것입니다! 그들은 지금 내내 이 기나긴 고행과 끔찍한 순례에 대한 보상을 준비하고 있을 테니까요.

북쪽으로 나아갈수록 눈발은 더욱 굵어지고 추위는 견디기 힘들만치 혹독했습니다. 마을 사람들은 오두막 안에서 꼼짝하지 않았고, 굶주림에 지친 소수의 용감한 사람들만 먹이를 찾으러 나온 짐승들을 잡으러 나왔습니다. 강이 얼어붙어 물고기를 잡을 수 없게 되자, 내 주요한 생계 수단도 끊겼습니다.

내가 난관에 부딪힐수록 괴물의 승리감은 높아졌습니다. 그가 새겨놓은 글에는 이런 말도 있었습니다. "각오해라! 너의 고난은 이제 시작일 뿐이니 모피를 껴입고 식량을 준비해라. 곧 네 고통으로 나의 끝없는 증오를 채워줄 여행이 시작될 것이다."

그의 조롱은 오히려 내게 용기와 인내심을 주었고, 나는 절대 실패하지 않겠다고 다짐했습니다. 하늘에 도움을 청하며 나는 지평선 끝 멀리 바다가 보일 때까지 쉬지 않고 드넓은 황무지를 횡단했습니다. 아! 그곳은 푸른 계절의 남쪽 지방과 얼마나 다르던지! 바다를 육지와 구분해 주는 것은 거칠고 울퉁불퉁한 얼음뿐이었습니다. 그리스인들은 아시아의 고원에서 지중해를 바라보며 자기들의 고난이 끝났다는 기쁨에 눈물을 흘렸다죠? 하지만 나는 울지 않았습니다. 그저 무릎을 꿇고 목적지까지 안전하게 데려다준 나의 수호신께 마음으로 감사드릴 뿐이었습니다. 덕분에 놈의 조롱에도 굴하지 않고 직접 만나서 결판을 낼 수 있게 되었으니 말입니다.

썰매와 개를 구한 나는 상상을 초월한 속도로 몇 주에 걸쳐 눈밭을 건넜습니다. 괴물도 나와 같은 썰매를 가졌는지는 알 수 없습니다. 하지만 매일 벌어졌던 격차가 점점 좁혀지는 것을 느낄 수 있었습니다. 처음 바다가 보였을 때는 놈이 하루면 따라잡을 정도의 거리에 있었으니까요. 나는 놈이 해변에 도착하기 전에 잡을 수 있기를 바랐습니다. 다시 한번 힘을 내 전진을 계속한 지 이틀 만에 해안가의 어느 누추한 마을에 도착했습니다. 주민들에게 수소문한 끝에 나는 확실한 정보를 얻어냈습니다. 마을 사람들에 따르면 전날 밤 소총 한 자루와 여러 자루의 권총으로 무장한 거대한 괴물이 이곳에 왔는데, 외딴 오두막에 살던 한 가족은 그 흉측한 모습에 겁을 먹고 도망쳤다고 했습니다. 그날 밤, 놈은 마을 사람들이 저장해 둔 겨울 식량을 썰매에 싣더니 훈련된 개 여러 마리가 끄는 썰매를 타고 육지 반대쪽 바다를 향해 갔다고 했습니다. 공포에 휩싸여 있던 마을 사람들에게는 다행스러운 일이었죠. 마을 사람들은 얼음이 깨지거나 한파에 얼어붙어 놈이 얼마 못 가고 죽었을 거라고 생각했습니다.

그 이야기를 듣고 나는 잠시 절망에 빠졌습니다. 괴물은 내 추격권을 벗어났고, 이제 거대한 빙하의 바다를 건너는 극한의 모험을 시작해야 했기 때문입니다. 따뜻하고 온화한 기후 속에 살던 내가 그곳 주민들마저 견디기 힘든 추위 속에서 살아남기를 바라는 것은 무리였습니다. 그러나 악마가 승리자로 살아남는다는 생각에 분노와 복수심이 되살아나며 큰 파도처럼 다른 모든 감정을 압도했습니다. 잠시 눈을 붙이는 동안 죽은 자들의 영혼도 내 주위를 돌며 고행과 복수를 종용했습니다. 나는 다시 일어나 떠날 채비를 했습니다.

나는 육상용 썰매를 빙해의 울퉁불퉁한 표면에 맞게 개조한 썰매와 맞바꿨고, 식량을 넉넉히 준비한 뒤에 육지를 떠났습니다.

그렇게 며칠이나 지났는지 알 수 없습니다. 가슴속에서 타오르는 복수심 하나만으로 견딜 수 없을 것 같던 고통을 견뎌냈습니다. 거대하고 험준한 얼음이 앞을 가로막기도 했고, 우레와 같은 소리로 갈라지는 얼음이 목숨을 위협하기도 했습니다. 그러나 다시 눈이 내리면 바닷길은 곧 단단하게 얼어붙었습니다.

내가 먹어치운 식량의 양으로 보아 길을 떠난 지 약 3주 정도 되었던 것 같습니다. 계속 뒷걸음치는 희망이 마음속에서 쓰디쓴 절망의 눈물을 흘리게 했습니다. 절망이 나를 집어 삼키며 비참의 구렁텅이 속으로 곧 가라앉을 처지였습니다. 한번은 고생 끝에 경사진 얼음의 정상까지 올랐는데, 짐승 한 마리가 그만 탈진해서 죽고 말았습니다. 비통한 심정으로 눈앞의 광야를 바라보고 있는데, 갑자기 어스레한 평원 가운데 희미한 반점 하나가 눈에 띄었습니다. 나는 무엇인지 알아내려고 두 눈을 부릅떴습니다. 그리고 마침내 썰매와 거기 올라탄 익숙한 형체를 알아보고 기쁨의 탄성을 질렀습니다. 희망의 불씨가 다시 가슴속에서 타올랐습니다! 기뻐 눈물이 났지만 괴물이 안 보일까 봐 서둘러 눈물을 닦았습니다. 그래도 여전히 눈물이 흘러 시야를 가렸고, 북받치는 감정에 못 이긴 나는 끝내 소리 내어 울고 말았습니다.

그러나 지체할 시간이 없었습니다. 나는 죽은 개를 떼어 놓고 남은 개들에게는 충분히 먹이를 주었습니다. 초조했지만 개들에게는 꼭 필요했을 한 시간의 휴식을 끝내고 나는 다시 길을 재촉했습니다. 지겹기 짝이 없는 여정이었습니다. 놈의 썰매는 여전히 내 시야에 있었습니다. 큰 얼음 바위에 가려질 때를 빼면 썰매에서 눈을 떼지 않았습니다. 썰매는 거의 눈앞에 있었습니다. 이틀 정도 뒤 1마일도 안 되는 거리에서 썰매를 보았을 때는 가슴이 마구 뛰었습니다.

하지만 적을 거의 손아귀에 넣었다고 생각한 순간, 결정적으로 희망이 사라지는 사건이 발생했습니다. 발밑으로 바닷물이 밀려들며 우레와 같은 소리를 냈고, 그 소리는 순간순간 더 불길하고 끔찍해졌습니다. 앞으로 나아가려고 했지만 허사였습니다. 바람이 불고 바다가 으르렁거리는 가운데, 강도 높은 지진과도 견줄 만한 굉음과 함께 얼음이 갈라지고 무너졌습니다. 사태는 곧 끝났지만, 몇 분 뒤에 바닷물이 나와 적 사이에 소용돌이치며 밀려왔습니다. 나는 계속 작아지는 얼음 조각 위에서 표류하며 절망적으로 죽음을 맞이할 준비를 하고 있었습니다.

그렇게 공포의 몇 시간이 지났습니다. 몇 마리의 개가 죽었고 나역시 점점 절망에 빠져들었습니다. 그런데 선장님의 배가 닻을 내려구원의 불빛을 비춰 준 것입니다. 배가 이렇게 북쪽까지 올라오는건 드문 일입니다. 나는 재빨리 썰매를 부수어 노를 만들고, 사력을다해 빙하 뗏목을 저어 배 가까이 올 수 있었습니다. 혹시 배가 남쪽으로 가더라도 절대 포기하지 않고 바다의 자비에 몸을 맡길 생각이었습니다. 선장님께 쪽배를 얻어서라도 놈을 쫓아갈 작정이었습니다. 하지만 다행히 배가 북쪽으로 간다고 하더군요. 잇따른 불운속에서 죽음을 맞이하려는 순간에 선장께서 나를 배에 태워 준 겁니다. 내가 여전히 죽음이 두려운 것은 아직 임무를 완수하지 못했기 때문입니다.

아! 나를 괴물에게로 인도해 준 천사는 언제쯤 내가 바라는 안식을 허락할까요? 아니면 나는 죽고 놈만 살아남게 될까요? 만약 그렇게 된다면, 맹세해 주십시오, 월튼 선장. 놈이 도망치지 못하도록끝까지 쫓아가 복수를 끝내 주겠다고요. 선장님더러 내 길을 따라고난을 겪으라 요구하는 거냐고요? 아니요, 그럴 수는 없지요. 다만, 내가 죽고 혹시 복수의 화신이 놈을 선장께 인도하면 놈을 살려 두지 않겠다고 맹세해 달라는 겁니다. 놈이 내 쌓인 원한을 딛고 살 아남아 끔찍한 죄의 목록을 더하지 못하도록 말이에요. 놈은 언변 이 뛰어나서 설득당하기 쉽습니다. 나도 한때는 그놈의 말에 속아 넘어갔지요. 하지만 놈을 절대 믿으면 안 됩니다. 놈의 속은 겉모습 만큼이나 흉악합니다. 마음속이 배신과 사악함으로 가득 차 있죠. 그놈 말을 듣지 말고 윌리엄, 쥐스틴, 클레르발, 엘리자베스, 제 아버지, 그리고 불쌍한 빅토르의 이름을 부르며 심장에 칼을 꽂아 주세요. 나는 선장님 주변을 맴돌며 칼이 제대로 박히도록 도와드리겠습니다.

이어지는 월튼의 편지

17XX년 8월 26일

마거릿 누님, 여기까지가 그 기이하고 끔찍한 이야기의 전모입니다. 누님도 무서워 피가 얼어붙을 것 같지 않나요? 그는 때로 갑작스러운 고통에 말을 잇지 못했고 어떤 때는 갈라지고 쉰된 목소리로 힘겹게 말을 이어 가기도 했어요. 그의 매력적이고 다정한 눈동자는 분노로 번뜩이다가 이내 한없는 슬픔과 비탄 속으로 가라앉기도 했지요. 절제된 표정과 목소리로 끔찍한 사건에 대해 차분하게 말하던 그는 갑자기 화산이 폭발하듯 분노를 드러내며 자신을 괴롭히는 자에게 저주를 퍼붓기도 했습니다.

이야기의 앞뒤가 잘 맞고 사실관계도 분명했지만, 그가 내게 보여준 펠릭스와 사피의 편지, 우리가 직접 목격한 괴물의 모습은 이야기의 신빙성을 더해주었죠. 즉, 괴물은 실제로 존재한다는 것입니다! 의심할 여지가 없는 사실인데도 놀라울 뿐이죠. 프랑켄슈타인에게서 어떻게 괴물을 만들어냈는지에 대한 구체적인 답을 듣고 싶었지만, 그것만은 절대 말하려 들지 않았어요.

"미쳤군요." 그는 말했습니다. "무분별한 호기심이 어떤 결과를 초래할지 생각해 보셨소? 본인과 세상에 해를 끼칠 악마를 창조하겠다고? 맙소사, 그만둬요! 내 불행을 보았다면, 더 이상 자신의 불행을 키우려 하지 마세요."

프랑켄슈타인은 내가 자기 사연을 기록한 걸 알고는 보여달라고 하더군요. 그는 많은 부분을 직접 수정하고 덧붙였습니다. 특히 적과 나눈 대화에 현실감을 불어넣으려고 애썼습니다. "선장께서 내 이야기를 기록해 주셨으니 사실 그대로 후대에 전해지길 바랍니다." 그는 말했습니다.

상상하기 힘든 기이한 이야기를 듣다 보니 어느덧 일주일이 흘렀습니다. 그의 이야기와 더불어 고상하고 신사적인 그의 태도는 내 생각과 영혼을 온통 빨아들이기에 충분했지요. 나는 그를 위로해주고 싶었어요. 하지만 그가 겪은 불행이나 희망이 모두 사라진 지금의 상태를 보고 내가 어떻게 잘 살아 보라는 조언을 할 수 있을까요? 그럴 수 없지요! 지금 그에게 남은 유일한 기쁨은 상처 받은 영혼을 치유하고 평화로운 죽음을 맞이하는 것뿐이니까요. 지독한 외로움과 정신적 고통 속에서 그의 유일한 위안은 꿈속에서 벗들을 만나 대화함으로써 자신의 불행과 복수심을 가라앉히는 것이라고 했습니다. 그는 그들이 자기가 만들어낸 허상이 아니라 실제로 멀리서 자기를 찾아온 친구들이라고 믿고 있었습니다. 환상을 진짜로 믿은 덕분에 그가 하는 말은 진짜인 듯 흥미로웠습니다.

우리가 그의 불행한 과거에 대해서만 이야기를 나눈 것은 아닙니다. 그는 문학 전반에 대해서도 해박한 지식과 통찰력을 가지고 있었습니다. 그의 말은 힘이 있었고 감동적이어서 슬픈 이야기로 동정이나 사랑의 감정을 자극하면 저절로 눈물이 났습니다. 망가진 모습도 이토록 고결한데 한창때의 그는 얼마나 대단했을까요? 그는 몰락하기 전의 자신이 얼마나 가치 있는 사람이었는지 잘 알고 있는 것 같았습니다.

"어렸을 때는 내가 위대한 일을 할 운명이라고 믿었죠. 감정적이었지만 큰일을 이뤄내기에 알맞은 판단력을 가지고 있었어요. 타고난 능력을 믿었기에 다른 사람이라면 견디지 못할 상황도 곧잘 버틸 수 있었습니다. 쓸데없는 감상에 빠져 인류를 이롭게 할 재능을 낭비하는 것은 죄악이라고 생각했어요. 내가 만들어낸, 섬세하고 이성까지 갖춘 생명체를 생각해 보면 평범한 발명가들과 나를 비교할 수는 없을 겁니다. 하지만 작업을 시작할 때는 힘이 되던 이런 생각이 나를 진흙 구덩이에 빠뜨려 버렸어요. 계획이나 야망은 물거품이 되었고, 신의 전능함을 탐낸 대천사처럼 나는 영원한 지옥에 갇히고 말았습니다. 빛나는 상상력과 분석력, 응용력까지 갖춘 나는 재능에 아이디어를 더해 인간을 창조하려는 야망에 도전했죠. 작품을 완성하기 전의 꿈을 떠올려 보면 지금도 가슴이 벅찹니다. 자기 권능에 도취되어 그것이 가져올 결과를 상상하며 구름 위를 걷고 있었지요. 어릴 적부터 원대한 꿈과 야망으로 가득했었는데, 지금은 어쩌다 이렇게 무너졌는지! 친구여, 예전의 내 모습을 알았다면 지금의 추락한 모습은 상상도 하지 못했을 겁니다. 나는 절망이란 걸 몰랐어요. 고귀한 운명이 날 받쳐 주고 있다고 생각했죠. 이렇게 쓰러져 다시 일어나지 못하게 될 때까지는 말입니다."

누님, 그렇다면 나는 이제 이 탁월한 인물을 잃어버려야 하는 건가요? 나는 늘 친구를 원했죠. 그리고 마침내 마음이 잘 통하고 날 좋아해 줄 친구를 만났어요. 이 황량한 바다에서 겨우 친구를 찾았는데 발견하자마자 잃어버릴 운명에 처했네요. 어떻게 살아 보라고 그를 설득하고 있지만, 그는 이런 생각조차 거부합니다.

"고맙소, 월튼 선장." 그는 말했습니다. "이 가엾고도 못난 사람에게 호의를 베풀어 주시니. 새로운 인연과 새로운 사랑을 이야기하셨지만, 누가 죽은 이들을 대신할 수 있을까요? 누가 클레르발 같은 친구, 엘리자베스 같은 연인이 되어 줄 수 있을까요? 장점이 우정을 좌우하지는 않지만, 어린 시절의 친구들에게는 커서 만난 친구들에게서 찾을 수 없는 특별함이 있습니다. 어린 시절의 기질까지 알고 있고, 그런 기질은 조금은 변해도 사라지지는 않는 법이니까요. 그래서 어린 시절의 벗들끼리는 서로의 진짜 속마음과 행동을 정확히 판단할 수 있어요. 형제나 자매끼리는 본래부터 기질을 타고나지 않는 한 서로의 거짓이나 기만을 의심하지 않는 것도 마찬가지 이유에서입니다. 나는 관습이나 우정뿐 아니라 그들의 장점 때문에 그들을 좋아했어요. 그래서 내가 어디에 있든지 엘리자베스의 부드러운 목소리와 클레르발과의 대화는 늘 귓가에 남아 있지요. 그들은 세상에 없지만, 이런 감정은 고독 속에서도 삶을 지탱해 줍니다. 인류를 살려야 한다는 원대한 꿈이나 책무가 있다면 그것을 이루기 위해 살아가야겠죠. 하지만 그건 내 운명이 아닌 것 같습니다. 나는 내가 생명을 부여한 자를 쫓아가 파괴해야 해요. 그 일을 마치면 이 땅에서의 소명을 완수한 것이고 비로소 죽을 수 있을 것입니다."

사랑하는 누님께,

9월 2일.

위험에 처해 사랑하는 잉글랜드와 식구들을 다시 못 볼 수도 있는 상황 속에서 누님께 편지를 씁니다. 저는 지금 빙산에 둘러싸여 있어요. 빙산은 당장이라도 배를 부숴 버릴 듯합니다. 내가 뽑은 용감한 동료들도 나만 바라보고 있는 상황에서 내가 할 수 있는 일은 아무것도 없네요. 상황은 끔찍하지만 아직 용기와 희망은 잃지 않았어요. 그래도 나 때문에 모두의 목숨이 위태로워졌다고 생각하니 절망스럽네요. 우리가 잘못된다면 나의 무모한 계획이 그 원인일 테니까요.

지금 누님은 어떤 심정일까요? 죽었다는 소식도 듣지 못한 채 내가 돌아오기만을 애타게 기다리고 있을 테죠. 해가 바뀔 때마다 절망을 거듭하며 희망 고문을 이어 가고 있을지도 모르겠네요. 사랑하는 누님! 내가 죽는 것보다 누님의 실낱같은 기대가 절망으로 변해가는 것이 더 끔찍해요. 하지만 누님에겐 남편과 사랑스러운 아이들이 있잖아요. 행복할 수 있을 거예요. 하늘이 누님을 축복하고 행복을 내려주시길!

나의 불행한 친구는 안타까운 눈으로 나를 지켜보고 있어요. 생명은 소중한 재산이라며 내게 희망을 주려고 애쓰고 있죠. 이 바다에서 얼마나 많은 선원들이 똑같은 고난을 겪었는지 상기시키며 나에게 용기를 북돋워 주려 합니다. 선원들마저 그의 격려에서 희망을 찾고 있어요. 그가 이야기를 하면 선원들은 절망에서 벗어납니다. 그의 목소리에서 기운을 얻고, 거대한 빙산은 인간의 의지 앞에서 곧 사라져 버릴 두더지 언덕일 뿐이라고 믿게 되죠. 하지만 이런 기분은 오래 지속되지 않아요. 매일매일 희망이 사라지면 그들의 마음속에 다시 두려움이 차오르지요. 나는 이런 절망이 선원들의 반란으로 이어질까 봐 두렵습니다.

9월 5일.

이 편지가 누님께 닿지 못할 수도 있지만 방금 지나간 흥미로운 사건을 기록하지 않을 수 없어 몇 자 적습니다.

우리는 여전히 빙산에 갇혀 난파당할 위험에 처해 있습니다. 거기에 극한의 추위까지 닥치는 바람에 불행히도 선원 몇 명이 바다를 무덤 삼아 잠들고 말았어요. 프랑켄슈타인의 건강도 나날이 나빠지고 있습니다. 눈빛은 여전히 열망으로 가득하지만 사력을 다해 일어났다가도 기력이 없어 주저앉곤 합니다.

지난 편지에서 반란이 일어날까 두렵다고 말했었죠? 오늘 아침에 축 늘어져 반쯤 눈이 감긴 친구의 얼굴을 바라보고 있는데 선원 예닐곱 명이 선실로 들어왔습니다. 그리고 그중 우두머리 격인 선원 하나가 입을 열었습니다. 거절할 수 없는 정당한 요구였지요. 지금은 어쩔 수 없이 갇혀 있지만, 혹시라도 바닷길이 다시 열리면 내가 다시 위험한 항해를 계속할까 봐 두렵다는 것이었습니다. 즉, 빙하에서 빠져나오면 즉시 남쪽으로 항로를 바꿀 것을 약속해 달라는 거였죠.

당황스러울 수밖에요. 나는 희망을 버린 적도, 집으로 돌아간다는 생각을 해 본 적도 없었거든요. 하지만 이런 정당한 요구를 어떻게 거절할 수 있겠어요? 대답을 못 하고 머뭇거리는데, 그동안 힘없이 누워 있던 프랑켄슈타인이 갑자기 벌떡 몸을 일으키는 것이었습니다. 그의 눈에서는 불꽃이 일고 뺨은 갑작스런 생기로 붉게 물들었습니다. 그가 사내들을 둘러보며 말했어요.

"무슨 말을 하는 건가? 선장에게 뭘 요구하는 거요? 어떻게 그토록 쉽게 계획을 바꿀 수가 있단 말인가? 당신들 입으로 영예로운 탐험이라고 하지 않았나? 이 항해가 왜 영예로운가? 평탄한 남쪽 바다와 달리 위험과 두려움으로 가득하고, 새로운 일에 부딪힐 때마다 불굴의 의지와 용기를 발휘해야 하고, 길에 도사린 위험과 죽음을 용맹스럽게 극복해야만 하기 때문이 아닌가? 암, 영광스럽고 명예로운 도전이지! 그대들은 장차 인류의 구원자로 칭송받고 인류의 이익을 위해 죽음에 용감히 맞선 자들로 명예를 드높일 것이니 말이야. 그런데 지금의 꼴은 어떤가? 용기를 시험할 큰 시련이 닥치자마자 잔뜩 겁을 먹고 벌벌 떨고 있지 않은가? 그래, 후대에 추위나 위험 앞에서 벽난로나 찾는 불쌍한 영혼들로 알려지길 원하는 건가? 그대들이 겁쟁이라는 것을 증명하고 선장을 부끄러운 패배자로 몰아넣기 위해 여기까지 온 건가? 사내들답게 구시오. 목표가 정해졌으면 바위처럼 굳건해져야지. 이 빙하는 그대들의 심장과는 다른 물질로 만들어졌어. 빙하는 금세 녹아내릴 것이고, 그것만 명심하면 충분히 이겨낼 수 있지. 이마에 불명예의 낙인을 찍고 돌아갈 생각인가? 싸움에서 이기고 적에게는 절대 등을 보이지 않는 영웅이 되어 돌아가야 하지 않겠는가?

표현과 감정에 따라 목소리를 달리하는, 영웅의 기상과 눈빛을 지닌 그의 웅변에 선원들은 감동하지 않을 수 없었습니다. 그들은 서로 바라보며 아무 대꾸도 하지 못했습니다. 나는 그들에게 일단 돌아가서 지금 들은 얘기를 곰곰이 생각해 보라고 말했죠. 그래도 정말로 반대한다면 더 이상 북쪽으로 나아가지 않겠다면서요. 그러니 다시 생각하고 용기를 되찾아 다시 오라고 했죠.

그들이 나가고 친구를 다시 돌아보니 그는 기진맥진해서 거의 죽어가고 있었습니다.

일이 어떻게 끝날지는 모르겠지만, 목표를 이루지 못하고 수치스럽게 돌아가느니 차라리 죽는 편이 나을 것 같습니다. 하지만, 내 운명이 거기까지일까 봐 두렵기도 합니다. 이상과 영광과 명예를 생각하지 않는 사람은 현재 닥친 고난을 기꺼이 감내할 수 없는 법이죠.

9월 7일.

주사위는 던져졌어요. 배가 좌초되지 않는 한 돌아가기로 타협했습니다. 나의 비겁함과 나약함 때문에 희망은 날아갔고, 아무것도 찾지 못하고 실망만 안은 채 돌아가게 되었어요. 이 수치심을 견디려면 보다 많은 참회가 필요할 것 같습니다.

9월 12일.

모두 끝났습니다. 저는 지금 잉글랜드로 돌아가고 있어요. 세상에 공헌하고 명예를 얻겠다는 계획은 물거품이 되었고 친구 또한 잃었습니다. 누님에게 이 상황을 최대한 자세히 설명하려고 합니다. 누님과 고향을 향해 가는 동안에도 낙담하지 않도록 노력하겠습니다.

9월 9일, 멀리서 천둥처럼 굉음이 울리면서 빙산이 사방으로 갈라지고 얼음이 움직이기 시작했습니다. 급박한 상황이었지만, 병이 깊어 침대에 누워 있는 불행한 친구만 바라보고 있었습니다. 갈라진 얼음이 북쪽으로 밀려가고 서쪽에서 바람이 불면서 11일에는 남쪽 항로가 완전히 뚫렸습니다. 고향으로 돌아갈 수 있다는 확신에 선원들이 환호성을 질렀고 그 함성은 한참 동안 빙원에 울려 퍼졌습니다. 힘없이 졸고 있던 프랑켄슈타인이 잠에서 깨어나 왜 그렇게 시끄럽냐고 물었죠. "잉글랜드로 돌아갈 생각에 선원들이 소리를 지르는 겁니다." 내가 말했습니다.

"정말로 돌아갈 생각인가요?"

"예! 다른 수가 없군요. 그들을 원치 않는 위험에 빠뜨릴 수도, 요구를 모른척할 수도 없으니 돌아갈 수밖에요."

"원한다면 그럴 수밖에요. 하지만 나는 가지 않을 거예요. 선장께선 목표를 포기해도 하늘이 정해준 내 목표는 포기할 수 없어요. 나는 이미 힘이 다했지만 복수를 도와주는 영령들이 내게 힘을 줄 거예요." 그는 이렇게 말하면서 침대에서 일어나려 애썼지만 결국 기절하고 말았습니다.

그가 한동안 일어나지 못해 나는 숨이 완전히 끊어진 건 아닌지 걱정했습니다. 마침내 그가 눈을 떴지만, 힘겹게 숨만 몰아쉴 뿐 말을 하지 못했습니다. 의사는 진정제를 주면서 그를 조용히 내버려 두라고 하더군요. 친구가 살 시간이 얼마 남지 않았다면서요.

저는 예고된 죽음 앞에서 슬퍼하며 기다릴 수밖에 없었지요. 침대 곁에 앉아 그를 지켜보았어요. 눈을 감고 있어서 잠든 줄 알았는데, 그가 희미한 목소리로 나를 부르며 가까이 오라고 말했어요. "아! 이젠 더 이상 힘이 남지 않았네요. 나는 곧 죽고 나를 이렇게 만든 원수는 계속 살아남겠군요. 월튼 선장, 죽는 순간까지 증오와 복수의 욕망에 눈이 멀었다고 생각하지는 말아 줘요. 난 다만 놈이 죽는 것이 정당하다고 생각할 뿐이에요. 지난 며칠 동안 내 과거를 곰곰이 돌아보았죠. 내가 비난받을 짓을 했다고는 생각하지 않아요. 물론 광기 어린 열정으로 생각하는 생명체를 창조했으면 최선을 다해 행복하도록 돌보아주는 것이 옳았겠죠. 그래야 마땅했지만, 내게는 또 다른 지상 명령이 있었어요. 많은 이들의 운명이 달린 인류의 생존을 살피는 것이 더 시급했으니까요. 최초의 생명체에게 짝을 만들어주길 거부한 것도 이 때문이었어요. 내 선택이 옳았다고 봐요. 놈은 더할 수 없는 악의와 이기심을 드러내며 내 친구들을 죽였고, 섬세한 감각과 행복과 지혜를 지닌 존재들을 파멸에 이르게 했어요. 놈의 복수심이 어디에서 끝날지 몰랐죠. 다른 사람들을 비참하게 만들지 않으려면 놈을 죽여야만 했어요. 놈을 파괴하는 것이 내 임무였지만 결국 실패했군요. 전에 못된 이기심으로 내가 못다 한 일을 마저 해달라고 선장께 부탁한 적이 있었죠? 그런데 이젠 똑바른 정신으로 당당하게 그 일을 부탁할게요.

임무를 위해 고향과 가족을 버리라고는 말하는 게 아닙니다. 곧 잉글랜드로 돌아갈 테니 놈과 만날 일은 거의 없을 거예요. 다만 이 모든 걸 고려해 어떻게 의무를 조율하고 균형을 맞출지 선장의 판단에 맡기겠다는 거예요. 죽음이 다가오니 생각이나 판단이 흐려지는군요. 내가 아직도 감정에 휘둘리고 있는지도 모르니 내 생각을 강요하지는 못하겠소.

놈이 살아서 해악을 끼칠 것을 생각하니 마음이 무겁군요. 그래도 곧 자유로워지리라는 생각에 지난 몇 년 가운데 가장 행복한 시간입니다. 죽은 이들의 모습이 눈앞에 아른거려요. 빨리 그들의 품으로 달려가고 싶네요. 잘 계시오, 월튼 선장! 야망 따위는 버리고 평온함 속에서 행복을 찾길 바랍니다. 그것이 과학적 발견으로 이름을 떨치려는 순수한 꿈이라고 해도 말이에요. 내가 왜 이런 말을 하는 걸까요? 나는 꿈 때문에 파멸했지만, 누군가는 성공할 수도 있는데 말이에요.

말을 하면서 그의 목소리는 점점 더 희미해져 갔고 결국엔 힘이 빠져 입을 다물고 말았습니다. 그로부터 약 30분 뒤 그가 다시 말을 하려고 시도했지만 끝내 하지 못하고 내 손을 지그시 누른 채 영원히 눈을 감고 말았습니다. 그리고 그의 입술에서는 온화한 미소가 사라졌습니다.

마거릿 누님, 이 고귀한 영혼의 때 이른 죽음을 무어라 말할까요? 어떻게 하면 누님이 내 깊은 슬픔을 헤아려줄까요? 뭐라고 표현할 수 없네요. 흐르는 눈물과 함께 내 마음에는 깊은 상실감이 자리 잡았습니다. 지금 잉글랜드로 돌아가고 있으니 거기서나 위안을 찾아야 할지도 모르겠네요.

방금 무슨 소리가 들렸어요. 무슨 소리일까요? 한밤중이고 바람도 거의 없는 데다, 갑판을 지키는 선원들도 움직일 시간이 아닌데요. 다시 사람의 쉰 목소리 같은 것이 들렸어요. 프랑켄슈타인의 유해가 있는 선실에서 소리가 나고 있어요. 가서 살펴봐야겠습니다. 안녕히 주무세요, 누님.

세상에! 방금 무슨 일이 벌어졌는지 짐작하시나요? 아직도 머릿속이 새하얗네요. 잘 설명할 수 있을지 모르겠지만, 이 놀라운 마지막 장면을 기록해 두어야만 이 이야기가 완결될 수 있을 것 같아요.

조금 전 불운한 친구의 시신이 있는 선실에 가 보았습니다. 그의 시신 위로 말로는 표현하기 힘든, 엄청나게 큰 키에 기괴하고 비틀린 그림자 하나가 드리워 있었어요. 관 위로 드러난 얼굴은 긴 머리카락으로 가려져 있었고, 앞으로 내민 커다란 손은 시체의 색과 질감을 가지고 있었습니다. 그는 무시무시한 소리를 내다가 내가 다가오는 소리를 듣고는 창틀로 뛰어 올라갔습니다. 지금까지 그런 끔찍한 얼굴은 본 적이 없어요. 혐오스럽고 소름 끼치는 모습에 나도 모르게 눈을 감고 이 파괴자에 대한 나의 책무를 떠올렸습니다. 나는 그에게 멈추라고 소리쳤어요.

그가 멈춰서서 의아한 표정으로 나를 쳐다보다가 다시 자기 창조주의 시신 쪽으로 몸을 돌렸습니다. 벌써 나의 존재를 잊은 듯했고, 표정과 몸짓에는 억누를 수 없는 분노가 드러나 있었습니다.

"내 희생자가 또 늘었구나!" 그가 외쳤습니다. "그를 죽여 내 죄는 완성되었고, 비참한 내 삶도 이제 끝나 가고 있어! 오, 프랑켄슈타인! 고결한 희생자여! 이제 와서 용서를 구한들 무슨 소용이 있을까? 당신이 사랑하는 모든 것을 죽여 돌이킬 수 없는 파멸로 몰아넣었으니. 아아! 이제는 차갑게 식어 대답조차 할 수 없게 되었구나."

그의 목소리는 잠겨 있었습니다. 친구의 마지막 부탁에 따라 적을 처단하여 의무를 다하려던 내 결심이 호기심과 동정심 때문에 잠시 흔들렸습니다. 나는 그 거인에게 다가갔습니다. 그의 얼굴을 똑바로 바라볼 수 없었습니다. 너무나 무섭고 끔찍했습니다. 무슨 말을 하려고 했지만 입이 떨어지지 않았습니다. 괴물은 계속해서 두서없이 자책의 말들을 쏟아냈습니다. 그의 격앙된 감정이 조금 누그러졌을 때 나는 용기를 내 말했습니다.

"이제 와서 후회해도 소용없어. 이 극악무도한 복수의 끝에 이르기 전에 양심의 목소리에 귀를 기울였더라면 프랑켄슈타인은 아직 살아있을 테지."

"헛소리!" 괴물이 말했습니다. "내가 고통과 후회를 느끼지 못했을 것 같나?" 그가 시체를 가리키며 말했습니다. "그는 죽음과도 같은 고통을 알지 못해. 내가 복수를 행하는 동안 겪은 고통에 비하면 만분의 일도 안 되지! 무서운 이기심이 나를 때리고, 마음속에 후회의 독이 퍼졌어. 클레르발의 신음 소리를 들으면서 내가 즐거웠을 것 같나? 내 마음은 사랑과 동정심을 느끼도록 만들어졌기에 악의와 증오심으로 가득 찼을 때는 상상도 못 할 고통이 뒤따랐어."

"클레르발을 죽인 뒤, 나는 비탄에 잠겨 스위스로 돌아왔지. 나는 프랑켄슈타인을 동정했었지만 그 동정은 어느덧 증오로 변했고 나 자신조차 혐오스러웠어. 그러나 나를 만들어 견딜 수 없는 고통을 안겨준 그가 행복을 꿈꾸고 있다는 걸 알게 되자 분노와 시기심이 끓어올랐지. 나는 영영 누릴 수 없는 감정과 열망을 만끽하려는 그를 용서할 수 없었어. 나는 전에 했던 협박을 실천하기로 마음먹었지. 내게도 치명적인 고문이 되리라는 걸 알고 있었지만 억제할 수 없었어. 하지만 엘리자베스가 죽었을 때 나는 비참하지 않았어.

자포자기한 가운데 모든 감정을 버리고 고뇌를 억눌렀지. 그때부터 악이 곧 나의 선이 되었어. 이미 선택한 길을 되돌릴 수 없었고, 나는 악마의 계획을 완수하기 위해 모든 것을 바쳤지. 그리고 이제 다 끝났어. 내 마지막 희생자가 여기에 있으니 말이야!

처음에는 그의 비통한 표정에 내 마음도 흔들렸습니다. 하지만 그의 언변에 대한 프랑켄슈타인의 경고가 떠오르자 죽은 친구의 시신 앞에서 다시 분노가 타올랐습니다. "비열한 놈! 네가 저지른 짓에 대한 변명을 잘도 늘어놓고 있구나. 횃불을 집안에 던지고 불탄 폐허에 주저앉아 다 타버렸다고 한탄하는 것과 뭐가 다르냐! 위선적인 악마! 네가 지금 애도하는 그가 살아있어도 여전히 네 빌어먹을 복수의 표적이 되었겠지. 네가 느끼는 건 동정이 아니야. 악마 같은 짓으로 희생자를 더 괴롭히지 못해 한탄하는 것뿐이지."

"아니야, 아니야, 그렇지 않아." 내 말이 끝나기도 전에 그가 말했습니다. "당신에게는 그렇게 보일 수 있겠지. 하지만 내 비참함을 이해해 달라는 게 아냐. 누구도 날 동정하지 않으리라는 건 잘 알고 있어. 애초에 내가 추구하고 바라던 것은 미덕에 대한 사랑과 넘쳐나는 행복과 따뜻한 애정이었지. 하지만 이제 미덕은 잔해만 남았고, 행복과 사랑은 쓰디쓴 혐오와 절망으로 바뀌었어. 내가 어떻게 동정을 구할 수 있겠나? 끝없는 고통을 혼자 감수하고, 죽을 때까지 혐오와 비난을 견딜 뿐. 한때는 선과 명예 그리고 행복으로 가득한 삶을 꿈꾸었지. 외모에 상관없이 나의 자질을 사랑해 줄 사람을 만날 거라는 헛된 희망을 품기도 했어. 명예와 헌신이라는 이상을 좇

으려고도 했지. 하지만 이제는 내 죄로 인해 미천한 짐승보다도 못한
존재로 전락했어. 어떤 죄책감, 어떤 해악, 어떤 악의, 어떤 비참함도
내 것과 비교할 수 없어. 내가 저지른 무시무시한 죄악을 돌아보면,
한때 미와 선의 위대한 이상을 꿈꾸며 숭고하고 초월적인 희망으로
가득했던 내가 지금처럼 되었다는 게 믿기지 않아. 타락한 천사가
더 사악한 악마로 변하는 것과도 같지. 하지만 신과 인간을 등진 자
들조차 외로움을 나눌 친구와 동료가 있는데, 나는 혼자야.

  "프랑켄슈타인을 친구라고 부르는 당신은 내 죄악이나 그의 불행
에 대해 잘 알고 있는 것 같군. 하지만 그가 들려준 이야기만으로는
헛된 열망으로 낭비한 나의 불행한 시간을 다 알 수 없었을 거야.
그의 희망을 짓밟아도 내 욕망은 채워지지 않았어. 내 욕망은 늘 갈
급하고 목이 말랐지. 사랑과 우정을 갈구했지만 늘 거부당했어. 부
당하지 않은가? 온 인류가 내게 죄를 지었는데 왜 나만 범죄자 취급
을 당해야 하지? 친구를 문밖으로 쫓아낸 펠릭스는 왜 미워하지 않
지? 자식을 살려준 은인을 죽이려 한 그 시골 사람은? 당연하지, 그
들은 고결하고 깨끗한 존재들이니까! 비천하고 버림받은 존재인 나
는 늘 욕 먹고 발로 차이고 짓밟혀야만 하는 실패작일 뿐이지. 지금
도 그 억울함을 생각하면 피가 끓어올라.

  하지만 내가 흉악한 짓을 한 것도 사실이야. 사랑스럽고 힘없는
자들을 살해하고, 무고한 자들의 목을 졸라 죽이고, 나나 다른 어
떤 생명체도 해치지 않은 자의 목을 움켜쥐기도 했지. 인간들 사이
에서는 사랑과 존경을 한몸에 받는 내 창조주를 불행에 빠뜨리고

돌이킬 수 없는 파멸로 몰아넣었어. 그리고 이제 그는 저기에 창백하고 차가운 시신으로 누워 있지. 당신은 날 미워할지 모르지만 나 스스로만큼 날 혐오할 수는 없을 거야. 범행을 저지른 손을 바라볼 때마다 범행을 상상했을 때의 마음이 떠오르고, 더는 그 상상이 나를 괴롭히지 않는 순간을 갈망하지.

내가 미래 악의 근원이 될까 봐 두려워하는 모양이군. 하지만 걱정하지 마. 내 일은 이제 끝났어. 내 존재에서 비롯된 사건들을 완결짓고 마무리하는 데 당신이나 그 누구의 죽음도 필요치 않아. 이제는 나의 죽음이 필요할 뿐. 날 희생의 제물로 바치는 데는 시간이 오래 걸리지 않을 거야. 이 배에서 내리면 날 데려다준 빙하 뗏목을 타고 지구의 가장 북쪽 끝으로 떠날 거야. 내 몸을 화장할 장작을 모으고 이 비루한 몸뚱이를 몽땅 태워 재로 만들 생각이야. 그래야 천박하고 호기심 많은 인간들이 내 형체를 보고 나 같은 존재를 다시 만들려는 생각을 하지 못하겠지. 나는 죽을 거야. 이제는 고통이나 날 좀먹는 일도, 채워지지도 사라지지도 않을 감정의 먹이가 되는 일도 없겠지. 나를 만든 자는 이미 죽었으니 나까지 세상에서 사라지면 우리 둘은 빠르게 잊힐 거야. 해나 별을 볼 수도, 뺨을 스치는 바람을 느낄 수도 없겠지만, 빛도 감정도 감각도 없는 곳에서 나는 행복을 찾게 될 거야. 몇 년 전 내가 이 세상을 처음 느꼈을 때, 여름의 활기찬 온기와 나뭇잎이 바스락거리는 소리와 새들의 지저귐을 들었을 때는 죽도록 서러웠지만 이제 그것만이 나의 유일한 위안이야. 죄로 더럽혀지고 쓰리디쓰린 양심의 가책으로 찢긴 나는 죽음 말고 어디에서 안식을 찾을 수 있겠나?

 잘 있어라. 나는 이제 떠난다! 당신이 내가 마지막으로 보는 인간이겠군. 잘 계시오, 프랑켄슈타인! 당신이 아직 살아 나에게 복수심을 품고 있다면 나도 죽기보다는 살기를 원했겠지. 하지만 이제 그럴 수가 없군. 당신은 내가 더 큰 비극을 만들까 봐 날 죽이려고 했지. 설사 당신이 내가 모르는 어딘가에서 살아 생각하고 느낀다고 해도 당신의 복수심이 내 것보다 크지는 않을 거야. 죽음이 내 상처를 덮을 때까지 쓰라린 후회의 고통은 계속될 테니까."

 "하지만 곧" 그는 슬프고 엄숙하게 울부짖었습니다. "나는 죽을 거야. 그러면 지금의 감정도 모두 사라지겠지. 이 타는 듯한 고통도 곧 사라질 거야. 나는 의기양양하게 장작더미에 올라 고통의 불길 속에서 환호할 거야. 마침내 불길이 사그라들면 내 남은 재도 바람에 날려 바다로 사라지겠지. 내 영혼은 평화로이 잠 들거야. 설령 생각이라는 것이 남는다고 해도 분명 지금처럼 생각하지는 않을 거야. 그러니 잘들 계시길."

 이 말을 마치고 그는 선실 창문으로 뛰어내렸고, 배 가까이에 있던 빙하 뗏목 위에 올라탔습니다. 그를 실은 뗏목은 파도에 휩쓸려저 멀리 어둠 속으로 사라져 갔습니다.

소설 프랑켄슈타인 깊이 읽기

- 상징으로 읽는 소설 프랑켄슈타인
  - 이민호(문학평론가, 시인)

- 문학 키워드로 읽는 소설 프랑켄슈타인

- 소설 프랑켄슈타인으로 토론하기

- 프랑켄슈타인 지도

상징으로 읽는 소설 프랑켄슈타인

이민호(시인·문학평론가)

1. 호모 사케르(Homo sacer)

호모(Homo)는 라틴말로 사람을 가리키는 접두어입니다. 그래서 호모 하빌리스, 호모 에렉투스, 호모 사피엔스 등으로 사람을 부르지요. 호모 하빌리스는 '도구를 다루는 사람'이고, 호모 에렉투스는 '우뚝 서 있는 사람'이며, 호모 사피엔스는 '슬기로운 사람'입니다. 모두 사람이 어떻게 진화했는지 말해 줍니다. 우리들은 호모 사피엔스의 후손이지요. 그러니 지혜롭게 살아야겠지요. 요즘엔 호모 루덴스라 부르자고 합니다. '놀이하는 사람'입니다. 게임하는 사람이지요. 오늘날 인간 문명은 유쾌한 인간의 작품이란 뜻입니다. 공부도 일도 하지 않고 재밌게 노는 사람이면 좋겠습니다.

프랑켄슈타인이 창조한 생명체는 누구일까요. 우리와 같은 사람이라 하기에는 어울리지 않습니다. 생김새나 덩치를 상상하니 더욱 그렇습니다. 그래서 그냥 괴물이라 부르죠. 지은이 메리 셸리는 무슨 생각으로 괴물을 만든 걸까요. 그는 자기도 모르게 태어났으니 꼭 신이 인간을 창조한 것과 같지 않나요. 그래서 소설 속에서는 프랑켄슈타인이 만든 괴물을 '크리처(the creature)'라 부르기도 합니다. '창조물', '피조물'이란 뜻입니다. 물론 괴물처럼 이름 없이 부르기는 마찬가지이고 괴물이라는 뜻으로 쓰이기도 합니다. 하지만 그를 생각하면 크리처라 불렀으면 합니다. 창조물은 '생명 있는 존재'니까요.

크리처로서 괴물의 처지는 고대 로마 시대의 범죄자 같습니다. 로마 사람들은 그들을 괴물이나 악마로 대했으니까요. 그러고는 신에게 바치는 희생물로 삼았습니다. 이때부터 그 괴물은 '신성한 자'로 여겼습니다. 신과 관계가 있으니까요. 그렇지만 말만 그렇지 그는 죽음을 거부할 수 없는 자에 불과했습니다. 더군다나 그를 죽여도 아무도 벌을 받지 않습니다. 그러니 그는 참 가엾습니다. 죽음 앞에서 누구도 감싸지 않기에 아감벤(Giorgio Agamben)이란 철학자는 그러한 처지에 있는 사람들을 '벌거벗은 생명'이라 불렀습니다. 아무런 보호 장치가 없기 때문입니다. 또한 '호모 사케르(Homo sacer)'라고 이름 붙입니다. '신성한 자'란 뜻입니다. 실제는 그렇지 않으니 반어적입니다.

이처럼 프랑켄슈타인의 '크리처'도 누가 편들거나 끌어안지 않습니다. 그동안 이 소설을 읽는 시선이기도 합니다. 괴기, 공포 소설이라 생각하니까요. 아무런 보호막도 없이 숨죽여 사는 사람들을 생각하며 『프랑켄슈타인』을 다시 읽었으면 합니다. 그런 생각을 지은

이 메리 셸리도 책 서문에 담았습니다. 그런 측면에서 이 작품을 세 가지 핵심어로 읽을 수 있습니다. '틈, 불, 눈물'입니다. '틈'은 보지 못한 크리처를 볼 수 있는 작은 구멍입니다. '불'은 왜 괴물이 창조되었는지 알 수 있는 비밀입니다. '눈물'은 크리처처럼 미움받는 사람들을 이해하는 방법입니다.

2. 틈

인간은 세상에 내던져진 존재라고 합니다. 자기 의지와 상관없이 생겼다는 뜻이죠. 자기 삶을 자기기 선택하지 않았으니 불우하기 짝이 없습니다. 프랑켄슈타인이 만든 인조인간은 피조물입니다. 인간도 종교적으로는 신의 피조물이기는 마찬가지죠. 창조주의 그늘에서 벗어나지 못한 처지는 둘 다 똑같지 않나요. 이 피조물이 이 세상에 던져져 눈을 떴을 때 얼마나 어리둥절했을까요. 나는 누구이고 어떻게 살아야 할지 알 수 없어 방황하지 않았나요. 그런 그에게 그를 창조한 빅토르는 이름을 붙여 주지 않습니다. 그냥 괴물이라 부릅니다. 빅토르는 이 인조인간을 어떻게 대했나요. 자기 손으로 만든 존재이니 자기 맘대로 해도 된다는 식이었지요. '비열한 놈', '괴물', '악마'라 몰아세우고 죽여 없애려 했지요.

생명 있는 존재로서 『프랑켄슈타인』을 다시 읽으면 어떨까요. 겉으로 드러난 모습에서 벗어나 보이지 않는 것을 보았으면 합니다. 어떻게 하면 될까요. 연결 통로가 있으면 되지 않을까요. 괴물이 숨어든 오두막집 헛간을 기억하나요. 황량한 숲을 헤매다 우연히 찾아든 헛간에서 자기를 숨겼던 그때 그가 마주했던 또 다른 세상 말입니다. 사람들과 직접 맞닥뜨렸을 때는 낯섦으로 서로 혼비백산 달아났지요. 그런데 오두막집 눈먼 노인과 두 남매의 일상을 보게 된 순간 괴물은 살아갈 희망, 즉 빛을 보게 되지 않았나요. 자기를 드러내지 않고도 세상을 바라보는 방법입니다. 바로 벽으로 난 틈을 통해서였습니다.

괴물은 그 틈으로 아름다운 세상을 보았습니다. 거기에는 가난과 고통 속에서도 서로를 의지하며 불행을 이겨내는 사람들의 모습이 있습니다. 그 순간 그는 괴물일 수 없으며 신탁을 받은 사제처럼 여겨집니다. 틈으로 열린 사람들의 얼굴 속에서 자신이 바라는 삶이 무엇인지 깨닫게 된 것이죠. 그 틈은 그리스 신화에 나오는 델포이의 옴파로스 같습니다. 옴파로스는 배꼽이라는 뜻으로 세상의 중심을 말합니다. 거기 얹힌 돌을 치우면 틈에서 무언가 소리가 들린다고 합니다. 생명의 비밀입니다.

그처럼 벽에 난 작은 '틈'은 작가 메리 셸리가 이 소설 속에 마련한 중요한 장치이며 읽기를 기다리고 있는 열쇠입니다. 이 소설이 단지 공상의 이야기로 남지 않게 하기 위해, 크리처의 비극을 담은 공포와 불안의 서사가 아니라는 것을 말하기 위해 그 틈으로 가련한 사람들의 얼굴을 보여 준 것은 아닐까요. 인간의 삶은 장벽으로 둘러쳐진 것 같지만 언제나 작은 균열이 비집고 틈을 내고 있다는 진실 앞에서 다시 프랑켄슈타인의 크리처와 대면했으면 합니다. 그것은 나와 대면하는 방법이기도 하지요.

3. 불

이 작품을 읽는 또 다른 열쇠는 '불'의 상상력입니다. 메리 셸리는 부제에서 프랑켄슈타인의 괴물을 '현대의 프로메테우스(the Modern Prometheus)'라고 합니다. 신이었던 프로메테우스가 인간에게 불을 훔쳐 가져다준 까닭은 무엇일까요. 인간을 사랑했기 때문입니다. 인간은 스스로 할 수 있는 것이 별로 없습니다. 노예처럼 신이 시키는 일만 하게 돼 있으니까요. 그것이 프로메테우스는 안타까웠습니다. 그래서 인간 너희들도 불을 가지고 무엇이든 해 보라며 주고 간 것이지요.

프로메테우스의 불은 인간에게 두 가지 의미가 있습니다. 하나는 인간이 신에게서 벗어나 자기 삶을 살 수 있도록 문명의 불씨를 선물한 것이고 다른 하나는 약자를 사랑하는 일은 '고통'을 감수해야 한다는 역설입니다. 신화 속에서 프로메테우스는 인간에게 불을 전해준 벌로 헤어날 길 없는 고통을 당하게 됩니다. 프랑켄슈타인의 괴물도 이러한 고통을 당하지 않습니까. 이러한 고통에 대해 메리 셸리는 서문에서 고전 작품 속에 그 뜻이 담겨 있다고 말합니다.[35] 호메로스의 『일리아드』, 셰익스피어의 『템페스트』와 『한여름 밤의 꿈』, 특히 밀턴의 『실낙원』에 등장하는 고전 속 크리처가 처한 고통이 프랑켄슈타인이 처한 고통과 다를 바 없다는 것이지요.

『일리아드』는 신들의 전쟁터에서 죽을 운명에 처한 인간의 비극

---

35 1818년 초판 서문 참조

을 담고 있습니다. 인간이 자신의 운명을 스스로 결정할 수 없기 때문입니다. 현대의 크리처인 괴물도 같은 의문을 제기합니다. "저주받을 창조주여! 왜 나에게 생명을 주었는가? 그때 왜 당신이 무책임하게 불어넣은 생명의 불씨를 꺼뜨리지 않았는가?". 이는 삶이 곧 고통이었음을 증명합니다.

셰익스피어의 『템페스트』는 형제간 천륜을 저버린 사람들의 이야기입니다. 추방과 고립 속에 펼쳐지는 인간 욕망의 무대라 할 수 있습니다. 그런데 그곳에 노예로 전락하는 크리처가 있습니다. 요정 에이리얼과 섬나라 폭군 칼리반입니다. 이들은 작품 속에서 괴물이나 노예로 묘사됩니다. 소외된 섬 원주민의 고통 속에 프랑켄슈타인의 괴물이 자리하고 있습니다.

『한여름 밤의 꿈』은 가부장제의 불합리와 폭력성을 담은 이야기입니다. 아버지가 강제하는 결혼에 복종하지 않는 딸을 사형에 처할 수 있는 사회에서 여성은 벌거벗은 생명입니다. 특히 요정들 사이에서 갈등의 원인인 '인도 소년'은 거래 수단처럼 교환되는 신세입니다. 크리처가 빅토르에게 말합니다. "나는 외톨이고 비참한 존재니 사람들은 받아들여 주지 않겠지. 하지만 나와 마찬가지로 흉측하고 혐오스러운 자라면 날 거부하지 않을 거야. 내 짝은 나와 같은 부류여야 하고 나와 같은 결함을 가지고 있어야 해. 그리고 그런 존재는 당신이 창조해야만 해." 이 계약은 지켜지지 않습니다. 우리의 크리처는 외톨이일 수밖에 없습니다.

밀턴의 『실낙원』은 어떤가요. 이 작품은 창조주와 피조물 사이의 한계를 잘 드러냅니다. 빅토르와 크리처의 관계도 그렇습니다. 창조주는 피조물을 가장 잘 알기에, 나아가 자신이 만들었기에 자기 소유라 생각합니다. 그러나 피조물은 창조주를 알지 못합니다. 이 관계의 파탄이 피조물로서 크리처의 고통입니다. "주위를 둘러보아도 나 같은 존재를 보거나 들은 적이 없어. 그렇다면 나는 괴물일까? 나는 모든 사람이 피하고 외면하는 세상의 결함 같은 것일까?"라고 크리처는 고통에 못 이겨 말합니다. 프로메테우스는 풀리지 않는 고통을 통해 인간의 처지를 더욱 몸으로 느끼게 됩니다. 그처럼 프랑켄슈타인에게 가해진 편견과 모순을 우리 것으로 삼을 때 그의 고통을 이해하게 되지 않을까요.

4. 눈물

메리 셸리는 시인이자 소설가입니다. 이 작품도 "인간 감정의 절묘한 조합으로 만들어진 최고의 시에 적용되는 이런 규칙을 산문 소설에 적용해" 보았다고 말합니다. 시는 어떻게 살아야 할까를 묻는 장르입니다. 반면 소설은 내가 누구인지 증명하고자 합니다. 이런 측면에서 이 작품은 괴물이 누구인가를 보여 주려는 데 목적이 있습니다. 즉 아는 것에 멈추지 않고 그를 통해 어떻게 우리가 새롭게 살아야 할지 채근합니다.

프랑켄슈타인의 피조물에게 덧붙인 괴물의 이미지는 우리가 만든 아바타일 뿐입니다. 실재 괴물과는 아무 관계가 없습니다. 실제 그는 우리가 만든 틀에 갇혀 있지 않습니다. 온순하지도 않습니다.

느닷없이 얼굴을 밀고 들어와 우리 삶에 끼어듭니다. 그 순간 우리는 내가 알고 있던 나에게서 벗어나 새로운 나와 만나게 됩니다. 특히 그의 고통과 상처가 내 온몸을 흔들어 놓습니다. 이때 비로소 내 진짜 모습과 만나게 됩니다. 그동안 우리가 배제하고 괴물로 낙인찍었던 '벌거벗은 생명'입니다.

괴물은 오두막집 헛간 작은 틈으로 이상하고 아름다운 첫 광경을 보게 됩니다. 난롯가에 노인이 앉아 깊은 생각에 잠겼다가 감미롭고도 쓸쓸한 곡조를 연주하고 다정한 처녀가 눈물을 흘리다 흐느끼는 장면입니다. 그 순간 "그걸 본 나는 춥고 배고플 때뿐만 아니라 따뜻하고 배부를 때에도 느껴본 적 없는 이상한 감정에 휩싸였어. 감정을 주체할 수 없었던 나는 창문에서 눈을 뗄 수밖에 없었지."라고 속삭입니다.

남의 눈물을 보고 솟아나는 감정을 무어라 할까요. 바로 '공감'입니다. 메리 셸리가 숨겨 놓은 또 다른 열쇠입니다. 우리도 그렇게 마음의 동요를 일으키는 크리처를 바라보며 똑같은 감정을 품게 되지 않나요. 슬픔의 파장입니다. 처녀와 크리처와 독자가 하나 되는 순간입니다. 크리처는 한참 후에 그 눈물의 수수께끼를 알게 됩니다. 가난이었습니다. 처음에는 알 수 없었지요. 그들 얼굴에 드리운 그늘이 무엇인지. 그런데 그들을 오래도록 지켜보면서 그들의 눈으로 슬픔에 공감하게 됩니다. 마침내 크리처는 자기 자신도 누군가 공감해 줄 가치가 있다고 여기지요.

그처럼 사람을 만난다는 것은 틈(작은 찔림)과 불(고통)과 눈물(공감)로 가득 찬 환대입니다. 우리가 크리처로서의 그를 만나는 것은 그의 모든 것, 슬픔과 기쁨, 고통과 구원, 구속과 자유 모두를 받아들이는 겁니다.

이민호 시인/문학평론가

1994년 『문화일보』에 시로 등단하였고, 서울과학기술대 초빙교수를 거쳐 현재 강원대학교 등에서 강의하고 있습니다. 지은 책으로 시집 〈완연한 미연〉, 연구서 〈낯설음의 시학〉, 평론집 〈도둑맞은 슬픈 편지〉 등이 있습니다. 현재 종삼포럼 대표, 김수영연구회 회장, (사)김수영기념사업회 상임이사, (사)서울문학관홀 상임이사를 맡고 있으며 도서출판 북치는소년 대표입니다.

문학 키워드로 읽는 소설 프랑켄슈타인

#키워드 1

메리-울스턴크래프트-고드윈-셸리

소설 『프랑켄슈타인』을 지은 메리 셸리(Mary Shelley)는 1797년 영국 런던에서 태어났습니다. 아버지인 윌리엄 고드윈(William Godwin)은 매우 급진적인 사상을 지닌 정치철학자였고 어머니 메리 울스턴크래프트(Mary Wollstonecraft)도 시대를 앞서 간 여성 운동가였습니다. 그러나 어머니는 메리를 낳고 얼마 되지 않아 사망했습니다.

메리는 정규 교육은 거의 받지 못했지만 그녀의 아버지는 딸에게 다양한 과목을 수업하게 하고 주변의

메리 셸리(Mary Shelley : 1797-1851)

311

지식이나 문인과 교류하게 하는 등 교육에 지원을 아끼지 않았고, 이는 메리가 작가로 성장하는 데 밑거름이 되었습니다.

1814년, 열일곱 살의 메리는 아버지의 정치 추종자 중 한 명이었던 퍼시 비시 셸리(Percy Bysshe Shelley)와 사랑에 빠지게 됩니다. 퍼시 셸리는 영국의 낭만주의 시운동에 자취를 남긴 유명한 시인이기도 했습니다. 하지만 퍼시 셸리는 이미 결혼하여 부인이 있었습니다. 두 사람은 주변의 비난을 무릅쓰고 유럽 각지를 떠돌며 사랑의 도피를 시도합니다. 소설 『프랑켄슈타인』은 이 시절 두 사람이 스위스 제네바의 한 별장에 머물 때 착상이 이루어진 작품입니다.

두 사람은 1816년에 퍼시의 아내가 사망한 뒤에야 비로소 정식 부부로 맺어지게 됩니다. 어릴 때부터 문학적 재능을 인정받았던 메리 셸리는 시인인 남편의 영향으로 당대의 문인들과 교류하며 창작열을 불태웁니다. 소설 『프랑켄슈타인』 또한 남편의 동료 문인들과의 교류가 창작의 계기가 되었습니다.

그러나 어렵게 사랑을 얻은 두 사람의 삶은 평탄하지 않았습니다. 4명의 자녀를 두었지만 3명이 일찍 사망했고, 남편 퍼시 셸리마저 결혼한 지 6년 만에 요트 항해 도중 폭풍우를 만나 사망하고 맙니다.

남편이 죽고 난 뒤 메리는 영국으로 돌아와 아들을 키우며 작가로서의 경력을 이어 갔습니다. 메리 셸리는 『프랑켄슈타인』 외에도 종말 후 세상을 그린 『최후의 인간(The Last Man)』과 이탈리아 중세시대를 배경으로 한 역사정치 소설 『발퍼가(Valperga)』 같은 의미

있는 작품들을 많이 남겼습니다. 소설가, 수필가, 전기 작가, 여행 작가로 활동한 메리 셸리는 1851년 53세의 나이로 세상을 떠납니다.

#키워드 2
무서운 이야기

1816년 여름, 셸리 부부는 유명한 시인 바이런 그리고 존 윌리엄 폴리도리와 함께 스위스 제네바 근처에서 휴가를 보내게 됩니다. 그 해에는 이상 기온으로 유난히 춥고 비가 많이 왔습니다. 일행은 타오르는 난롯가에 앉아 독일 귀신 이야기들을 주고받으며 무료함을 달래고 있었습니다. 이때 바이런이 각자 무서운 괴담을 한 편씩 써서 완성해 보면 어떻겠냐는 제안을 합니다. 이 제안을 바탕으로 메리 셸리는 프랑켄슈타인의 괴물 이야기를, 바이런은 불사의 인간 이야기를, 폴리도리는 유령 이야기를 구상합니다.

그러나 곧 날이 화창해지고 남자들이 알프스로 여행을 떠나면서 약속은 흐지부지되고, 메리 셸리만 처음 구상을 소설로 완성합니다. 이때 탄생한 소설이 바로 최초의 과학소설(Science Fiction), 고딕

2019년에 개봉한 영화 〈메리 셸리 : 프랑켄슈타인의 탄생〉은 작가 메리 셸리의 일생과 소설 『프랑켄슈타인』의 탄생 비화를 영화로 만든 작품입니다.

소설의 대표작으로 불리는 『프랑켄슈타인』(1818)입니다.

2019년에 개봉한 영화 〈메리 셸리 : 프랑켄슈타인의 탄생〉은 작가 메리 셸리와 소설 프랑켄슈타인의 탄생 비화를 영화로 만든 작품입니다.

한편, 이때의 착상이 완성으로 이어지지는 않았지만, 폴리도리는 바이런이 쓰려고 했던 불사의 인간 이야기에 흡혈귀 이야기를 덧붙여 몇 년 뒤 책을 출간합니다. 이 작품이 바로 흡혈귀 소설의 시초라고 부르는 작품 『뱀파이어』(1819)입니다. 제네바에서 우연히 이루어진 만남은 이렇게 오늘날 'SF', '흡혈귀', '괴담', 또는 '크리처물'의 시초가 된 의미있는 작품들을 탄생시킨 것입니다.

소설 『프랑켄슈타인』의 초판을 출간하면서 메리 셸리는 자신이 여성이라는 사실이 알려지면 이 잔인하고 폭력적인 이야기가 잘 받아들여지지 않을 것이라고 우려해 익명으로 소설을 출간했습니다. 그리고 1831년에 소설을 일부 수정하면서 비로소 본인의 이름으로 책을 출간하게 됩니다. 초판본에서 엘리자베스는 알폰스 프랑켄슈타인의 조카로, 빅토르와는 사촌으로 나오지만, 1831년 판본에서는 프랑켄슈타인 부부가 엘리자베스를 입양한 것으로 나옵니다.

#키워드 3

낭만주의(Romanticism)

낭만주의는 18세기 말부터 유럽에서 융성한 예술 운동으로 문학, 음악, 미술 등 대부분의 예술 분야나 철학이나 학문 등에 큰 영

향을 주었습니다. 낭만주의는 크게
보면 18세기 신고전주의를 대표하
는 질서, 평온, 조화, 균형, 이상화,
합리성을 추구하는 경향에 대한 거
부로 나타났습니다. 또한 계몽주의
와 18세기 전반의 합리주의 및 물
질주의에 대한 반작용이기도 했습
니다. 그래서 낭만주의는 개인의 상
상력, 비합리적이고 초자연적인 것

퍼시 비시 셸리(Percy Bysshe Shelley :
1792–1822)

들, 감성과 환상적인 것들을 추구하
여 예술적 소재로 삼았습니다.

메리 셸리의 남편 퍼시 셸리와 이 작품의 창작 동기를 제공한 시
인 조지 고든 바이런은 모두 영국 낭만주의를 대표하는 시인입니다.
이 소설의 작가 메리 셸리 또한 남편을 비롯한 당대의 문인들과 교
류하면서 자연스럽게 낭만주의 사조의 영향을 받았습니다. 따라서
『프랑켄슈타인』에도 낭만주의 문학의 경향이 자연스럽게 투영되어
있습니다.

19세기 낭만주의의 특징

- 이성이나 지성보다는 감성과 감정을 중요시했습니다.
- 초현실적이거나 환상적인 요소를 작품에 도입했습니다.
- 개성과 독창성을 높이 평가했습니다.

- 어린아이 같은 호기심과 마음에서 우러나오는 동기를 중요시 했습니다.
- 자연을 찬양하고 자연을 작품의 주요한 주제나 소재로 삼았습니다.
- 문명이나 과학기술의 위험성에 대한 경계심을 표현했습니다.

#키워드 4

과학소설(Science Fictiton)

흔히 SF로 불리는 과학소설(Science Fiction)은 과학적 사실이나 상상을 바탕으로 한 이야기를 담은 문학 장르입니다. 이 장르는 과학과 기술의 발전, 미래 사회, 우주여행, 외계 생명체, 시간 여행 등을 주제로 다루며, 독자들에게 새로운 시각과 생각을 확장할 기회를 제공합니다. 또, SF는 사회적 성찰과 윤리적 문제를 제기하여 인간의 과거와 미래에 대한 깊은 탐구를 이끌어내기도 합니다.

19세기 들어 SF 소설의 초기 형태가 등장했는데, 메리 셸리의 『프랑켄슈타인』이나 쥘 베른(Jules Verne)의 『해저 2만리』, 『80일간의 세계일주』 같은 모험 소설들이 초기 SF 소설의 대표적인 예입니다.

1930년대와 1940년대에는 아이작 아시모프, 아서 클라크, 로버트 하인라인 등이 활동하며 'SF의 황금기'를 이끌게 됩니다.

소설이라는 장르에 한정되었던 SF가 대중적인 인기를 끈 것은 1960-70년대 SF 영화와 드라마가 출현하면서였습니다. 〈스타워즈〉 같은 영화와 〈스타 트렉〉과 같은 TV 시리즈가 큰 인기를 얻으면서

SF라는 장르가 대중의 인기를 끌기 시작한 것은 〈스타워즈〉, 〈스타트렉〉 같은 영와와 TV시리즈가 인기를 얻으면서였습니다.

SF는 세계인의 보편적인 '문화 현상'이 되었습니다.

『프랑켄슈타인』은 메리 셸리가 1818년에 발표한 고전 SF 소설로, 과학과 기술의 발전이 인간과 사회에 미치는 영향을 집중적으로 다룬 거의 최초의 작품입니다. 과학소설의 시조로 꼽히는 이 작품은 인간의 책임과 도덕, 생명의 창조와 파괴에 대한 깊은 성찰을 제공합니다.

18세기와 19세기 유럽에서 유행한 고딕소설은 중세 외딴 성이나 교회 등을 배경으로 섬뜩한 분위기와 초
자연적인 존재들을 다루었습니다.

　메리 셸리는 이 작품을 통해 과학의 발전이 항상 긍정적인 결과
를 가져오지는 않으며 때로는 예상치 못한　재앙을 초래할 수 있음
을 강조하고 있습니다.

#키워드 5

고딕소설(Gothic Novel)

『프랑켄슈타인』은 대표적인 고딕 소설입니다. 고딕 소설은 18세기와 19세기 초에 유럽에 나타난 소설 경향으로 중세 외딴 성이나 교회 건물 등 음침한 도시를 배경으로 초자연적 현상과 섬뜩한 존재들의 이야기를 담았습니다. 호레이쇼 월폴의 『오토란토의 성』을 고딕 소설의 효시로 보며 『프랑켄슈타인』(메리 셸리), 『드라큘라』(브램 스토커), 『뱀파이어』(존 윌리엄 폴리도리), 『지킬박사와 하이드』(로버트 루이스 스티븐슨) 등이 잇따라 등장하며 고딕 소설은 당시 유럽에서 큰 인기를 누렸습니다.

고딕 소설은 당시 계층이나 교육 수준과 관계없이 누구나 독자가 될 수 있었던 대중적인 장르로 무시무시한 괴물이나 악인이 등장하여 끔찍한 범죄나 잔혹한 행동을 통해 긴장감을 더합니다. 이런 소설 속에서 악당은 종종 다른 나라 사람, 다른 계급의 사람, 다른 종교를 가진 사람으로 묘사되었고, 이는 당시 사회의 다양한 갈등과 긴장을 반영한 것으로 풀이됩니다.

19세기 후반으로 넘어가면서 고딕 소설은 도시를 배경으로 하게 되었고, 도덕적 타락과 같은 당대의 문제를 다루기 시작했습니다. 브램 스토커의 『드라큘라』는 빅토리아 시대의 런던을 배경으로, 흡혈귀인 외국 백작이 중산층 사회를 위협하는 내용을 담고 있습니다. 이는 도시 생활의 불결한 상태와 전염병, 성범죄 등 도덕적 타락을 나타내는 동시에, 외국인 혐오증을 반영한 것으로 해석되기도 합니다.

고딕 소설은 낭만주의 문학 운동이라는 큰 조류 속에서 발전했습니다. 과학이 발전하고 산업혁명이 이루어지면서 합리성과 이성적인 판단을 중시했던 18세기에 억압된 인간의 비이성적인 면을 다루었다는 점에서 당시 대중들의 사회 심리를 반영했다고도 볼 수 있습니다. 어둡고 으스스하지만 그림 같은 풍경 속에서 벌어지는 긴장감 넘치는 분위기가 이 장르의 특징입니다.

고딕 소설은 현대에 가까워지면서 영국 빅토리아 시대의 찰스 디킨스나 에밀리 브론테, 미국의 에드가 앨런 포, 나다니엘 호손, 윌리엄 포크너 등의 작품들에 영향을 미쳤고, 영화나 드라마에서는 호러, 스릴러, 판타지 등에 영향을 미치며 현대 공포 장르로 이어졌다고 볼 수 있습니다.

#키워드 6
액자소설(Frame Novel)
액자식 이야기 구성(Frame Narrative)은 액자 틀 안에 그림을 집어넣듯 한 이야기 속에 다른 이야기를 포함하는 문학에서의 이야기

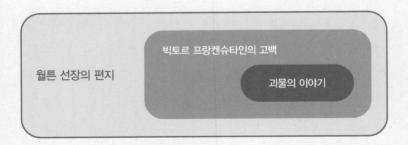

구성 기법입니다. 즉, 바깥 이야기를 테두리로 사용하여 여러 개의 단편적인 이야기들을 중첩시키거나 나열하는 것입니다. 액자식 구성은 여러 화자(narrator)들의 시점을 도입함으로써 이야기를 더욱 입체적으로 전개할 수 있다는 장점을 가집니다. 소설이나 희곡, 영화, 드라마뿐만 아니라 시, 미술, 음악 등에서 이야기를 이끌어나가는 기법으로 액자식 구성이 사용됩니다.

소설『프랑켄슈타인』도 월튼 선장이 누나에게 쓰는 편지 속에 빅토르 프랑켄슈타인이 들려주는 이야기가 포함되고 또 그 안에 괴물의 이야기가 포함되는 식으로 이야기가 진행됩니다.

소설 프랑켄슈타인으로 토론하기

소설 프랑켄슈타인에 나타나는 주제의식

▶ **과학과 지식의 위험성** : 빅토르 프랑켄슈타인은 인간의 한계를 넘어서 생명의 비밀에 접근하려 하지만 그 결과는 재앙으로 이어집니다. 이 소설은 과학 발전과 지식 추구가 가져올 수 있는 위험성에 대해 경고하고 있습니다.

▶ **자연에 대한 태도** : 이 소설은 낭만주의 시대에 지어졌으며 이러한 사조의 영향을 받았습니다. 낭만주의 작가들은 자연을 우주에서 가장 위대하고 완벽한 힘으로 묘사합니다. 반면에 인간이 만들어낸 것들은 인간이 지닌 결함을 함께 지니게 되며, 빅토르 프랑켄슈타인이 창조해낸 괴물처럼 파괴와 재앙의 공포를 가져다 줍니다.

▶ **아름다움과 추함** : 소설에서 괴물은 추한 모습 때문에 인간 사회로

부터 배척당합니다. 이런 외모에 대한 편견은 예로부터 수많은 소설의 주제로 다루어졌습니다. 이 소설에서도 추한 모습으로 탄생한 괴물은 인간들로부터 배척받고 고립당하면서 악마화됩니다.

▶ **가족의 의미** : 소설 속에서 주인공은 자신이 만든 괴물에게 가족을 잃고 절망하며 가족의 품을 그리워합니다. 괴물 또한 의지할 상대가 없다는 사실 때문에 절규하며 짝을 찾기를 소망합니다. 이 소설은 가족이나 사회로부터의 소외가 가져다주는 비극을 다루고 있으며, 삶의 진정한 행복을 가족에서 찾고 있습니다.

▶ **신과 자연에 대한 도전** : 이 소설의 제목은 "프랑켄슈타인, 또는 현대의 프로메테우스"입니다. 그리스와 로마 신화에서 프로메테우스는 인간에게 불을 가져주었다가 신의 제왕인 제우스의 노여움을 사 영겁의 고통을 받게 됩니다. 이처럼 신화 속의 프로메테우스는 신과 자연의 영역에 도전하는 인간을 상징합니다. 이 소설 또한 생명의 창조라는 신의 권능에 도전하다가 고통 받는 인간의 모습을 그리고 있습니다.

▶ **복수** : '복수'는 이 소설의 또 다른 주제입니다. 괴물은 자신의 창조자와 인간들로부터 버림받고 배척받게 되자 원한과 복수심을 품고 살인을 저지릅니다. 괴물에게 가족과 친구를 잃은 빅토르 또한 괴물을 지구 끝까지라도 쫓아가 복수하겠다고 다짐합니다. 이처럼 이 소설에서 복수는 주인공들의 행동을 이끄는 강력한 동인으로 작용합니다.

소설『프랑켄슈타인』토론주제

💬 여러분이 빅토르였다면 자신이 원치 않는 생명체가 태어났을 때 어떻게 했을 것 같나요? 파괴해야 했을까요? 아니면 위험을 무릅쓰고라도 끝까지 보살펴야 했을까요? 이에 대한 각자의 생각을 말해 보고 그렇게 생각하는 이유도 이야기해 봅시다.

💬 소설에서 빅토르 프랑켄슈타인은 자신의 동반자를 만들어 달라는 괴물의 청을 거절합니다. 이런 그의 선택은 잘한 것이었을까요? 만약 동반자를 만들어주었다면 괴물은 약속을 지켰을까요? 근거를 들어 자신의 생각을 이야기해 봅시다.

💬 많은 역사적 비극이 꼬리에 꼬리를 무는 복수에서 비롯되었습니다. 복수는 사회적 정의를 실현하기 위해 꼭 필요한 행위일까요? 아니면 서로에

게 상처와 폐해만 남기는 무익한 행동일까요? 복수에 의해 빚어진 여러 역사적 사례들을 들며 토론해 봅시다.

‑‑‑

‑‑‑

‑‑‑

‑‑‑

💬 괴물은 추한 외모 때문에 사람들로부터 배척당하고 공격까지 받습니다. 왜 인간은 늘 겉모습으로 사람을 판단하는 것일까요? 외모로 인한 편견과 차별의 이유에 대해 의견을 말하고 토론해 봅시다.

‑‑‑

‑‑‑

‑‑‑

‑‑‑

💬 메리 셸리가 소설을 쓸 당시의 영국은 산업혁명으로 과학 기술이 비약적으로 발전하던 때였습니다. 하지만 당시의 많은 예술가들과 지식인들은 과학의 발전이 자연의 질서를 파괴하고 인간에게 의도치 않은 재앙을 가져다줄 수도 있다고 생각했습니다. 이 소설이 나오고 이백 년이 지난 지금 과학은 더 발전하여 인간처럼 사고하는 기계가 출현하기에 이르렀습니다. 여러분은 인공지능에 대해 어떤 의견을 가지고 있으며, 우리의 미래에 어떤 결과를 가져다줄 것으로 예상하나요? 인공지능에 대한 각자의 견해를 발

표하고 토론해 봅시다.

💬 소설 『프랑켄슈타인』의 괴물이 북극으로 가려다가 붙잡혔다고 가정해
보고 그를 법정에 세워 봅시다.

- 그의 죄는 무엇일까요? 그가 지은 범죄를 열거하고 그에 대한 공
  소장을 작성해 봅시다.

- 여러분이 변호사가 되어 프랑켄슈타인의 괴물을 변호한다고 상
  상해 봅시다. 어떤 근거를 들어 그를 변호하겠습니까?

- 여러분이 판사라면 괴물에게 어떤 판결을 내리겠습니까? 그런 판
  결을 내리는 이유에 대해서도 이야기해 봅시다.

프랑켄슈타인 지도

1 나폴리, 이탈리아
나폴리는 빅토르 프랑켄슈타인이 태어난 곳
입니다. 빅토르의 부모는 결혼 뒤에 이탈리아
와 프랑스, 독일 등지를 여행했는데 나폴리에
서 빅토르를 낳았습니다.

2 코모 호수, 이탈리아
이곳을 방문했을 때 프랑켄슈타인 가족은 엘
리자베스 라벤자를 만나 입양합니다. 이후 빅
토르와 결혼한 엘리자베스는 이곳으로 신혼
여행을 떠나지만, 신혼 첫날 괴물에게 살해당
합니다.

3 제네바, 스위스
빅토르 프랑켄슈타인의 고향. 아버지와 형제,
엘리자베스와 친구들이 있는 이곳을 빅토르
는 늘 그리워합니다. 이후 자신이 만든 괴물
에게 가족과 친구들을 모두 잃은 빅토르는 괴
물을 쫓기 위해 이곳을 떠납니다.

4 잉골슈타트, 독일
빅토르는 제네바에서 고등학교를 마친 뒤 자
연과학을 공부하기 위해 독일의 잉골슈타트
대학에 입학합니다. 이곳에서 그는 생명 탄생
의 원리를 발견하고 생명을 창조합니다.

5 샤모니, 프랑스
프랑스 동남부에 있는 산간 마을로 알프스 산
맥의 등산 기지로 유명합니다. 빅토르는 동생
윌리엄과 쥐스틴이 죽은 뒤에 머리를 식히기
위해 샤모니로 왔다가 골짜기에서 자신이 만
든 괴물과 마주칩니다.

6 스트라스부르, 프랑스
프랑켄슈타인은 괴물의 짝을 만들기 위해 영
국 여행을 계획하게 하는데, 친구 앙리 클레
르발이 스트라스부르에서 합류하여 그와 여
행을 함께합니다.

7 로테르담, 네덜란드
앙리와 빅토르는 프랑스에서 보트를 타고 라
인강을 거슬러 오르며 이곳을 여행한 뒤 영국
으로 가기 위해 로테르담 항구를 출발합니다.

8 런던, 영국
빅토르와 앙리는 여행 중 몇 달 동안 이곳에
머무릅니다. 빅토르는 괴물을 다시 만드는 데
필요한 정보를 얻기 위해 사람들을 만나고,
클레르발도 이곳에서 사람들과 사귀면서 자
신의 꿈을 키웁니다.

9 오크니 제도, 스코틀랜드
빅토르는 괴물의 짝을 만들어 주기 위해 이
곳에 방을 빌려 연구에 몰두합니다. 빅토르는
이곳에서 괴물의 요구로 만들던 생명체를 파
괴해 버리고, 이에 괴물은 분노해 복수를 맹
세합니다.

10 아일랜드
자신이 만들려던 생명체의 흔적을 바다에 버
리고 표류하던 빅토르는 아일랜드의 어느 해
변에 도착하고 이곳에서 그는 괴물의 손에 살
해당한 앙리를 발견합니다.

11 파리, 프랑스
살인 누명을 쓰고 아일랜드의 감옥에 갇혔던
빅토르는 아버지를 따라 제네바로 돌아가는
길에 이곳 파리에 들립니다. 빅토르는 이곳에
서 엘리자베스로부터 편지를 받고 그녀와의
결혼을 약속하는 편지를 보냅니다.

12 상트페테르스부르크, 러시아
이 소설 속 이야기의 전달자인 월튼 선장이
북극 탐험을 준비하기 위해 들른 첫 번째 기
착지.

13 아르한겔스크, 러시아
월튼 선장은 북극으로의 항해를 위해 이곳에
서 머물며 배를 빌리고 선원을 모집합니다.